古典文教研究輯刊

二九編

第 1 冊

〈二九編〉總目

編輯部編

《紅樓夢》補說

劉敬圻著

國家圖書館出版品預行編目資料

《紅樓夢》補說／劉敬圻 著 -- 初版 -- 新北市：花木蘭文化
事業有限公司，2024〔民 113〕

序 4+ 目 2+188 面；19×26 公分

（古典文學研究輯刊 二九編；第 1 冊）

ISBN 978-626-344-551-2（精裝）

1.CST：紅學 2.CST：研究考訂

820.8 112022451

ISBN-978-626-344-551-2

古典文學研究輯刊
二九編 第一冊 ISBN：978-626-344-551-2

《紅樓夢》補說

作　　者	劉敬圻
總 編 輯	杜潔祥
副總編輯	楊嘉樂
編輯主任	許郁翎
編　　輯	潘玟靜、蔡正宣　美術編輯　陳逸婷
出　　版	花木蘭文化事業有限公司
發 行 人	高小娟
聯絡地址	235 新北市中和區中安街七二號十三樓
	電話：02-2923-1455 ／傳真：02-2923-1452
網　　址	http://www.huamulan.tw 信箱 service@huamulans.com
印　　刷	普羅文化出版廣告事業
初　　版	2024 年 3 月
定　　價	二九編 21 冊（精裝）新台幣 56,000 元　　版權所有‧請勿翻印

〈二九編〉總目

編輯部　編

《古典文學研究輯刊》二九編　書目

古典小說研究專輯

第 一 冊　劉敬圻　《紅樓夢》補說

第 二 冊　陳琪盈　從《三言》、《二拍》論「癡情女子負心漢」的範式
　　　　　　　　　情節（上）

第 三 冊　陳琪盈　從《三言》、《二拍》論「癡情女子負心漢」的範式
　　　　　　　　　情節（下）

古代散文研究專輯

第 四 冊　張鑫誠　知遇想像・自我呈現・讀者形象——唐代干謁文寫作
　　　　　　　　　與士人文化

古典詩歌研究專輯

第 五 冊　陳秀彥　魏晉辭賦的圖像化書寫

第 六 冊　江道一　浩虛舟律賦研究

文選學研究專輯

第 七 冊　張為舜　徐攀鳳《文選》學研究（上）

第 八 冊　張為舜　徐攀鳳《文選》學研究（下）

俗文學研究專輯

第 九 冊　王委豔　話本小說與中國 17 世紀通俗文學思潮研究

第 十 冊　陳思思　秦腔法律文化要義

第十一冊　孫晨薈　安慶民歌研究

地方文學研究專輯

第十二冊　殷虹剛　文學微區位論視域下的清代虎丘地區詩文研究（上）

第十三冊　殷虹剛　文學微區位論視域下的清代虎丘地區詩文研究（下）

專題研究專輯

第十四冊　廖紀雁　敘事與觀看：《點石齋畫報》的圖文構成研究

佛教文學研究專輯

第十五冊　齊勝利　佛教文學視域中的楚石梵琦詩歌研究（上）

第十六冊　齊勝利　佛教文學視域中的楚石梵琦詩歌研究（下）

第十七冊　張　煜　詩與哲：佛教與中國文學的開拓

道教文學研究專輯

第十八冊　萬晴川　神聖凝視：道教圖像與中國古代小說（上）

第十九冊　萬晴川　神聖凝視：道教圖像與中國古代小說（下）

名家論文集

第二十冊　王星琦　茗花齋雜稿（上）

第二一冊　王星琦　茗花齋雜稿（下）

《古典文學研究輯刊》二九編
各書作者簡介・提要・目次

第一冊 《紅樓夢》補說

作者簡介

劉敬圻，女，1936 年 10 月生於山東周村。1954 年考入北京大學中文系。1958 年 9 月赴黑龍江大學任教。教授，博士生導師。從事中國文學史、中國古代小說史教學工作數十年。主要著作有《困惑的明清小說》《明清小說補論》（及其「增訂本」）《南宋詞史》（與陶爾夫合著）《20 世紀中國古典文學學科道志》（五卷本，主編，國家社科基金重點項目〔04AZW003〕）。國家級有突出貢獻的中青年專家，首屆國家級教學名師，1991 年國務院特貼專家。

提 要

這是一冊《紅樓夢》論文自選集。大都寫作於上世紀八九十年代，又大都是為參與相關研討會議而提供的讀書筆記。作者不癡迷於字字珠璣的文獻考辨，也不著力於闊大恢宏的文化闡釋，主要在爬梳文本上做了些笨工夫。《賈寶玉生存價值還原批評》《薛寶釵一面觀及五種困惑》《紅樓夢女人觀男人觀》（女人觀部分）《紅樓夢主題多義性論綱》《淡淡寫來及其他：紅樓夢的敘事格調》等，用心尤深，受到學術界關注。其他諸選題，無論文質精緻還是粗率，也同源於相似相近的思維慣性。一是恪守「於不疑處有疑」。二是讓材料說話。三是在縱剖橫剖中思考，借助共時性與歷時性現象的相互撞擊，走近文本。四是由外向內的「如實描寫」，帶著層層剝開並有所發現的愉快，走近作家。

　　「代序」作者呂啟祥說，（劉敬圻）面對每一個論題，都清醒地意識到該論題的外延和內涵，把局限和制約申明在先，不貪大求全，不面面俱到……不自以為是，不武斷說絕，更不強加於人，因而透出親切平和大度包容之氣。

目　次

代序：第一朋友　呂啟祥
賈寶玉生存價值的還原批評 ……………………………………………………1
　　賈寶玉生存狀態的還原考察 …………………………………………………1
　　賈寶玉文化歸屬的還原考察 ………………………………………………12
　　餘論 …………………………………………………………………………20
薛寶釵一面觀及五種困惑 ………………………………………………………23
　　不涉及薛寶釵的性格史 ……………………………………………………23
　　欣賞她寬厚豁達從容大雅的魅力 …………………………………………25
　　依然有種種困惑 ……………………………………………………………30
林黛玉永恆魅力再探討 …………………………………………………………41
　　反思：叛逆說的依據及困惑 ………………………………………………41
　　補說之一：永恆的悲劇美的集大成者 ……………………………………46
　　補說之二：永恆的任情美及其啟示 ………………………………………49
賈政與賈寶玉關係還原批評 ……………………………………………………53
　　題目的界說 …………………………………………………………………53
　　文本現象爬梳 ………………………………………………………………54
　　結語 …………………………………………………………………………62
《紅樓夢》少年女僕現象補說 …………………………………………………67
　　不再討論她們的種種不幸 …………………………………………………67
　　少年女僕使用價值補說 ……………………………………………………68
　　少年女僕衣食住行補說 ……………………………………………………71
　　結語及其他 …………………………………………………………………78
《紅樓夢》的女性觀與男性觀 …………………………………………………81
　　《紅樓夢》女性世界還原考察 ……………………………………………81
　　《紅樓夢》男性世界還原考察 ……………………………………………96
從李娃到薛寶釵：「停機德」模式的流變與式微 …………………………107
　　李娃，停機德模式的發軔與傳奇化 ……………………………………107

趙春兒，停機德模式的平民化與寫實走向 ……………………… 110

曹妙哥，李娃傳奇的變異 …………………………………………… 111

鳳仙，停機德模式的式微 …………………………………………… 113

薛寶釵，停機德理念的尷尬與裂變 ……………………………… 114

《紅樓夢》主題多義性論綱 …………………………………………… 119

文貴豐贍，何必稱善如一口乎 …………………………………… 119

苦悶的多重性與「書之本旨」的多義性 ……………………… 122

「寓雜多於整一」的合力 ………………………………………… 128

一明一暗兩條主線的妙用 ………………………………………… 129

「淡淡寫來」及其他：《紅樓夢》的敘事格調 ……………………… 133

「淡淡寫來」「淡淡帶出」 ………………………………………… 133

高潮蜿蜒而來，又逶迤而去 …………………………………… 138

照應，在「無意隨手」之間 …………………………………… 142

性格，貴在多層次皴染 …………………………………………… 144

胡晴採訪劉敬圻：對話筆錄 ………………………………………… 149

〔跋〕還原：批評方法與思維路徑—— 劉敬圻《紅樓夢》及古代小說
　　　研究的學術特色　劉上生 ……………………………… 173

參考文獻 …………………………………………………………………… 187

第二、三冊　從《三言》、《二拍》論「癡情女子負心漢」的範式情節

作者簡介

陳琪盈，1997 年生，臺中人。輔仁大學中文系學士，中興大學中文系碩士畢業。現職為原住民語言推廣研發。

提　要

關於《三言》、《二拍》的研究中，常個別討論負心漢、癡情女子，少有綜合論述「癡情女子負心漢」。本文透過前人研究成果，以及文本情節考察，討論人物在故事中所展現的人格特質、負心動機、被負心後的心路歷程等，注意到人物不只具有推演情節的功用，也能透過他們的行為，體現社會風情、禮制影響以及編者在編寫故事時的期許。

　　本文集結前人成果以釐清相關議題的研究現況，並為「負心漢」、「癡情女」釋名釋義；再從敘事手法剖析文本的典範式情節安排、敘事藝術以及聚散結構；觀察文本中人物面對負心的心境，並以對照的角度論述「負心女」文本，比較出負心女與負心漢的不同，最後分析編者在這類範式情節所透顯的編寫意圖及諭世意義。

　　男女對於「負心」有不同的價值觀展現：男性多重視自身利益；女性多注重精神上的感受。癡情女遭受離棄時，多數能表現出堅強獨立的樣子，只是在女性精神初嶄露頭角時，又常因傳統制度、禮教而故步自封。

　　而馮夢龍、凌濛初編改《三言》、《二拍》，懷有強烈「教化」目的，希望藉由通俗故事的傳遞，使讀者在閱讀間潛移默化。因而「癡情女子負心漢」文本也蘊藏著他們的寄託，盼望透過文本傳遞出正向意義，散播在市井中，移風易俗，端正社會歪風。

目　次

上　冊

誌謝辭
第一章　緒　論 ……………………………………………………………………1
第二章　「癡情女子負心漢」擬話本敘事範型 ……………………………35
　第一節　「癡情女子負心漢」擬話本體例形式 …………………………35
　第二節　「癡情女子負心漢」敘事手法 …………………………………49
　第三節　「癡情女子負心漢」範式情節：聚散結構 …………………65
第三章　癡情女子面臨負心的處境與應對 ………………………………79
　第一節　憑己之力，扭轉劣勢 …………………………………………79
　第二節　大勢已定，無力回天 …………………………………………92
　第三節　生既無歡，死又何懼 …………………………………………116
　第四節　癡情女子抉擇背後的要素 ……………………………………133

下　冊

第四章　負心漢離棄癡情女子的模式 ……………………………………157
　第一節　被迫負心，大有不捨 …………………………………………158
　第二節　初時不願，後忘前約 …………………………………………179
　第三節　不識真情，猜疑枕邊人 ………………………………………202

　　第四節　自私薄倖，罔顧癡情女 ……………………………… 217

第五章　負心漢的對照：負心女故事 …………………………… 229

　　第一節　女子負心的情節與模式 ……………………………… 229

　　第二節　男女負心之比較 ……………………………………… 265

第六章　「癡情女子負心漢」範式情節所透顯的意義 ………… 285

　　第一節　編寫意圖 ……………………………………………… 286

　　第二節　諭世意義 ……………………………………………… 297

第七章　結　論 …………………………………………………… 317

徵引書目暨參考文獻 ……………………………………………… 321

第四冊　知遇想像‧自我呈現‧讀者形象──唐代干謁文寫作與士人文化

作者簡介

　　張鑫誠，福建福州人。東吳大學中文系學士，臺灣大學中文系碩士，新加坡國立大學中文系博士班在讀。研究興趣包含唐宋文學、文體學、駢文、古文、辭賦，愛好駢文寫作。近來關注唐宋公文的文體學、制度史、抒情性等面向。

提　要

　　在唐代科舉社會的特殊文化語境中，文人就自身命運攸關的境遇，運用干謁文建立對話求援的語境。干謁者以生命中遭逢處境心態之變化，逐步引導被干謁者進入敘事語境，以期達到理解自己的效果，從而使得這種自傳性的書啟具有抒情性。因而在關乎命運的戲劇性場域中，干謁書啟同樣也呈現出富於滄桑感的悲劇性美學興味。同時干謁文也承載了中國古典傳統中，關於士人出處知遇觀、士不遇書寫及人倫鑒賞品評的歷史記憶與文化經驗。

　　唐代士人以「知遇」為核心展開干謁文的書寫策略，常構建一套自身干謁非為歷抵公卿，乃為結交知己相合的話語模式。此時「知己」被更加賦予了功利化與政治性的含義，干謁行為進入儒者的實踐古道、經世濟民的價值體系中。在儒家思潮復興的背景下，盛唐以後士人在干謁文中，表現出對「薦」這一行為的理想論述與職責要求，也從為國為公的角度論述薦賢之必要。

　　干謁文中的自我呈現圍繞著「困境營造」與「成為人才」兩個角度展開，

士人構設古來寒士孤介自處、處世剛直之處境，使自身得符合儒家價值體系中賢德的窮士形象；並以抒情性筆墨，對於時序流逝、身體衰老的不遇處境發出哀歎。同時將視角聚焦在自身生命的不遇遭逢，多從時、勢的命運乖舛角度敘事。士人還著意於展現家世源流與良好的家學教育，從而具備卓越的文章辭采、經世之能；安史亂後，士人更展露對古道的追慕與思考；時也塑造隱逸形象，使干謁意圖更曲折委婉。

干謁文中對被干謁者（讀者）形象的建構，呈現士人文化中的「頌德」與階級差距下的輸誠。士人通過展露其對漢晉名士風度及察舉薦用的追慕，來塑造讀者禮賢風采，並根據讀者之身分，稱頌其官位與政績，包含忠簡帝心、和順百官，實際戰事功績，循吏傳統下的仁政。同時唐士繼承六朝人倫賞譽風尚，通過聯繫自然景物的感興審美，開展對讀者風度、威儀、文學、言談形象之建構。於是讀者在閱讀活動中不僅作為旁觀者或評量者，而是自身也被生動拉入「知人」的文本語境中。藉之突破以往研究單向關注干謁者上行揚己述志的視角，顯示干謁文中「知」與「被知」是雙向交互理解的過程。

目　次

第一章　緒　論 ………………………………………………………………… 1
第二章　干謁文中的知遇想像與書寫策略：知己期待、薦賢責求與盛世營建 27
　第一節　知己期待的表達與「求知己」之實踐 ……………………………… 27
　第二節　薦賢之風尚與責求：從「薦賢至公」到「上下相需」…………… 39
　第三節　帝國視域下的自我認知與理想：躬逢明時與勵志用世 ………… 54
第三章　困窮境遇之營造與成為人才之表演：干謁文中的自我呈現 ……… 65
　第一節　君子「窮／困」傳統之下的乞憐式寒士形象 …………………… 66
　第二節　流動賢能觀之下的露才揚己 ……………………………………… 79
　第三節　以儒飾吏觀念下的家學、儒術與德行 …………………………… 88
　第四節　士不遇傳統及其變異下的窘迫形象與仕隱心跡 ………………… 99
第四章　仰望上位者與識鑒者的視角：被干謁者形象之建構 ……………… 117
　第一節　漢代禮接儒素傳統下禮賢之「德」、「名」建構 ……………… 117
　第二節　因應各階官職與身分的官員形象塑造與功績揄揚 ……………… 128
　第三節　貴族文化餘波下的望族與風儀形象塑造 ………………………… 143
　第四節　文才、言談形象的美感建構與駢文連類 ………………………… 156

第五章　結　論 ································· 167

　第一節　唐代干謁文中呈現的知遇想像書寫策略 ·········· 167

　第二節　唐代不同時期自我形象建構之嬗變 ··········· 170

　第三節　唐代不同時期被干謁者形象建構之嬗變 ········· 173

徵引書目 ···································· 177

附錄　唐代干謁文一覽表 ··························· 191

後　記 ····································· 203

第五冊　魏晉辭賦的圖像化書寫

作者簡介

　　陳秀彥，國立臺灣師範大學公民教育與活動領導學系學士班、國立中央大學中國文學系研究所碩士班畢業，現從事教職。最初只是抱持著對中國古典文學的喜愛，毅然選擇步入研究所，回首論文的寫作歷程，可說是從躊躇滿志地認為自己「才高八斗」，到被一波波的研究瓶頸殘酷地打臉之後，發覺自己可能不過是個「扶不起的阿斗」罷了。然而唯有把自己放在一處渺小之地，才有可能寫出一點點有意義的論述。特別感謝曹子建與王輔嗣兩位魏晉文學界與思想界的巨擘，作為本人在研究生涯中的精神支柱與慰藉！但願未來自己總能帶著一顆最浪漫的赤子之心，走出最腳踏實地的道路。

提　要

　　在魏晉時期的辭賦作品中，文人善於透過各種具象的文字形容，來試圖展現自身的創作意旨，這些作品中以文字呈現出的具體圖像包含人、事、物、景，種類繁多，形容詳切，情境逼真，這樣的文學現象，本研究稱之為「圖像化書寫」。

　　「圖像化書寫」係指文人在作品中以文字為媒介來描繪出具體圖像的創作手法，且勾勒之圖像並不限於客觀存在或主觀想像。此手法使用的目的乃在於突破抽象性語言文字對於觀念指涉的限制，能夠更大程度地發揮出創作主體的創作意念，以貼合個人種種難以言說的幽微心緒。

　　「圖像化書寫」的運用，早在先秦的作品中便已略具雛形，然對於此文學現象的討論，多圍於傳統的比興、物色觀念，而對之未有具備系統性的觀照。筆者透過梳理文學中自先秦、兩漢、建安之際的內部演化歷程，以及分

析當時王弼玄學「立象盡意」觀與人物品評風氣二者對於文學領域的推波助瀾，得以證明「圖像化書寫」的表現模式至魏晉發展已臻於成熟。

本研究將「圖像化書寫」的表現手法分成點型圖像、線型圖像、面型圖像三個樣態，以此詳細分析在抒情與說理內容的文本中，文人如何使用不同的表現手法，達到展露作品意旨的目的。魏晉文人善於採取圖像化的文字表露主體之情志，同時利用作品中各種圖像式語言的象徵，能更好地掌握對於形而上內容真理的指涉。因此，透過「圖像化書寫」的表現技巧，中國古代文人困擾已久的言／意隔閡的問題，終於獲得了一個解決之道，而在此寫作風尚的影響下，亦造成了魏晉之後的文學作品具有愈加趨向於「巧構形似」的風尚。

目　次

第一章　緒　論 ……………………………………………………………………… 1
第二章　圖像化書寫的縱向發展 ……………………………………………… 21
　　第一節　先秦文學的圖像描繪 ……………………………………………… 21
　　第二節　兩漢賦作的蔚似雕畫 ……………………………………………… 30
　　第三節　東漢晚期的物色觀照 ……………………………………………… 38
第三章　圖像化書寫的橫向汲取 ……………………………………………… 51
　　第一節　魏晉清談對文學的影響 …………………………………………… 51
　　第二節　以「有形」描繪「無形」的音樂賦 …………………………… 69
　　第三節　詠物賦中物／我的雙重意義 …………………………………… 83
第四章　圖像化書寫的抒情模型：主體情感之表露 …………………… 105
　　第一節　點型圖像──從以鳥為題的賦作看士人的知行矛盾 …… 105
　　第二節　線型圖像──時空書寫下的「出走」與「回歸」 ……… 119
　　第三節　面型圖像──情境塑造下的文人幻想 …………………… 133
第五章　圖像化書寫的說理模型：主體理性之見解 …………………… 157
　　第一節　重探〈高唐〉、〈神女賦〉的說理意義 ……………………… 157
　　第二節　孫綽〈遊天台山賦〉圖像化書寫的說理運用 …………… 171
　　第三節　〈文賦〉與〈遊天台山賦〉以「物色」說理的思考脈絡 … 188
第六章　結　論 ……………………………………………………………… 201
　　第一節　餘論：圖像運用技巧的境界 ………………………………… 201
　　第二節　結語：研究成果與未來展望 ………………………………… 207

徵引文獻 ·· 211

第六冊　浩虛舟律賦研究

作者簡介

　　江道一，一九九〇年生，臺中人，政治大學中文系學士，中央大學中文系碩士，現為國立中央大學中文系博士班學生，專攻賦學與唐宋文學研究，並曾發表學術論文〈唐代盆的物質書寫〉。

提　要

　　元代祝堯提出「祖騷宗漢」的賦學宗尚，而明代李夢陽嘗言「唐無賦」，倘祝堯與李夢陽兩人所言屬實，則唐代辭賦應當不具備討論的空間。然而宋代李昉《文苑英華》卻以「精加銓擇，以類編次」為編纂標準，收錄大量唐人辭賦，可知唐代辭賦或因元明的文化思潮而招致批評，並非真如李祝二人所稱之一無是處，顯見唐代律賦的研究空間與價值。據簡宗梧先生之研究，律賦實為唐代賦體之典範，唯唐代律賦的價值，在後世文壇仍引發激烈的辯論，因此本文將以律賦作為典範標準，進行後設性思考與研究，並抉發浩虛舟在律賦正典化的過程中，扮演關鍵性的角色。

　　本文以《賦譜》為參據，考察浩虛舟律賦之典律化傾向。浩虛舟律賦今存八篇，題材思想均出於儒道，偶有摻雜佛家思想；和同時期的作家相比，在思想考察與賦題出典上，都能看出浩虛舟處在中晚唐律賦文學思想的重要交界。同時本文以統計數據之方式，考察浩虛舟用韻、句式，和同時期作家相比，浩虛舟在用韻上技術已相當純熟，無出韻之現象；至於句式，和中唐諸家相比，其結果相當接近《賦譜》所提出的作賦法式。綜合以上，浩虛舟律賦可說是目前研究中最接近「典律」之作品，同時可知律賦大約於浩虛舟的文壇活動時期，完成典律化。

目　次

第一章　緒　論 ······································· 1
第二章　浩虛舟律賦題材之研究 ······················· 23
　第一節　各賦賦題與賦文題旨 ······················· 24
　第二節　題源考究分析 ····························· 36
　第三節　內容訴求 ······························· 39

　　第四節　浩虛舟律賦題材之典律化傾向 ……………………………47
第三章　浩虛舟律賦之用韻研究 …………………………………………71
　　第一節　用韻次序 ………………………………………………………72
　　第二節　韻題平仄與位置 ………………………………………………74
　　第三節　韻部分析 ………………………………………………………77
　　第四節　浩虛舟律賦用韻之典律化傾向 ……………………………83
第四章　浩虛舟律賦之句式研究 …………………………………………97
　　第一節　構句句型 ………………………………………………………98
　　第二節　句式之組合形態 …………………………………………… 117
　　第三節　句式分析 …………………………………………………… 128
　　第四節　浩虛舟律賦句式之典律化傾向 ………………………… 138
第五章　結　論 …………………………………………………………… 147
　　一、透過題材內容的分析，論證浩虛舟律賦之典律價值 …… 147
　　二、透過用韻的分析，論證浩虛舟律賦之典律價值 ………… 148
　　三、透過句式分析，論證浩虛舟律賦之典律價值 …………… 149
　　四、透過整體觀照浩虛舟之律賦創作，完成中唐律賦研究的重要拼圖 ‥ 151
參考文獻 …………………………………………………………………… 153
附錄：浩虛舟律賦表格化整理 ………………………………………… 165

第七、八冊　徐攀鳳《文選》學研究

作者簡介

　　張為舜，男，台中太平人。彰化師範大學國文研究所碩士畢業，大學就讀靜宜大學中國文學系，曾執行科技部「政治與學術──後世評詮武則天之學術意義探究」；目前為彰化師範大學國文研究所博士生，接續研究碩士時其所涉略「清代《昭明文選》」的相關議題。

提　要

　　乾、嘉是攷證風行的年代，而清代《文選》學在百花齊放的考據工作佔有一席之地。其中，徐攀鳳是清代《文選》學中重要的一環，卻是當代鮮為人知的存在。在深叢各家著作中，僅徐氏特立舉出「規李」及「糾何」兩大主張，在所有《文選》學著作中顯得精要，因此不能忽視徐攀鳳與其著作的

學問價值。

「規李」一詞從書名字面、整書內容上確實容易讓讀者認為該書屬於「糾正李善」的專作，實則不然，「規李」之「規」其實更多含帶「規正」、「學習」之意。對於參考《昭明文選》注解而言，讀者可以選擇李善或是五臣，但宋、明以降的大眾偏好五臣，致使五臣盛行，而五臣〈注〉恰屬「憑臆直解」的注釋方法，使清代一部分主張「樸學」、「實學」的學者嫌惡，故而豎起「尊李善」的旗號，主要取決於李善在注釋上有所根本，典引原籍不妄自稱臆，是踏實的學問方式。職是之故，徐攀鳳藉由李善打出了「漢、唐經訓的旗幟」，傚學李《注》。是故駱鴻凱評價清代《文選》學：「網羅浩博、好尚所託、精力彌注。」完全呼應當時的「凡漢皆好」的學術風氣。

《選學糾何》主張「不揣固陋，遙質諸先。」「糾正何焯」誠為清代《文選》的一項課題。何焯作為清代攷證《文選》的標竿，大部分學者大抵將其與《義門讀書記》奉視瑰寶，傚仿學習，然而大部分學者謹遵傚從，不敢批駁。而徐攀鳳別開蹊徑於其他清代《文選》學者的獨步即在於敢於「糾正何焯」的氣魄，不僅以何焯為學習對象，同時也以何焯為批評、攷證的對象。換言之，透過考據的方式，跟前人切磋學問，展現自身「攷證《文選》的功力」與「檢驗前人疏漏的功夫」，是攷證學問的一種方式。

因此，看待清代《文選》學諸家時，深刻體會徐攀鳳孜孜矻矻主張「尊李善」的觀點，以及其「不揣固陋，遙質諸先」的攷證何焯，作為一位「實事求是，批校兼評」的考據學家，誠然為清代《文選》學下了一個精確的註腳。

目　次

上　冊

誌　謝
第一章　緒　論 ……………………………………………………… 1
　第一節　近人研究徐攀鳳概述 …………………………………… 3
　第二節　徐攀鳳生平略考 ………………………………………… 4
　第三節　徐攀鳳著作概述 ………………………………………… 14
第二章　乾、嘉視域下「尊李善，輕五臣」 …………………… 25
　第一節　五臣〈注〉的流行與普及 ……………………………… 25

第二節　李善〈注〉鈎沉 ……………………………………………… 32

第三節　李善與五臣〈注〉在清代考據的意義 ……………………… 37

第三章　《選學糾何》糾正考 …………………………………………… 43

第一節　《讀書記》啟發 ………………………………………………… 56

第二節　對何焯的再斧正 ……………………………………………… 65

第四章　《選注規李》糾謬考 …………………………………………… 147

第一節　李善〈注〉利弊 ……………………………………………… 148

第二節　李善〈注〉勘正 ……………………………………………… 156

下　冊

第五章　徐攀鳳治《文選》學術意義——「規李」與「糾何」………235

第一節　徐攀鳳「規李」的意義 ……………………………………… 235

第二節　徐攀鳳「糾何」的意義 ……………………………………… 241

第三節　徐攀鳳的治《文選》觀點 …………………………………… 243

第六章　徐攀鳳、張雲璈「《文選》學」盤互——「注家尚多異同」……249

第一節　張雲璈《文選》學 …………………………………………… 251

第二節　與徐攀鳳「《文選》學」盤互 ……………………………… 264

第三節　江南《文選》學風 …………………………………………… 277

第七章　結　論 ………………………………………………………… 283

參考文獻 ………………………………………………………………… 287

附錄　《選注規李》《選學糾何》全文、《選學膠言》部分引文 …………… 301

出版跋 …………………………………………………………………… 405

第九冊　話本小說與中國17世紀通俗文學思潮研究

作者簡介

　　王委豔，河南內黃縣人，文學博士，博士後，信陽師範大學文學院教授，碩士生導師。河南省教育廳學術技術帶頭人（2015）。信陽市優秀青年社科人才（2018）。已出版學術著作有《交流詩學——話本小說藝術與審美特性研究》《交流敘述學》等 3 部，出版詩集《半耕堂詩集》1 部。發表論文 70 餘篇。主持國家社科基金後期資助項目 1 項、教育部人文社科項目 1 項、河南省哲學社會科學規劃項目 2 項。研究方向：當代文藝理論與批評、敘述學。

提　要

　　話本小說的盛衰貫穿整個 17 世紀，是 17 世紀通俗文學思潮的主要表現形式。本書以話本小說為視角，考察 17 世紀通俗文學思潮的主要表現，從通俗文學思潮的歷史前提、通俗小說理論的形成、話本小說「交流詩學系統」的內涵、城市小說的興起、通俗小說的易代心態、人物形象、價值系統等方面系統論述了以話本小說為核心的 17 世紀通俗文學思潮的表達方式及意義。本書認為，話本小說從理論倡導、創作實踐、作家隊伍、讀者群體等各方面，全面建構了 17 世紀通俗文學思潮。以通俗小說——話本小說為代表的 17 世紀通俗文學思潮的形成不是一種偶然現象，而是集合多方面因素綜合形成的一種文學潮流。

目　次

導論：17 世紀中國通俗文學思潮的形成 ……………………………………… 1
第一章　17 世紀通俗文學思潮產生的歷史前提 …………………………… 23
　　第一節　明末社會經濟狀況 ……………………………………………… 23
　　第二節　17 世紀思想狀況與話本小說「寫─讀」群體 ………………… 30
第二章　17 世紀通俗小說理論的形成 ……………………………………… 35
　　第一節　小說地位之辯 …………………………………………………… 36
　　第二節　小說藝術論 ……………………………………………………… 41
　　第三節　慕史・虛構・幻化：17 世紀通俗小說理論的幾個面向 ……… 48
　　第四節　「奇書」觀念與「奇書文體」理論思想 ……………………… 58
　　第五節　「史真」與虛構的界限：17 世紀小說觀念之變 ……………… 67
第三章　思想的形式化：17 世紀通俗小說「交流詩學」系統的形成 …… 81
　　第一節　交流性文體：「說話體」的形成 ……………………………… 81
　　第二節　強勢主題原則與交流性結構模式 ……………………………… 85
　　第三節　交流性的母題、戲劇性情節與敘述節奏 ……………………… 92
　　第四節　文化敘事的交流性框架：遵從式文化敘事與背反式文化敘事 …104
　　第五節　思想的形式化：話本小說「交流詩學」系統的形成 ………… 109
第四章　從東京小說到杭州小說：17 世紀「城市小說」的變遷 ……… 113
　　第一節　作為「說話」藝術場景的東京和杭州 ……………………… 113
　　第二節　地方性標誌物：城市地標與敘事場景 ……………………… 116
　　第三節　遠景東京與世俗杭州：話本小說中的地域敘事變遷 ……… 124

第四節　古代文化變遷的文學方式：「東京敘事」歷史變遷的文化意義
　　……………………………………………………………………133
第五章　17 世紀通俗小說中的「易代心態」：以話本小說為中心 ………137
　　第一節　禮教下延：明清易代時期的道德人心 ……………………139
　　第二節　明清易代時期的士人立場：李漁的隱逸心態 ……………146
　　第三節　明清易代反思：艾衲居士《豆棚閒話》的思考方式 ………155
　　第四節　影射時局：易代時期的時代焦慮與文學表達 ……………171
第六章　17 世紀通俗小說的人物畫廊──話本小說人物論 …………187
　　第一節　姿態下移：話本小說的取材傾向 …………………………187
　　第二節　話本小說中女性書寫 ………………………………………191
　　第三節　「標出性」悖論：杜十娘的性格與通俗小說的藝術追求 …207
　　第四節　五行八作：話本小說中的商人群體 ………………………214
　　第四節　諷刺藝術：《掘新坑慳鬼成財主》中的人物形象及反諷敘述 …222
　　第五節　17 世紀通俗小說人物群像的時代意義 …………………230
第七章　17 世紀通俗小說價值系統──話本小說價值論 ……………233
　　第一節　17 世紀通俗小說的多元價值系統 ………………………234
　　第二節　話本小說的文學史地位與藝術價值 ………………………236
　　第三節　話本小說思想價值 …………………………………………243
　　第四節　話本小說的文化價值 ………………………………………255
結　語 ……………………………………………………………………265

第十冊　秦腔法律文化要義

作者簡介

　　陳思思，陝西西安人，女，漢族，1986 年 5 月出生，西安建築科技大學文學院講師，法學博士。主要從事法律史、法律文化研究。先後主持校級青年基金項目、陝西省教育廳項目、陝西省社會科學基金項目，並參與國家社會科學基金項目。在《當代戲劇》《小說評論》《河北法學》《學術探索》《人民論壇》等核心期刊發表學術論文十多篇，並出版專著一部。研究成果先後獲得西安市哲學社會科學優秀成果獎、陝西省法學優秀成果獎等。

提 要

　　當代新史學的發展，使得關於歷史的研究材料發生了重大突破，而產生了「史料革命」。史料的範圍有所擴展，數量大量增加，史學的研究產生了「量變」。而在此基礎上進一步發展起來的新文化史學，更具有自我批判精神，改變了原有史料的選擇維度，史學研究在此基礎上產生了「質變」，形成了多元的史料體系。而這些變化也在法律史研究領域引起了共鳴，「新法律文化史」得以發展。這種發展在中國法律史研究中產生了不自覺的本土化轉向。其中關於戲曲中的法律文化研究就是這種本土化轉向的重要表現。但一方面這種表現並未被自覺而形成理論體系；另一方面，由於法學學者自身文學理論的相對匱乏，已有零散的研究成果中存在嚴重的「失真」。

　　本書立足「新法律文化史」，遵循戲曲基本理論，利用科學圖譜量化分析，鎖定具有高度法文化研究價值的秦腔作為「史料」，並提出「秦腔法律文化」這一全新概念。在全面收集、整理、梳理與歸納現存所有秦腔劇目的前提下，從文學、藝術、表演等多個層面揭示秦腔法律文化整體的涵義、歷史、價值與功能等。從而尋求不同於以往宏觀與單一主題的法律文化研究，揭示中國古代法律發展中從官方到民間各因素之間的互動過程與邏輯。

目 次

序
緒　論 …………………………………………………………………………… 1
第一章　秦腔法律文化的界定與闡發 ……………………………………… 35
　第一節　秦腔的界定 ………………………………………………………… 36
　第二節　秦腔法律文化的涵義 ……………………………………………… 45
　第三節　秦腔法律文化的突出特性 ………………………………………… 50
　第四節　秦腔法律文化的類型劃分 ………………………………………… 56
　第五節　秦腔法律文化的歷史譜系 ………………………………………… 60
第二章　秦腔法律文化的主要載體 ………………………………………… 67
　第一節　劇目文學 …………………………………………………………… 68
　第二節　臉譜化妝 …………………………………………………………… 75
　第三節　行當程式 …………………………………………………………… 81
第三章　秦腔法律文化的核心精神 ………………………………………… 89
　第一節　蘊涵的關學品格 …………………………………………………… 90

　第二節　存在的關學法治思想 ……………………………………108
　第三節　呈現的關學法治追求 ……………………………………121
第四章　秦腔法律文化的教化功能 ………………………………127
　第一節　教化的時間與空間 ………………………………………128
　第二節　教化的主體與貢獻 ………………………………………151
　第三節　教化的對象與場域 ………………………………………167
第五章　結　語 ……………………………………………………195
參考文獻 ……………………………………………………………197
附錄　秦腔法律文化劇目選 ………………………………………213
後　記 ………………………………………………………………281

第十一冊　安慶民歌研究

作者簡介

　　孫晨薈（1977～），中國藝術研究院音樂研究所副研究員。出版《谷中百合——傈僳族與大花苗基督教音樂文化研究》、《雪域聖詠——滇藏川交界地區天主教儀式與音樂研究》、《天音北韻——華北地區天主教音樂研究》、《眾靈的雅歌——基督宗教音樂研究文集》等多部獲獎專著。學術權威《牛津手冊》之 THE OXFORD HANDBOOK OF THE BIBLE IN CHINA 專書論文「The Bible and Chinese Church Music」作者。美國杜克大學雅歌文藝獎終審評委。

提　要

　　本書是依據筆者父親陳國金（1946～）留存四十多年的音樂田野調查《民間音樂彙編·第一集》、《安慶地區民間音樂·第二集》兩本油印本原始資料（陳國金主編 1980 年），以及他幾十年來持續對安慶民歌收集、挖掘、整理、彙編和研究發展工作的口述歷史和業績成就的基礎上所撰寫的研究專著。

　　這兩本油印資料是 20 世紀 70～80 年代被譽為「文化長城」——長達三十年全國數萬名音樂工作者參與的中國民族民間音樂集成項目中完成的一手地方民間音樂調查成果之一，也是當年民歌集成未刊的原始資料之一。四十年多後的今天對安慶民歌的瞭解需站在更高更深的理論角度，即為「集成後」的工作意義。本書力求在原始資料的基礎上多方位探索，通過大量譜例的分

析比對，深挖地方民歌的音樂本體核心，總結地方民歌的音樂文化特徵，提煉地方民歌的音樂理論體系。

全書分為安慶民歌概況、安慶民歌音樂研究、安慶民歌色彩區域研究、安慶民歌與皖西南戲曲音樂關係研究四章。主要內容是在五百多首歷史曲譜資料的基礎上，進行音樂理論和作曲技法的分析比對，提出八地共有的主題基本音調——「基音」之核心觀點，再以此為基礎進行各地民歌色彩區域的分析論述，並進一步延伸探討安慶民歌是如何作為地方音樂、曲藝和戲曲唱腔的發展土壤與生長根基。

目　次

第一章　安慶民歌概況 ……………………………………………………… 1
第二章　安慶民歌音樂研究 ……………………………………………… 31
　第一節　概述 ……………………………………………………………… 31
　第二節　基本特色 ……………………………………………………… 42
第三章　安慶民歌色彩區域研究 ……………………………………… 51
　第一節　「基音」中心區域民歌（安慶城區、懷寧、望江、太湖）… 51
　第二節　岳西民歌 ……………………………………………………… 68
　第三節　潛山民歌 ……………………………………………………… 92
　第四節　宿松民歌 ……………………………………………………… 98
　第五節　桐城民歌 ……………………………………………………… 110
第四章　安慶民歌與皖西南戲曲音樂關係研究 ……………………… 121
　第一節　安慶民歌與黃梅戲 ………………………………………… 122
　第二節　安慶民歌與本地稀有劇種 ………………………………… 147
參考文獻 …………………………………………………………………… 161
後　記 ……………………………………………………………………… 165

第十二、十三冊　文學微區位論視域下的清代虎丘地區詩文研究

作者簡介

殷虹剛，字仲和（趙杏根先生所取），1979 年生，江蘇江陰人。2004 年於蘇州大學獲文學碩士學位，師從曹林娣先生；2020 年於蘇州大學獲文學博

士學位，師從趙杏根先生。現任教於蘇州城市學院城市文化與傳播學院，副教授，中國文學地理學會理事。研究方向：文學地理學、清代文學、蘇州歷史文化，曾發表《中國文學地理學研究的五個學術發展空間》《論清代楓橋詩歌中的類型化地理意象》《「虎丘劍池」石刻考》等論文。

提 要

本書分為上、中、下三編。

上編：基於普遍存在的文學活動空間分布的非均質現象和大量文學地理學實證研究成果，借鑒人文地理學的區位論，首次提出並闡述文學區位的概念和理論。文學區位研究分為宏觀、中觀和微觀三個尺度，其中文學微區位研究立足具體的地理環境，能有效融合「空間中的文學」和「文學中的空間」研究。

中編：採用典型調查法，對《清代詩文集彙編》中蘇州詩文的空間分布情況進行統計和分析，揭示清代虎丘地區在蘇州空間系統中的樞紐地位。進而從文學微區位條件的視角，剖析清代虎丘地區地理資源的豐富程度、具體內容、知名程度、位置特徵和交通條件等因素，與其文學微區位優勢之間的關係。

下編：從文學微區位因子的視角，解讀清代虎丘地區詩文對地理資源的文學書寫，揭示作家、作品與地理之間的多重互動關係。地理資源能影響詩文的創作與傳播，詩文也能豐富地理資源的歷史文化內涵，現實中詩文有時甚至對地理資源具有反作用。

本書上編側重理論研究，中編側重實證研究，下編側重闡釋研究。中編和下編互為表裏，是對上編提出的文學區位和文學微區位相關概念和理論的運用和驗證。

目 次

上 冊

緒 論 …………………………………………………………………………… 1
上編 文學區位與文學微區位的概念和理論 ………………………… 13
第一章 文學區位的相關概念和理論闡釋 ………………………………… 17
　第一節 區位與微區位的概念和理論介紹 ……………………………… 17
　第二節 文學區位、文學區位論與文學微區位 ………………………… 22

第三節　文學區位論與區位論的區別 ⋯⋯⋯⋯⋯⋯⋯⋯⋯⋯ 30

第四節　文學區位的基本特性 ⋯⋯⋯⋯⋯⋯⋯⋯⋯⋯⋯⋯⋯ 32

第五節　文學區位論的理論價值 ⋯⋯⋯⋯⋯⋯⋯⋯⋯⋯⋯⋯ 35

第二章　文學區位論的研究方法、研究內容與研究案例 ⋯⋯⋯ 39

第一節　文學區位論的主要研究方法 ⋯⋯⋯⋯⋯⋯⋯⋯⋯⋯ 39

第二節　文學區位論的研究內容 ⋯⋯⋯⋯⋯⋯⋯⋯⋯⋯⋯⋯ 43

第三節　文學區位論的研究案例 ⋯⋯⋯⋯⋯⋯⋯⋯⋯⋯⋯⋯ 58

中編　空間中的詩文：對清代虎丘地區文學微區位的定量研究 65

第三章　本書所涉地理空間的界定 ⋯⋯⋯⋯⋯⋯⋯⋯⋯⋯⋯ 67

第一節　空間系統和二級空間 ⋯⋯⋯⋯⋯⋯⋯⋯⋯⋯⋯⋯⋯ 67

第二節　作為空間系統的蘇州之構成 ⋯⋯⋯⋯⋯⋯⋯⋯⋯⋯ 68

第三節　蘇州空間系統下的九個二級空間 ⋯⋯⋯⋯⋯⋯⋯⋯ 69

第四節　九個二級空間中的主要地理資源 ⋯⋯⋯⋯⋯⋯⋯⋯ 74

第四章　清代蘇州詩文繫地統計數據 ⋯⋯⋯⋯⋯⋯⋯⋯⋯⋯ 111

第一節　關於作為統計對象的 387 位作家的說明 ⋯⋯⋯⋯⋯ 111

第二節　對清代蘇州詩文的繫地統計 ⋯⋯⋯⋯⋯⋯⋯⋯⋯⋯ 127

第五章　對清代蘇州詩文繫地統計數據的定量研究 ⋯⋯⋯⋯ 143

第一節　對清代蘇州詩文繫地統計數據的共時性考察 ⋯⋯⋯ 143

第二節　對清代蘇州空間系統中虎丘地區文學微區位的歷時性考察 ⋯ 162

下　冊

第六章　對清代虎丘地區文學微區位條件的分析 ⋯⋯⋯⋯⋯ 171

第一節　對清代蘇州空間系統中九個二級空間文學微區位條件的分析 ⋯ 171

第二節　對清代虎丘地區文學微區位條件的專題分析 ⋯⋯⋯ 192

下編　詩文中的空間：對清代虎丘地區文學微區位的定性研究 ⋯⋯ 209

第七章　關於地理意象 ⋯⋯⋯⋯⋯⋯⋯⋯⋯⋯⋯⋯⋯⋯⋯⋯ 211

第一節　清代蘇州作家對「江山之助」論的發展 ⋯⋯⋯⋯⋯ 211

第二節　從地理資源到地理意象 ⋯⋯⋯⋯⋯⋯⋯⋯⋯⋯⋯⋯ 216

第三節　遊覽與行旅 ⋯⋯⋯⋯⋯⋯⋯⋯⋯⋯⋯⋯⋯⋯⋯⋯⋯ 219

第八章　地理區位對清代虎丘地區離別詩的影響 ⋯⋯⋯⋯⋯ 223

第一節　清代詩歌中對虎丘地區地理區位優勢的表述 ⋯⋯⋯ 223

第二節　或憂或喜、以憂為主的離別情感 ·······························225

第三節　由實到虛的離別地理意象 ···································230

第四節　視通萬里的空間敞開性 ····································233

第九章　人文地理資源對清代虎丘地區詩歌的影響 ·······239

第一節　「如今張繼多」：張繼《楓橋夜泊》對清代楓橋詩歌的影響 ···239

第二節　「龍蛇心事總堪哀」：復社虎丘大會對清代虎丘詩歌的影響 ···247

第三節　「此地昔賢多」：清代作家對虎丘地區歷史名蹟的文學書寫 ···261

第四節　地理資源與文學的互動關係分析 ·····················286

第十章　對立與統一：清代詩文對虎丘地區民俗和市塵的書寫 ···297

第一節　「虎丘千古月」：清代詩文中的中秋虎丘玩月 ···········298

第二節　「多情花酒地」：清代詩文中的山塘冶遊 ···············303

第三節　「家在山塘遍賣花」：清代詩文中的山塘花市 ···········309

第四節　「人歌人笑一江風」：清代詩文中的山塘競渡 ···········315

第五節　「此理耐窮詰」：清代詩文對虎阜山塘繁盛的另一種書寫 ···320

結　語 ···343

參考文獻 ···347

後　記 ···365

第十四冊　敘事與觀看：《點石齋畫報》的圖文構成研究

作者簡介

廖紀雁，雲林縣人，國立中正大學中國文學研究所碩士，現為高中教師。研究興趣為晚清畫報、圖文研究、推理文學與戲曲文學，並曾獲臺視影視文創講堂電視編劇培訓首獎，目前於教學之餘從事散文、小說以及各類劇本的創作。

提　要

本論文以「敘事與觀看：《點石齋畫報》的圖文構成研究」為題目，從「敘事」與「觀看」兩個角度出發，共分成「緒論」、「《點石齋畫報》的生成背景」、「《點石齋畫報》的刊行、辦報策略與媒介特性」、「《點石齋畫報》的新聞編造與虛實性」、「《點石齋畫報》的三層敘事方式」、「《點石齋畫報》中的訊息傳遞與看客」、「結論」七章。

　　首先，前三章作者先界定問題方向，並且爬梳了《點石齋畫報》的基本背景，諸如生成環境、刊行情況、辦報策略以及媒介特性等，並依據畫報著重「圖像」與「新聞性」的特點，界定出《點石齋畫報》的歷史地位。其次，作者在第四章指出，基於新聞來源的限制以及對圖像寫實性的要求，《點石齋畫報》的繪者以自身對新聞場景的理解與想像為基礎，對圖像資料進行改編，編造出符合讀者們的民族情感、寫實卻不真實的報導圖文。接著，作者剖析《點石齋畫報》如何藉由「圖像」、「文字」與「閒章」三者所組合而成的敘事模式，來產生具評點效果的圖文觀看。最後，筆者運用「看客」概念以及空間敘事的觀點，說明《點石齋畫報》形成出「看與被看」的多重觀看狀態。

　　經由本論文的討論，作者歸納出《點石齋畫報》這個晚清的新式傳播媒介在圖文構成上所呈現的獨特之處，並藉此呈現《點石齋畫報》作為晚清畫報的先驅，為後來的畫報奠定的圖文構成基礎。

目　次

謝　辭
第一章　緒　論 …………………………………………………………… 1
第二章　《點石齋畫報》的生成背景 ……………………………………35
　　第一節　經濟的繁榮與娛樂業的興起 …………………………………35
　　第二節　華洋文化共處的舞臺 …………………………………………42
　　第三節　石印印刷術的引進 ……………………………………………52
　　第四節　結語 ……………………………………………………………56
第三章　《點石齋畫報》的刊行、辦報策略與媒介特性 ………………59
　　第一節　編印與發行 ……………………………………………………60
　　第二節　辦報策略 ………………………………………………………74
　　第三節　媒介特性 ………………………………………………………85
　　第四節　結語 ……………………………………………………………90
第四章　《點石齋畫報》的新聞編造與虛實性 …………………………93
　　第一節　新聞來源 ………………………………………………………95
　　第二節　寫實與想像的圖像構成 ……………………………………109
　　第三節　新聞訊息的改編與虛構 ……………………………………124
　　第四節　結語 …………………………………………………………131
第五章　《點石齋畫報》的三層敘事方式 ……………………………133

第一節　以圖像為主的第一層敘事 ……………………………………135

第二節　以文字輔助的第二層敘事 ……………………………………152

第三節　以閒章點評的第三層敘事 ……………………………………164

第四節　結語 …………………………………………………………181

第六章　《點石齋畫報》中的訊息傳遞與看客 ……………………183

第一節　新聞訊息的泛寫 ………………………………………………184

第二節　看客與事件中心 ………………………………………………197

第三節　看與被看 ………………………………………………………204

第四節　結語 …………………………………………………………209

第七章　結　論 ………………………………………………………211

參考書目 ………………………………………………………………217

附　錄 …………………………………………………………………229

第十五、十六冊　佛教文學視域中的楚石梵琦詩歌研究

作者簡介

　　齊勝利，1993 年生，男，甘肅慶陽人。曾服役於原武警陝西消防總隊某特勤中隊。福建師範大學博士生，研習方向為宗教文化與中國文學。碩士就讀於浙江師範大學，師從崔小敬先生。於《華林國際佛學學刊》發表《縱橫三教、鸚鳴日韓——楚石梵琦行跡與交遊考略》，在《法音》發表《論唐代天台三聖對元代禪林的影響——以語錄及禪畫為考察中心》，在《陰山學刊》發表《論佛教對林逋及其詩歌創作的影響》，《楚石的北遊之旅研究》刊於《普陀學刊》（第十七輯）。《詩意盎然的楚石語錄》一文曾提交於上海外國語大學文學研究院宗教與文學研究中心 2022 年 11 月舉行的「故事的旅行：中古敘事文學研討會」。

提　要

　　元明之際的臨濟宗高僧楚石梵琦被譽為「國初第一等宗師」，他禪淨雙修，而最終歸心蓮宗。在元代禪林紹承宋代文字禪流風餘韻的背景下，楚石梵琦修行的重要方式自然是以筆硯做佛事。楚石梵琦在不同修行階段創作出主題各異的佛教詩歌：求法時期，楚石北遊大都、上都，寫出記錄開悟歷程與兩都風物之《北遊詩》。主持寺院時期，楚石禪師因機施教，弟子們記錄

了他那縱橫恣肆又詩意盎然的說法語錄。歸隱西齋至入明時期，楚石梵琦首次全篇庚和天台三聖詩，成為後世禪宗重要寫作傳統之一；同時，楚石梵琦專注修行淨土，他在筆端又將西方極樂世界之莊嚴殊勝詩化呈現；在此期間，楚石梵琦又專力和陶，成為釋子中惟一和陶且和詩能被結集刊刻的僧人。本書擬針對楚石梵琦的高僧身份，運用近年來學者在佛教文學研究中的新觀念與新成果對楚石大師現存詩集逐一探討，從而闡發其詩歌之佛教文化意蘊。

「元明之際的著名禪僧楚石梵琦及其詩歌創作是中國宗教文學史研究中不可忽略的內容，近年來引起學界的不少關注，尤其他的《西齋淨土詩》和《北遊詩》，其中不乏從佛教視角進行解讀者，但較之楚石梵琦現存的大量作品而言，相關的研究還顯得薄弱，故此，無論從佛教文學的角度還是從一般文學史的角度而言，本文的選題都適當和頗具學術價值的。這篇論文的精彩之處頗多，如將楚石梵琦的詩歌創作置於「天台三聖」的詩歌文化傳統與生態中進行分析解讀；又如將《西齋淨土詩》的解讀與楚石梵琦的修行和豐富的佛學思想相結合，從中解讀其藝術特色和主要內容；尤其論文對大量文獻的熟稔和分析，顯示了作者紮實的文獻基礎和駕馭、運用文獻解決問題的學術能力。整體而言，這篇論文結構合理，論證嚴謹，語言流暢、運用準確，引文規範，是一篇優秀的碩士學位論文」。

——某論文盲審專家評語

目　次

上　冊

序　崔小敬
緒　論 ……………………………………………………………………………… 1
第一章　楚石梵琦行跡考略 ………………………………………………… 25
　第一節　楚石梵琦生平 ………………………………………………… 26
　第二節　楚石梵琦的著述、功德與衣缽 ………………………… 30
　第三節　楚石梵琦交遊補苴 ………………………………………… 35
第二章　《北遊詩》：元朝帝都之旅 …………………………………… 43
　第一節　杭州──帝都紀行 ………………………………………… 45
　第二節　修行悟道與大都佛教 ……………………………………… 56

第三節　北遊交遊 ……………………………………………… 68

第四節　江南之思 ……………………………………………… 72

第三章　元代佛教中的天台三聖文化 …………………………… 79

第一節　元代僧詩中的天台三聖文化書寫 ………………… 79

第二節　元僧擬作寒山詩潮流 ……………………………… 91

第三節　元代禪師逗機施教及禪畫中的天台三聖文化 …… 114

第四章　《和天台三聖詩》：異代知音的追隨 ………………… 131

第一節　天台三聖文化的接受 ……………………………… 131

第二節　首次全篇唱和三聖詩 ……………………………… 137

第三節　妙諦梵行：禪理詩 ………………………………… 141

第四節　林下風流：山居詩 ………………………………… 148

第五節　宣教弘法：勸導詩 ………………………………… 156

下　冊

第五章　《西齋淨土詩》：淨土佛國詩化呈現 ………………… 177

第一節　由禪轉淨的修行歷程 ……………………………… 177

第二節　澄懷味象與宣教策略 ……………………………… 184

第三節　淨土宗文學之發展及其承續 ……………………… 193

第六章　詩意盎然的楚石語錄 …………………………………… 203

第一節　「昭述勳德」與輔助圖像的詩讚 ………………… 204

第二節　吟詠參方禮祖與門庭設施的偈頌 ………………… 216

第三節　「詩為禪客添花錦」：說法語錄中的詩句 ……… 230

附　論　《西齋和陶集》管窺 ………………………………… 243

結　語 …………………………………………………………… 255

參考文獻 ………………………………………………………… 259

附錄一　論佛教對林逋及其詩歌創作的影響 ………………… 267

附錄二　論元叟行端及其禪宗文學創作 ……………………… 281

附錄三　楚石梵琦及其相關資料輯佚 ………………………… 299

附錄四　本文涉及的圖像 ……………………………………… 305

後　記 …………………………………………………………… 311

第十七冊　詩與哲：佛教與中國文學的開拓

作者簡介

張煜，江蘇無錫人。復旦大學中文系中國古代文學「佛教與中國文學」方向博士（2001～2004），現為上海外國語大學文學研究院中國文學研究員（2015），外國文學「比較文學與世界文化」方向博士生導師（2017），研究方向佛教與中國文學、近代詩學。出版有《心性與詩禪：北宋文人與佛教論稿》（2012），《同光體詩人研究》（2015），譯有《〈十王經〉與中國中世紀佛教冥界的形成》（2016）等。

提　要

本書對佛教與中國文學之關聯，作了新的有益的探討。作者先從印度文化與文學中，去尋找問題的源頭。對於印度古代詩史《摩訶婆羅多》、《奧義書》等均有所論述，在這樣一個比較弘闊的背景下，展開佛教文學的追蹤之旅。其中既有對佛教經、律、論的關注，如《雜阿含》《摩訶僧祇律》《楞伽經》等；又有對於佛教故事的論述與考辨，如《經律異相》《法苑珠林》等。除了翻譯文學以外，佛教對於中國文學的影響，還表現在大量中土著述上，包括各種哲學論辯、詩歌散文小說等。思想性的論著如《弘明集》《廣弘明集》等。佛教對於中國古典詩歌的影響，也是本書之重點。歷代重要詩人，從謝靈運、王安石、蘇軾、黃庭堅，一直到近代的同光體陳三立、沈曾植、陳寶琛等，在書中都有涉及。可以看到，佛教對於古典詩歌的影響，大到詩人人生態度，小到用典、詩法等，都留下了鮮明的痕跡。另外書中還探討了佛教對於韓愈《鱷魚文》、小說《水滸傳》等的影響。對於近年來，學界這方面的一些重要論著，作者也多有點評。包括陳允吉《唐音佛教辨思錄》（修訂本）、曹虹《慧遠評傳》、吳海勇《中古漢譯佛經敘事文學研究》、謝金良《〈周易禪解〉研究》等。本書還有部分為純粹的探討中國古代文學或思想的論文，甚至還涉及到一些西方文學，目的是為討論佛教文學，提供一個更加豐富的背景。

目　次

前　言 ……………………………………………………………………1
第一章　從印度到中國 …………………………………………………5
　第一節　印度史詩《摩訶婆羅多》與佛教、中國文學之關係 ………5

第二節　《奧義》與《楞伽》 …………………………………………… 25

第三節　佛教故事群中的女性──以《經律異相》之記載為中心 ……… 33

第四節　文化的多元與衝突──《弘明集》《廣弘明集》中的三教關係

　　　　………………………………………………………………… 44

第五節　論韓愈《鱷魚文》的文體及其淵源 …………………………… 53

附　　錄　從《四書章句集注》看儒家的出處觀 …………………………… 59

第二章　故事的旅行 ……………………………………………………… 67

第一節　論謝靈運山水詩創作中的情、理衝突 ………………………… 67

第二節　本生、地獄與志怪──從《法苑珠林》看佛教故事的經典化

　　　　歷程 ………………………………………………………… 73

第三節　王安石與佛教 …………………………………………………… 84

第四節　《水滸傳》與佛教 ……………………………………………… 91

第五節　《續比丘尼傳》初探 …………………………………………… 98

附　　錄　大乘三系科判淺解 …………………………………………… 106

第三章　佛法與詩法 …………………………………………………… 111

第一節　東坡詩法與佛禪 ……………………………………………… 111

第二節　山谷詩法與佛禪 ……………………………………………… 123

第三節　沈曾植與佛教 ………………………………………………… 136

第四節　落花與殘棋──陳寶琛與佛教 ……………………………… 147

第五節　陳三立與佛教 ………………………………………………… 157

第四章　中與西的融通 ………………………………………………… 169

第一節　漢譯《雜阿含經》之譬喻研究 ……………………………… 169

第二節　《摩訶僧祗律》中的環保思想與文學故事 ………………… 179

第三節　蘇軾《琴詩》之再探討 ……………………………………… 185

第四節　陳衍《近代詩鈔》中的古今文學通變意識 ………………… 196

附　　錄　海塞論 ……………………………………………………… 203

第五章　華與梵的交會 ………………………………………………… 207

第一節　多角度的綜合研究──讀曹虹教授的《慧遠評傳》 ……… 207

第二節　佛教與中國文學關係研究的晚近力作──讀吳海勇《中古漢

　　　　譯佛經敘事文學研究》………………………………………… 210

第三節　開權顯實　透徹之論──評謝金良《〈周易禪解〉研究》……215

第四節　漫遊《迷樓》 …………………………………………219

第六章　古典新韻 ………………………………………………227

第一節　切對專題，乘興隨緣——從陳允吉師《唐音佛教辨思錄》（修
訂本）談起 …………………………………………227

第二節　閆月珍《葉維廉與中國詩學》書評 ……………………235

第三節　藏以致用，書貴通假——讀王蕾《清代藏書思想研究》 ………239

第四節　「古代文學名著彙評叢刊」的又一成果——評周興陸輯著《〈世
說新語〉彙校彙注彙評》 …………………………241

第十八、十九冊　神聖凝視：道教圖像與中國古代小說

作者簡介

萬晴川，原名萬潤保，江西南昌人，文學博士。揚州大學文學院二級教授、博士生導師，主要從事中國古代小說戲曲研究。曾入選浙江省高校中青年學科帶頭人、浙江省政府新世紀 151 人才、浙江省 135 社科規劃專家。兼任中國明代文學學會理事、中國俗文學學會常務理事、中國《聊齋誌異》學會常務理事、浙江圖書館文瀾講座教授等。在《文學評論》《文學遺產》《光明日報》《文藝理論研究》《清華大學學報》《文獻》等刊物上發表學術論文 140 餘篇，出版《中國古代小說與方術文化》《中國古代小說與民間宗教及幫會之關係研究》《風流道學——李漁傳》等專著 13 部。有近 20 篇論文先後被《新華文摘》《社會科學文摘》《人大複印資料》《高等學校文科學術文摘》《文學遺產網絡版》等刊物全文轉載或論點摘編。主持國家社科基金項目 3 項、教育部及省社科重點規劃課題 7 項，多次獲省廳級科研獎勵。

提　要

中國古代道教圖像形式眾多，數量龐大，與古代小說有著十分密切的關係。本書廣泛使用版畫、壁畫、刺繡、磁畫等各種圖像資料，研究道教「小說圖像」和「圖像小說」。其一，小說中的西王母、老子、真武、媽祖等著名道教神祇形象在生成、演變、定型的過程中，圖像有著很大的陶化之功。其二，道教小說的插圖形式，主要有偶像型和情節型兩種，圖像除發揮闡釋、補充和豐富語言文本，實現文本增值的功能外，還實現弘道的效果。其三，道教的修煉方法、道畫技法、道術等，對古代小說文體的形成、小說的敘事

模式等，產生了很大的影響，顯者如道教連環畫體傳記，漢墓圖像與中古小說的同構互文。隱者如有著鮮明圖像思維特徵的上清派存思修煉方法，對道教小說創作的濡染浸潤，道教圖讖在內容和敘事體例上為地理博物小說所融攝，又發展為「軌革卦影」等民間方術，並最終內化為一種小說的結構藝術。其四，運用一些道教圖像資料，可以對某些文學史上的問題進行重新闡釋，如大螺變少女的問題、「竹林七賢」之「竹林」的詮釋等。總之，道教圖像對小說人物形象的塑造、小說的敘事與批評、小說文本的建構、小說的傳播等眾多方面，都產生了深刻的影響。

目　次

上　冊

緒　論 ………………………………………………………………………… 1
第一章　小說中的道教神祇生成與圖像 ……………………………………… 25
　第一節　從煞神到女仙領袖：西王母形象的演變 ………………………… 26
　第二節　從瑞獸到戰神：真武形象的演變 ………………………………… 46
　第三節　從學者到神仙：老子文學形象的演變 …………………………… 66
　第四節　從女巫到海神：媽祖形象的生成 ………………………………… 88
第二章　道教插圖本小說研究 ……………………………………………… 105
　第一節　《許太史真君圖傳》 ……………………………………………… 108
　第二節　《繪圖列仙全傳》 ………………………………………………… 138
　第三節　八仙題材插圖本小說研究 ………………………………………… 152
　第四節　《封神演義》插圖本 ……………………………………………… 199

下　冊

第三章　圖像證文 …………………………………………………………… 219
　第一節　古代小說中螺女故事的形態、傳播路徑及文化闡釋 ………… 219
　第二節　「竹林七賢」之「竹林」發微 …………………………………… 233
　第三節　中古小說與圖像中的聖域 ………………………………………… 249
第四章　道教圖像與小說文體及其敘事 …………………………………… 265
　第一節　道教連環畫體傳記小說 …………………………………………… 266
　第二節　上清派存思術與宋前小說創作 …………………………………… 277
　第三節　圖讖與古代小說中的預敘 ………………………………………… 297

第五章　道教圖像與古代小說關係的理論總結 ⋯⋯⋯⋯⋯⋯⋯⋯315
　第一節　語圖關係 ⋯⋯⋯⋯⋯⋯⋯⋯⋯⋯⋯⋯⋯⋯⋯⋯⋯⋯315
　第二節　圖像文本與小說敘事 ⋯⋯⋯⋯⋯⋯⋯⋯⋯⋯⋯⋯⋯332
　第三節　圖像批評 ⋯⋯⋯⋯⋯⋯⋯⋯⋯⋯⋯⋯⋯⋯⋯⋯⋯⋯340
　第四節　圖像的道教屬性 ⋯⋯⋯⋯⋯⋯⋯⋯⋯⋯⋯⋯⋯⋯⋯344
結束語 ⋯⋯⋯⋯⋯⋯⋯⋯⋯⋯⋯⋯⋯⋯⋯⋯⋯⋯⋯⋯⋯⋯⋯⋯359
參考文獻 ⋯⋯⋯⋯⋯⋯⋯⋯⋯⋯⋯⋯⋯⋯⋯⋯⋯⋯⋯⋯⋯⋯⋯361
附錄一　權力版圖與方士想像中的聖域：論《山海經》⋯⋯⋯⋯377
附錄二　圖文環路：明清小說插圖前置對閱讀的影響 ⋯⋯⋯⋯⋯391
附錄三　存思‧神思‧臥遊：道教修習技術與藝術審美的會通轉化 ⋯⋯419
後　記 ⋯⋯⋯⋯⋯⋯⋯⋯⋯⋯⋯⋯⋯⋯⋯⋯⋯⋯⋯⋯⋯⋯⋯⋯439

第二十、二一冊　茗花齋雜稿

作者簡介

　　王星琦，遼寧蓋州人，生於 1945 年 10 月。青年時代曾在內蒙古作過宣傳幹事，並從事詩歌與散文創作。1978 年考入廣州中山大學中文系讀研究生，師從著名文學史家、古代戲曲研究家王季思先生攻讀古代文學，專業方向為中國古代戲曲史。1981 年分配到南京師範學院中文系任教，後為南京師範大學文學院教授，博士研究生導師。長期從事古代文學教學與研究工作，出版專著《元曲藝術風格研究》、《元明散曲史論》等 8 種，整理校注古典名著及編寫教材多種，發表學術論文 80 餘篇。此外，有散文隨筆集《書林驛語》、《茗花齋雜俎》等。

提　要

　　本書是作者自選的一本古代文學論文集。包括三方面內容。曲論編，是有關中國古代戲曲及散曲的論述文章，其中《論元雜劇中的科諢藝術》、《元人套數中的「獨幕劇」》、《元雜劇〈老生兒〉新論——兼談元雜劇中的宗族意識與人倫思想》以及《散曲文學的文體意義》等在學術界較有影響，作者將雜劇與散曲對比研究，頗多個人獨到見解。稗說編，主要是古代通俗小說研究文字，如《宋元平話的文化意義》、《〈癡婆子傳〉發覆》、《恣情縱筆任橫行——〈西遊補〉讀劄》等篇，均不乏別開生面、抉微探幽之筆。稗說編中還

有部分《聊齋誌異》和志怪小說的單篇讀劄，也很有意趣。治戲曲小說的學者們多謂戲曲小說不分家，本書作者頗以為是，用力主要在俗文學，然有時也兼及詩文的涉獵與探索，編外輯即是有關詩文的探討文字，《「誠齋體」與「活法」詩論》、《劉因〈明妃曲〉發微》及《歐、蘇「禁體物語」及近古詠雪詩》等，即屬此等。

　　本書中的文字，悉數發表於學術期刊及《光明日報》等相關專欄上。作者數十年致力於古代文學的教學與研究，為文力求精練，觀點鮮明，注重從文本實際出發，廣泛搜集相關材料，務求見解新異，彰顯一家之言。收在本書中的文章，雖經反覆篩選，怕是仍有不當之處，由於作者學力所限，疏漏與謬誤之處恐難免，尚乞讀者方家與同行時彥不吝郢政，有以教我，予企而望之。

目　次

上　冊

知非與求是——王季思先生嚴謹學風與求實精神對我的影響（代序）

曲論編 ……………………………………………………………………… 1

《紅梅記》傳奇芻論 ………………………………………………………… 3

論元雜劇中的科諢藝術 …………………………………………………… 11

元人喜劇的藝術風格 ……………………………………………………… 35

讀曲小識 …………………………………………………………………… 45

也談元代社會與雜劇繁盛的關係 ………………………………………… 55

「風流淒婉，晏歐先聲」——讀毛熙震詞 ……………………………… 59

白樸劇作的不同追求 ……………………………………………………… 63

論元雜劇的渾樸自然之美 ………………………………………………… 67

焦循及其曲論 ……………………………………………………………… 89

「其妙味乃在描繪骨格」——元雜劇《風光好》新析 ………………… 103

元雜劇《東堂老》本事小議 ……………………………………………… 109

關於元雜劇繁盛原因的再思考 …………………………………………… 111

元雜劇《替殺妻》本事考略 ……………………………………………… 127

元雜劇本事考辨 …………………………………………………………… 133

一時人物出元貞　馳騁曲壇伯仲間——元雜劇分期問題再探索 ……… 145

明代戲曲語言理論中的本色論 ·············· 157

明代曲論中「本色」與「當行」相結合的理論 ·············· 169

元雜劇《老生兒》新論——兼談元雜劇中的宗法觀念和人倫思想 ·········· 179

元人悲劇辨識 ·············· 193

善美生於所尚——古代戲曲選本問題斷想 ·············· 209

努力開創古代戲曲研究新局面 ·············· 213

「驚夢」三札 ·············· 217

從張養浩的散曲創作看其人格美 ·············· 223

散曲文學的文體意義 ·············· 235

下　冊

關於「九儒十丐」——讀書札記一則 ·············· 245

元人套數中的「獨幕劇」 ·············· 249

散曲語言對正宗文學語言的疏離 ·············· 261

言文一致　語含悲辛——讀盧摯《蟾宮曲》 ·············· 271

讀曲三札 ·············· 275

寄深情於家常語之中——魏初曲讀札 ·············· 283

稗說編 ·············· 287

褚人獲和他的《隋唐演義》 ·············· 289

《聊齋誌異》三題 ·············· 295

恣情縱筆任橫行——《西遊補》讀札 ·············· 307

論清人筆記小說中的煙粉類作品 ·············· 317

《續英烈傳》簡論 ·············· 327

宋元平話的文化意義 ·············· 337

《癡婆子傳》發覆 ·············· 351

唐傳奇三札 ·············· 367

筆記小說零札 ·············· 379

「大輅為椎輪之始」——《負情儂傳》在小說史上的意義 ·············· 401

編外輯 ·············· 405

從「直諫」到「中隱」——白居易複雜而矛盾的一生 ·············· 407

開山祖師數宛陵——梅堯臣在宋代詩歌史上的貢獻 ·············· 415

古代詠雪詩平議 …………………………………………………… 423

一曲相思未了情——讀盧照鄰《懷仙引》 ………………………… 433

歐、蘇「禁體物語」及近古詠雪詩 ……………………………… 437

「誠齋體」與「活法」詩論 ………………………………………… 443

出處進退說靜修——從劉因詩詞看其人品風節 ………………… 457

劉因《明妃曲》發微 ………………………………………………… 465

主要參考書目 ………………………………………………………… 471

後　記 ………………………………………………………………… 477

作者簡介

劉敬圻，女，1936 年 10 月生於山東周村。1954 年考入北京大學中文系。1958 年 9 月赴黑龍江大學任教。教授，博士生導師。從事中國文學史、中國古代小說史教學工作數十年。主要著作有《困惑的明清小說》《明清小說補論》（及其「增訂本」）《南宋詞史》（與陶爾夫合著）《20 世紀中國古典文學學科道志》（五卷本，主編，國家社科基金重點項目〔04AZW003〕）。國家級有突出貢獻的中青年專家，首屆國家級教學名師，1991 年國務院特貼專家。

提　要

　　這是一冊《紅樓夢》論文自選集。大都寫作於上世紀八九十年代，又大都是為參與相關研討會議而提供的讀書筆記。作者不凝迷於字字珠璣的文獻考辨，也不著力於闊大恢宏的文化闡釋，主要在爬梳文本上做了些笨工夫。《賈寶玉生存價值還原批評》《薛寶釵一面觀及五種困惑》《紅樓夢女人觀男人觀》（女人觀部分）《紅樓夢主題多義性論綱》《淡淡寫來及其他：紅樓夢的敘事格調》等，用心尤深，受到學術界關注。其他諸選題，無論文質精緻還是粗率，也同源於相似相近的思維慣性。一是恪守「於不疑處有疑」。二是讓材料說話。三是在縱剖橫剖中思考，借助共時性與歷時性現象的相互撞擊，走近文本。四是由外向內的「如實描寫」，帶著層層剝開並有所發現的愉快，走近作家。

　　「代序」作者呂啟祥說，（劉敬圻）面對每一個論題，都清醒地意識到該論題的外延和內涵，把局限和制約申明在先，不貪大求全，不面面俱到……不自以為是，不武斷說絕，更不強加於人，因而透出親切平和大度包容之氣。

代序：第一朋友〔註1〕

呂啟祥

　　我把劉敬圻看作自己在學界的「第一朋友」，此點並未向她說起，徵得她的同意或認可，但至少，在我這一面是這樣。所謂「第一朋友」，多少有點套用「第一家庭」「第一夫人」之類，我以為這較能恰切地表述她在我心目中的位置。其實我與敬圻的接觸並不多，更談不上頻密。記得上世紀80、90年代僅有兩次會議我與她同室，即1981年在濟南和1996年在哈爾濱，以後由於健康和各種原因她基本上不再來開會；本世紀之初見過兩面，一次在鐵嶺，一次即2002年的北京中秋聚會，但她都來去匆匆。彼此也少有電話，近年較多，不過一年一兩次而已。然而，就在這其淡如水的交往中，我卻頗為真切地讀懂了她的為人與為文。敬圻與我同齡，有某些類似的經歷，我們對周遭境遇、社會人生有許多相同的感受、相同的想頭。也就是說，我們之間極易溝通、多有默契，聽她談話，常能益我心智，助我提升，我之於她，大約只有一種「無用之用」，就是我曾對她說過，自己可以充當一個好的「傾訴對象」，理解和消納她所遇、所感的林林總總。

　　敬圻之為文為人最令我心儀和折服的一點是她的低調。這種低調並非故作謙虛，亦非缺少自信，而是一種清醒的睿智。你看她常把自己文集和文章題名為「補論」或「補說」，如《明清小說補論》《宋江性格補論》以及《林黛玉永恆魅力再探討》中的「補說之一」「補說之二」等等。在切入論題展開論說之前，總是尊重並略過學界已有的定評，絕不重彈讀者爛熟的時調，面對一個個「既膩人又誘人」的題目進行別開生面又鞭辟入裡的「補說」。這種「補

〔註1〕見呂啟祥《紅樓夢會心錄》，商務印書館，2015年，第459～462頁。

說」，其實是一種換了角度的「新說」，是更進一層的「深說」，是說人之未說，因此給人以清新脫俗之感。這種低調，也表現在她每面對一個論題，都清醒地意識到該論題的外延和內涵，把局限和制約申明在先，不貪大求全，不面面俱到，因而顯得平實、充實、遊刃有餘。這種低調，還是一種放下身段的低姿態，即以平等的、商量的態度對待讀者和同道，從不自以為是，從不武斷說絕，更不強加於人，因而透出親切平和的大度包容之氣。

2004 年由三聯書店出版的劉敬圻著《明清小說補論》是一部近 400 頁的厚重之書。網上可檢索到繁體字的內容簡介，想來是向港臺和海外推介的。簡介寫道：「作者是中國古典小說資深研究者，這部論文集重在探討我國四大古典小說的寫作藝術、人物塑造、版本異同、研究方法等等。全書筆調明練、文字從容，是中國古典小說鑒賞的一本理想讀物。」我個人大體認同這個簡介，其中「筆調明練、文字從容」尤為中肯，但歸結為一本鑒賞讀物是不夠的。敬圻之文大多有相當的理論深度和頗為開闊的學術視野，和一般的鑒賞之文很不相同。作為學術文章，雖有理論底蘊卻不擺理論架子，雖以前代、同代或域外的作家作品作比卻不枝蔓，點到為止。總之，在平易靈動中自有一份厚重。這應是學術文章中的上乘之作。

我讀過劉敬圻和她夫君陶爾夫合著的《南宋詞史》以及有關岑參、小晏、李易安等諸多詩詞方面的專論。1986 年，我有幸在廣東肇慶一韻文學的會議上認識陶爾夫先生，那真是一位謙謙君子，深研詞學，惜乎天不假年，於 1997年猝然離去。《說詩說禪》一書為二人合集，許多篇章可為你中有我，我中有你。敬圻的「說禪」及此後有關小說的文章我大體都能看到，其中最為熟悉的自然是涉「紅」的部分了。

最早看到的是《「淡淡寫來」及其他——紅樓夢描寫大事件、大波瀾的藝術經驗》，發表在《紅樓夢學刊》1984 年第 2 輯上，這篇「淡淡寫來」的文章一開始就給我留下了深深的印象。淡淡的描述、淡淡的格調，正是《紅樓夢》有別於其他古典名著的特色，那些驚心動魄的高潮都是蜿蜒而來，迤邐而去，那些深沉的寓意和前後的呼應又多在無意隨手之間。紅學前輩李辰冬談《紅樓夢》藝術特色的小浪、大浪起伏相繼、不知起止之說為大家熟悉和服膺，敬圻的分析更為詳盡到位。今天在《紅樓夢》熱度過高、「奪目」眩暈之際，再來溫習這「淡淡的」本色不啻是一服清涼劑。到了 1986 年哈爾濱國際紅學研討會上，敬圻作為大會的東道之一，認真準備，正面攻堅，提交了有分量的

《紅樓夢主題多義性論綱》，會前就已印好發給了大家。記得那次會議我繳了一篇有關《紅樓夢》和張愛玲的文章，其時紅學圈對張愛玲很陌生，正合我邊緣化的本心，既不必發言，亦不入文集。但敬圻就不能像我那樣偷懶，必須面對當時很熱門的主題、主線問題，作出與會議主題相符與主辦身份相稱的答卷，在我看來這是很難駕馭的，然而敬圻卻高屋建瓴、舉重若輕地完成了這一歷史使命。「多義性」在今天也許是常識，當時卻是新鮮的，文章完全擯棄了過往非此即彼、魚與熊掌不能得兼的思維模式，從古今中外文學的歷史事實出發，從作品本身豐贍複雜的內容出發，提出了在闡釋和把握主題的各種真知灼見之間，為什麼不可以相容互補、相互吸收呢？並且認定每一種合理的解釋都是有價值的，而每一種解釋又都不可能窮盡其對象。從而正面闡述了對主旨、主線有理有據又頗具彈性的見解。我想此文大度包容、辯證分析的態度和方法是得到了多數學者認可的，並且留了足夠的地步予後人。相對於題目之重大，此文不長，要言不煩，恰為「論綱」。上舉兩文都不脫敬圻低調本色，「淡淡」一文自謂意在為當時文學藝術民族化的討論提供一個例證；「主題」一文則明言早已意識到這是一個古老而敏感的議題，而敢於涉足是仗著「不是專門家」。

相比而言，更為低調是其後《薛寶釵一面觀及五種困惑》。由題目就可見出，是「一面觀」而非面面觀、多面觀，更非全面觀；「困惑」本來就具有不確定性，竟有「五種」之多。總之，是一種探索的、商榷的、誠懇的態度。事實上，揭載於《紅樓夢學刊》1991年第1輯上的這篇文章，影響更大，至少在筆者心目中是這樣。我以為，不論人們是否認同文中的具體論述，有兩點十分可貴。其一是敬圻的學術勇氣，如她在開篇時坦言，談薛寶釵顧忌很多，涉及她所敬重的師友，然而她還是把自己的所思所想本著探討學術的誠信和虛心亮了出來。學界朋友都知道，上世紀50年代北京大學中文系有名家講《紅樓夢》唱對臺戲的佳話，那就是北大教授吳組緗先生和文學研究所所長何其芳先生，他們觀點不同，各抒己見從而嘉惠後學。敬圻其時正求學北大，想來親歷其境。其後吳組緗先生一直任教北大，更是新時期中國紅學會首任會長，1988年在蕪湖的全國紅學研討會上，吳先生給大會作的學術講演中，又著重講析了薛氏的皇商家庭和寶釵表裏不一的巧偽性格。敬圻所見顯然與吳師不同，她能勇於表述並形諸文字，正是北大優良學風的體現。其二，正因此，這篇文章推動和深化了關於薛寶釵以及紅樓人物的研究，促使廣大學者思考和

探索，我本人就從中受益良多。80 年代之初我曾寫過一篇關於薛寶釵的文章，很是淺稚，對此一直關注，敬圻之文說了某些我想說而說不出和我根本沒想到的話，當然我也感到困惑而且時至今日仍在困惑之中。總之敬圻此文足可成一家之言，給人以諸多啟發。此後，她陸續有《林黛玉永恆魅力再探討》（《求是學刊》1996 年第 3 期）、《賈寶玉生存價值的還原批評》（《紅樓夢學刊》1997 年第 1 輯）、《紅樓夢女性世界還原考察》（《明清小說研究》2003 年第 4 期）諸文，她清醒地意識到都是些「說膩了、又不得不說」的課題，而她卻能低姿態高水準地就這些題目「接著說」，說出新意。

再往後，我很難看到敬圻的所寫了，她說，近年來，即便是有文章，也只發在地方刊物上，而把那些所謂「核心期刊」的位置讓給年輕的、更被「量化」所制約的同事。這符合她一貫為人處事的作風。她從來為他人想、為學生想、為「梯隊」的接續者想，這就是她數十年來無論為師為長為帶頭人、為妻為母為祖母，任何一個角色都能盡責到位的原因。作為一個局外人，我深知她在校內外有很好的人緣和很高的人望，也為之付出很多，直至現在仍不能完全卸下重擔。2004 年黑龍江大學申請到國家社科基金重點項目《20 世紀中國古典文學學科通志》。這副重擔落在了作為學科帶頭人的敬圻身上。此乃大型項目，要求客觀性、資料性、工具性，其中取捨詳略均費斟酌，主持其事煩難可知。最近一輪的修改是從去年到今年，敬圻用了十個月做了一次全面通改，耗時費力，盼望能早日結項。

作為老朋友，私心指望敬圻能如願以償地放鬆下來。其實，敬圻有很好的藝術感受力和想像力，《明清小說補論》後記中說，她覺得這書「像一道冷拼盤，或曰從舊衣店裏走出的模特兒」，這固然是自謙，那比喻則讓人不由得想起張愛玲；她行文中常有重疊的、排比的句式，又令人想起王蒙。我常想敬圻本也可當個作家的，當然，她有濃厚的理論興趣，勤於學敏於思，善於抽象言語邏輯。做個教授、學者也完全勝任愉快。人生原本不能設計，只是到了這個鐘點，該給自己留一點時間和空間，這應當不算是奢望。

目次

代序：第一朋友　呂啟祥

賈寶玉生存價值的還原批評 ……………………………… 1

　賈寶玉生存狀態的還原考察 …………………………… 1

　賈寶玉文化歸屬的還原考察 ………………………… 12

　餘論 ……………………………………………………… 20

薛寶釵一面觀及五種困惑 ……………………………… 23

　不涉及薛寶釵的性格史 ………………………………… 23

　欣賞她寬厚豁達從容大雅的魅力 …………………… 25

　依然有種種困惑 ………………………………………… 30

林黛玉永恆魅力再探討 ………………………………… 41

　反思：叛逆說的依據及困惑 ………………………… 41

　補說之一：永恆的悲劇美的集大成者 …………… 46

　補說之二：永恆的任情美及其啟示 ……………… 49

賈政與賈寶玉關係還原批評 …………………………… 53

　題目的界說 ……………………………………………… 53

　文本現象爬梳 …………………………………………… 54

　結語 ……………………………………………………… 62

《紅樓夢》少年女僕現象補說 ···································· 67
　　不再討論她們的種種不幸 ···························· 67
　　少年女僕使用價值補說 ······························· 68
　　少年女僕衣食住行補說 ······························· 71
　　結語及其他 ··· 78

《紅樓夢》的女性觀與男性觀 ···························· 81
　　《紅樓夢》女性世界還原考察 ······················· 81
　　《紅樓夢》男性世界還原考察 ······················· 96

從李娃到薛寶釵：「停機德」模式的流變與式微 ···107
　　李娃，停機德模式的發軔與傳奇化 ··············· 107
　　趙春兒，停機德模式的平民化與寫實走向 ········ 110
　　曹妙哥，李娃傳奇的變異 ························· 111
　　鳳仙，停機德模式的式微 ························· 113
　　薛寶釵，停機德理念的尷尬與裂變 ··············· 114

《紅樓夢》主題多義性論綱 ···························· 119
　　文貴豐贍，何必稱善如一口乎 ··················· 119
　　苦悶的多重性與「書之本旨」的多義性 ········· 122
　　「寓雜多於整一」的合力 ························· 128
　　一明一暗兩條主線的妙用 ························· 129

「淡淡寫來」及其他：《紅樓夢》的敘事格調 ······ 133
　　「淡淡寫來」「淡淡帶出」 ························· 133
　　高潮蜿蜒而來，又逶迤而去 ······················· 138
　　照應，在「無意隨手」之間 ······················· 142
　　性格，貴在多層次皴染 ··························· 144

胡晴採訪劉敬圻：對話筆錄 ························· 149

〔跋〕還原：批評方法與思維路徑——
　　劉敬圻《紅樓夢》及古代小說研究的學術
　　特色　劉上生 ··································· 173

參考文獻 ··· 187

賈寶玉生存價值的還原批評

　　這一題目有兩點限制。一是不能談得太寬。只涉及男人的生存價值，只讀解賈寶玉在男人價值選擇方面的言談行狀，一般不正面觸及教育觀、家庭觀、婦女觀、婚戀觀、友朋觀、等級觀、宗教觀諸問題；二是不能談得太玄。只梳理文本中提供的那些明白無誤或模棱兩可的材料，即原生態，儘量箝束讀解過程中的提純情懷與再創造欲望。目的是，對清代以來持續不絕的情緒化的鑑賞方法〔註1〕做出補充，還奢望為一些師友正在進行的哲學的美學的文化學的人類學的深邃思辨，提供盡可能保持原汁原味的原材料。

賈寶玉生存狀態的還原考察

　　作為男人，又是國公後裔，賈寶玉從抓周那天起就面對著一張無法迴避的人生問卷：如何回報列祖列宗的價值期待。

　　這裡說的價值期待，泛指占核心位置的儒家文化對男人人生使命的界說與要求。這種期待，從先秦到清代已滾動出一個嚴整有序的系統。為敘述方便，姑將這一價值系統作一雖不嚴密但易於把握的歸攏，以便考察賈寶玉對列祖列宗的期待究竟背離到什麼份兒上。

　　一是目標，即信仰、抱負、志向等。無論社會角色如何，好男人總是要以天下為己任，憂國憂民，經世致用的。如孔子所說的「修己以安百姓」〔註2〕；如孟子所說的「樂以天下，憂以天下」〔註3〕；如《大學》所說的「修身，齊

〔註1〕陳蛻《列石頭記於子部說》等。《紅樓夢卷》（第一冊），中華書局，1963年。
〔註2〕《論語・憲問》。
〔註3〕《孟子・梁惠王下》。

家，治國，平天下」等。《紅樓夢》中，作家借薛寶釵之口概括為「讀書明理，輔國安民」。

二是修養，即完成高遠目標的人品學品保障。「天下之本在國，國之本在家，家之本在身」〔註4〕。「不能正其身，如正人何？」〔註5〕「君子之守，修其身而天下平。」〔註6〕《大學》則把先秦儒家關於修身的零星診斷系統化，並以簡潔明瞭的公式表述出來：物格，知至，意誠，心正，身修，家齊，國治，天下平。無非強調說，只有當你進入物「格」了、知「至」了、意「誠」了、心「正」了、身「修」了的境界，才有可能實現家「齊」、國「治」、天下「平」的目標。環環相扣，一套嚴整有序的邏輯程序。其中，修身是本，是整個鏈條的樞紐。而修身的水平如何，則要在處理方方面面的人倫關係中獲得驗證。這是每個男人都逃脫不了的一種拷問。如《論語》所說的「君君臣臣父父子子」，如《大學》所說的「為人君止於仁，為人臣止於敬，為人子止於孝，為人父止於慈，與國人交止於信」，如《禮記》中對七種人倫關係所作的理想主義說明等〔註7〕。在《紅樓夢》中，作家先是籠統地提出一個「君仁臣良父慈子孝」的人倫關係準則，後又借賈母之口落實成一個具體的具有可操作性的檢驗天平，那就是「不論他們有什麼刁鑽古怪的毛病，見了外人，還是要行出正經禮數來的。」

最後是途徑，即實現高遠目標的傳統程序。如舉薦、考試、世襲及其他選拔人才的方式。不贅。

羅列以上材料，無非是為以下的讀解（比如一旦必須做出某種價值判斷時）提供方便與參照系。

當年的寧榮二公自然是認同上述價值系統的樣板了。兩座「敕造」國公府，祠堂裏的御筆金匾、御筆對聯以及衍聖公題贈的長聯，還有「代」「文」「玉」輩兒孫們所承襲的種種爵祿等等，正是對寧榮二公生存價值的蓋棺論定。

憑著賈寶玉的天賦與背景，想延續祖輩的光榮甚至也輝煌那麼一下子，

〔註4〕《論語·離婁上》。

〔註5〕《論語·子路》。

〔註6〕《孟子·盡心下》。

〔註7〕《小戴禮記·王制》：「七教：父子，兄弟，夫婦，君臣，長幼，朋友，賓客。」《大戴禮記·王言》：「曾子曰：敢問何謂七教？孔子曰：上敬老則下益孝，上順齒則下益悌，上樂施則下益諒，上親賢則下擇友，上好德則下不隱，上惡貪則下恥爭，上強果則下廉恥，民皆有別，則政亦不勞矣。此謂七教。」

並不是什麼難事兒。他是寧榮二公選定的唯一「略可望成」的苗子，他面前已鋪就了金光坦途，他只須依照常規四平八穩地走下去便可。警幻仙子明白無誤地傳達了寧榮二公對他的期待：「留意於孔孟之間，委身於經濟之道。」他壓根兒無緣體嘗什麼懷才不遇投靠無門的苦滋味。可他始終沒能向著光榮的祖先們靠攏，他對寧榮二公委託警幻仙子所作的煞費苦心的啟示呆若木雞。他成了另一種冥頑不化的不肖子弟：一種不恃強不凌弱不為非不作歹不受酒色財氣蠱惑的良性不肖。一種難以一語道破的極易被誤解極易被誤讀的生存狀態。從而，賈寶玉就有了一種或被溢惡或被溢美或溢美與溢惡交替並存的命運。

誤解賈寶玉性格的始作俑者，恰恰是文本中那些與他至親至愛的人們。如賈政的「酒色之徒」說，王夫人的「孽根禍胎，混世魔王」說，賈敏的「頑劣異常，內幃廝混」說，花襲人的「放蕩弛縱」「最不喜務正」說，以及興兒「不習文也不學武」「只愛在丫頭群裏鬧」的評價等等，都是讀不懂這一角色的膚淺結論。

與一系列世俗感受迥乎不同的是賈雨村和警幻仙子，然而，他們的體認也各有興奮點與局限性。他們對賈寶玉現象的詮釋儘管超塵脫俗，也只是從某一最醒目的特徵入手（如「情癡情種」，如「閨閣良友」，如「正邪兩賦」）去強調這一異樣孩子的不同尋常罷了，還不能取代對賈寶玉生存價值的客觀探討。

與上述一連串不肖帽子或光環相比較，唯有第三回的兩首《西江月》才算得上理解賈寶玉性格的座標，才是作家對第一主人公生存狀態的正面速寫（見《西江月》第一首），才是作家對第一主人公生存價值的正面衡估（見《西江月》第二首）。

然而，麻煩也從這裡開始了。由於這兩首《西江月》滿溢著抑揚褒貶兼有、酸甜苦辣俱全的情緒和味道，就很容易引申成正話反說、以貶代褒的調侃文字，甚至是皮裏陽秋、諱莫如深的春秋筆法。於是，一種越說越遠越說越玄的溢美傾向，便從對《西江月》刻意求深的接受中蕩漾開來。諸如「可以做共和國國民，可以做共和國國務員，可以做共和國議員，可以做共和國大總統」[註8]以及當代讀者熟知的其他種種浪漫結論，便一發不可收。賈寶玉究竟怎麼一個活法？在短短十九年中，在列祖列宗的價值期待面前，他究竟拒絕

〔註8〕陳蛻《列石頭記於子部說》等。《紅樓夢卷》（第一冊），中華書局，1963年。

過什麼？忙碌過什麼？嚮往過什麼？下面，試將文本中已經提供的炫人眼目的現象梳理成三種相互依存的線或面，即：他拒絕什麼？他忙碌什麼？他嚮往什麼？並略加透析。以求把一個還原到文本的賈寶玉奉獻給讀者，以期對某些浪漫結論做出補充。

賈寶玉拒絕什麼？

有六不〔註9〕。

不喜讀「四書」之外的正經書〔註10〕。

不願與一般士大夫諸男人交往〔註11〕。

不習慣峨冠博帶弔賀往還甚至晨昏定省等繁文縟節〔註12〕。

不熱衷舉業並厭棄八股文〔註13〕。

不關心家族盛衰〔註14〕。

不準備盡輔國安民的責任〔註15〕。

一句話，主流文化期待於男人的許多天經地義的事情，大都被他等閒視之了。

補說：紛紛揚揚一大堆「不肖」，其實主要是在人生目標選擇上出了「毛病」。就是說，沒有沿襲著主流文化指示的路標，去追逐主流文化讚賞的功名。在這一點上，花襲人與興兒捕捉得最為準確，他們一語破的，挑明了賈寶玉最具破壞性的「不肖」因子：不學文，不習武，不喜務正。正是這一核心性的背離，才招致了「於國於家無望」這一價值定位的。其他諸如什麼「瘋瘋傻

〔註9〕 張畢來《漫說紅樓》曾提出過「三不：不喜讀書，不肯搞科舉，不願當官。」人民文學出版社，1978年。

〔註10〕 第三回中寶玉說：「除四書外，杜撰的太多」；第十九回花襲人說他「凡讀書上進的人，你就起個名字叫做祿蠹，又說『明明德』外無書」；第三十六回敘述人說「除四書外，竟將別的書焚了」。

〔註11〕 第三十二回、三十六回有實寫有虛寫。

〔註12〕 第三十六回第一段敘述。

〔註13〕 第七十三回寫寶玉自檢讀書狀況時所想：「更有時文八股一道，因平素深惡此道，原非聖賢所制撰，焉能闡發聖賢之微奧，不過作後人餌名釣祿之階。」第八十二回黛玉說八股之中也有近情近理清微淡遠的，「況且你要取功名，這個也清貴些。」寶玉聽了「覺得不甚入耳，因想黛玉從來不是這樣人，怎麼也這樣勢欲薰心起來！」

〔註14〕 第十六回元春封妃后「獨他一人視有若無，毫不介意」。第六十二回對黛玉所憂「後手不接」的話，視之為杞人憂天，說「管它後手接不接的，總少不了你和我的」等。

〔註15〕 參見第三十六回第一段敘述文字以及同一回中對死諫死戰之臣的批判。

傻」「內幃廝混」「和丫頭們好」之類，雖說也讓親愛者們困惑不解並憂心忡忡，畢竟都算不上什麼大逆不道的大事兒。《野叟曝言》中的文素臣是一超級「閨閣良友」，處處憐玉惜香，還娶了一大串美慧女子為妻，不照樣功名貫天，光昭日月，「了卻君王天下事，贏得生前身後名」麼？可見，賈寶玉「六不」的主要癥結是在目標選擇與道路選擇上，即在如何呼應齊家、治國、平天下的社會責任方面，與主流文化唱了反調。

倘換個角度考察，賈寶玉也並不是主流價值觀的全方面背叛者。在如何做男人的價值拷問面前，在主流文化的綜合天平上，即使最嚴苛的執行官，也不能把賈寶玉一棍子打死。因為，在整個價值系統的中樞環節上，在立命立業之本的「修身」即倫理精神與基礎學養方面，他並沒有與主流文化鬧僵，他沒有背離「仁、敬、孝、慈、信」的大格（後文還有較細的討論），他只是對列祖列宗對他的功名期待滿不在乎罷了。對「六不」的積極意義的估量應當有一個度。

更何況，再換個角度考察，「六不」裏邊，也不排除也包孕了一般紈絝子弟的階層性惰性在內，是大多數貴族子弟紈絝子弟的通病〔註16〕。比如賈府中無論嫡派還是旁支子孫中的絕對多數都是不讀書、不上進、不獨善、不兼善、不熱衷修齊治平的無信仰、無目標、無責任感、無使命感的敗家子，總不宜也不能視他們為反傳統勇士吧？賈寶玉的「六不」與賈府紈絝們的「不肖」是有某種同一性的。他與他們的不同，僅僅是「良性」二字，他是良性不肖子弟。可見，僅僅從拒絕什麼放棄什麼排斥什麼這一層面上把握賈寶玉的人生定位，或由此做出什麼價值判斷，是魯莽的，草率的。還必須繼續梳理下去。看看這個聰穎乖覺少年的精神頭，究竟消耗到哪裏去了。

賈寶玉忙碌些什麼？

可梳理出五條情節鏈。

其一，賈寶玉有一定的精神文化生活〔註17〕。賈寶玉「忙碌」鏈條之一。其日復一日的內容在第二十三回曾有集中交代：

> 或讀書，或寫字，或彈琴下棋，作畫吟詩，以至描鸞刺鳳，鬥草簪花，低吟悄唱，拆字猜枚，無所不至，倒也十分快意。

總共十餘種雅俗共賞讓他輕鬆愉悅的文化娛樂活動。其中，讀書仍居第一

〔註16〕參見王蒙《賈寶玉論》，《紅樓夢學刊》，1990年第2期。

〔註17〕張畢來《漫說紅樓》第四章第一節有所論述，人民文學出版社，1978年。

位，也是最具有彈性與複合性的一項內容。

讀什麼書？李貴說他正在背誦《詩經》，賈政則強調說一定要熟讀「四書」
（第九回），我們則眼見他幾番揣摩《南華經》（第二十一、二十二回），還見
他與林黛玉共讀《西廂記》（第二十三回），他自己多次翻閱《牡丹亭》（第三
十六回），還有茗煙供應的其他種種光怪陸離的通俗讀物等等（第二十三回），
不一而足。

在接受書本知識與典籍文化這個十分敏感的問題上，當今的讀者評家大
都特別看重賈寶玉的雜學旁收，這無疑是有依據的。這不僅因為賈寶玉的確視
雜七雜八的通俗讀物為「珍寶」，而且還因為雜學旁收的結果直接導致了其知
識結構的相對合理與價值觀念的絕對複雜狀態。對此，的確不能漫不經心。

不過，這裡要特別說一說「四書」。在文本中，「四書」與在生活中一樣受
到師長家長的推重，是天經地義的基礎教材，作為受教育者的賈寶玉也必須
從這裡起步。「四書」還是科舉考試選拔人才的經典性著述，每個讀書人都要
憑藉著對它的把握程度去換取功名。唯此，賈政才狠狠地宣告：最要緊的是先
把「四書」一氣講明背熟，否則，哪怕念三十本《詩經》也是掩耳盜鈴（第九
回）。有趣的是，儘管讀講背誦「四書」一事帶著來自官方來自學堂來自家長
毫無商量餘地的強制性，賈寶玉對它卻並不反感。他不僅把「四書」排除在口
誅筆伐與火焚銷毀的對象之外〔註18〕，而且情有獨鍾，已有我們看不見的實際
操練，已有我們看得見的相當不錯的掌握。比如第七十三回中聽到趙姨娘的
小丫頭傳報謊信，緊忙夜戰，突擊備考，以應付賈政的突然襲擊時，他曾有如
下反思：

> 肚子裏現可背誦的，不過只有「學」「庸」「二論」是帶注背得
> 出的。至上本《孟子》就有一半是夾生的，若憑空提一句，斷不能
> 接背的；至「下孟」，就有一大半忘了。

在這一自檢式反顧中，明白無誤地傳達了一個信息：賈寶玉對「四書」的
熟知程度其實已經相當可觀。其中，有三種已達到滾瓜爛熟境地，竟然是帶注
背得出的；只是《孟子》的工夫沒有到家。這就是說，「四書」四分之三以上
的內容已刻印到賈寶玉腦海之中。看來他對「四書」已有許多時間上精力上的
投入，讀「四書」已成為精神文化生活的一個內容，只是不一定（也沒有表現）
天天讀就是了。順便說一句，恐怕正因為自幼積蓄了相當不錯的「四書」底蘊，

〔註18〕見《紅樓夢》第三回，第十九回，第三十六回。

賈寶玉才能在經歷了那麼多瘋瘋傻傻若癡若狂的折騰之後，在競技狀態並不理想的情況下，輕輕鬆鬆地中它個第七名舉人，比又習文又習武的正經傳人賈蘭還略勝一籌呢（見後四十回，僅供一粲）。

補說：兩種或兩種以上的書面文化，兩種或兩種以上的習俗文化，分別以必修課與自選課的方式進入到賈寶玉的視野與生活之中。無論被動接受還是主動接受還是順乎自然地接受，最終，他還是兼收並蓄了它們。倘要討論賈寶玉對傳統文化的吸納、揚棄、承傳與超越，也有必要從兼收並蓄開始。

其二，賈寶玉有一定的社交往來。賈寶玉「忙碌」鏈條之二。其中，拋開被強制參與的「峨冠博帶弔賀往還」不算，還有一些帶有不同程度主體性的、足以說明其生存方式的社交活動。如，一、雖屬被動參與但卻也躊躇滿志的官場社交；二、雖屬被動參與但卻也怡然自得的紈絝社交；三、既主動參與又有某種靈犀相通的平民（含沒落世家子弟）及賤民社交。

與秦鍾、蔣玉菡、柳湘蓮之間的相識相交已受到歷代讀者評家充分注意，不贅。這裡著重梳理其餘。

與北靜王的相互傾慕與多次過往，對梅翰林、慶國公等的禮儀性拜訪等，屬於第一類。在這類場合中，賈寶玉絕無格格不入形單影孤的苦悶，相反，還或濃或淡地流淌出一種按捺不住的備受寵愛備受賞識的得意之態（見第十四、十五、二十四、四十三、七十八諸回有關描述）。

與薛蟠、馮紫英們渾渾噩噩的遊宴活動，屬於第二類。這一類過往的內容純屬花天酒地聲色犬馬，對此，寶玉不僅隨和，也很投入，也善於周旋，也能如魚得水。即使捲入平庸低俗甚至污言穢語的嬉戲之中，也不曾有過什麼不適不快如鯁在喉的排異反映（見第二十六、二十八諸回的有關描述）。

補說：看來，賈寶玉所鄙薄的「國賊祿鬼」主要涵蓋那些干謁權貴、以小事大的可憐蟲們，而不是厭棄所有皇親國戚達官顯宦。此其一。第二，賈寶玉也有燈紅酒綠、遊戲人生的時候。他與薛蟠、馮紫英們之間不僅存在有形的往來，還有某種無形的精神溝通，這就是後文即將論及的作為賈寶玉慣性生存狀態之一的「富貴閒人」之間的那種同一性。甲戌本第二十八回脂批就把賈寶玉與薛、馮、雲兒之間的廝混與《金瓶梅》中西門慶、應伯爵、李桂姐之間的鬼混劃上等號，還不痛不癢地說：「此段與《金瓶梅》內西門慶應伯爵在李桂姐家飲酒一回對看，未知孰家生動活潑？」第三，賈寶玉還有一個「俊友」情結。他與秦、蔣、柳之間既沒有桃園結義式的矢共生死的誓約，也沒有施潤澤、劉

小官們那種同舟共濟的舉措，他們之間主要是一種心儀與默契，是對一種無視門第、無視貴賤、無功利需求的人情美的認同。然而，在心儀默契之中，在舉手投足之間，畢竟摻和了某種紈絝時尚，「不因俊俏難為友，正為風流始讀書」（第七回回末詩）說的正是這種情結。時至今日，仍有論者為賢者諱，故贅言如上。

在可以條分縷析的文化生活與社交生活之外，賈寶玉還有兩種難以梳理的慣性生存狀態，一是「無事忙」，一是「富貴閒人」。賈寶玉的時間、空間和精氣神，主要耗費在這兩種生存狀態中去了。這裡，先梳理「無事忙」狀態。

其三，慣性生存狀態之一的「無事忙」。賈寶玉「忙碌」鏈條之三。他忙些什麼？用魯迅的話說，他忙著「周旋於姐妹中表及侍兒」之間〔註19〕，用吳組緗先生的話說，他忙著「到處發揮這種不能自制的感傷的溫情」〔註20〕，用呂啟祥的話說，他忙著「為人擔憂，替人充役，代人受過」〔註21〕，用張錦池的話說，他忙著對平輩小輩和下人中的女孩子表示「特殊的體恤和尊重」〔註22〕，用警幻仙子的說法是忙著做「閨閣良友」。這一切，都是以主動給與、主動介入的方式在運作著。如在晴雯撕扇、平兒理妝、香菱解裙、藕官祭药、齡官畫薔、寶玉瞞贓以及祭金釧、悼晴雯、惜岫煙、傷迎春以及呵護與關切芳官、春燕、五兒、萬兒甚至二丫頭、紅衣女、抽柴女、畫軸女等等難以盡數的場景中所呈現的「情不情」行狀。一派主動付出無論報償不計效果的坦蕩氣象。

補說：賈府的長輩、晚輩、丫頭、小廝乃至周瑞的女婿傅家的婆子們，都已準確無誤地捕捉住賈寶玉「無事忙」的行為慣性，但可惜又都沒有看懂。賈母是闔府上下最關愛最憂慮也最注意研究賈寶玉生活質量的人，她一旦發現她的愛孫偏偏「和丫頭們鬧」「和丫頭們好」這一十分「難懂」的動向之後，就努力破解它，一心想要理清這個讓她擔心讓她困惑的謎團。她成功了一半。她憑藉經常性的「冷眼查看」與「細細查試」的辦法進行了幾番認真鑒定之後，終於以權威的口吻宣布：「這不是什麼男女之事！」即並非什麼性意識性吸引使之然。賈母畢竟是很有眼光的，她頗有點超塵脫俗的勁頭。但究竟是什

〔註19〕《中國小說史略》第二十四篇，《魯迅全集》（第八卷），1957年。

〔註20〕吳組緗《論賈寶玉典型形象》，見《說稗集》，北京大學出版社，1987年。

〔註21〕呂啟祥《愛博而心勞》，見《紅樓夢開卷錄》，陝西人民出版社，1987年。

〔註22〕張錦池《論賈寶玉叛逆性格的形成和發展》，見《紅樓夢十二論》，百花文藝出版社，1982年。

麼？她依然沒有斟酌出參悟出一個確切的答案。她只是否決了世俗的偏見，卻沒能抽繹出類似哲學家們才能得出的那種結論。從而，她不無天真地發問：「想必是個丫頭錯投了胎不成？」

平心而論，這「無事忙」的慣性狀態中滿溢著一種很熟悉又很新鮮很珍貴的東西，滿溢著與生俱來與後天養成的、融合著兩種文化精神的仁愛與博愛情懷。那就是脂批所謂的「情不情」，那就是魯迅所指出的「愛博心勞」，那就是吳組緗所說的「尊重同情和無限親愛體貼之心」，那就是一種對柔懦弱小之人恤惜關愛並力求做一點救援之事的行為慣性。可以肯定地說，在這一點上，作家的主旨與作品的面貌與讀者的正常感受之間，具有毋庸置疑的同一性。作家自知地而不是歪打正著地賦予賈寶玉這一特質。而且，在平兒理妝、香菱解裙事件之後他對賈寶玉所作的心理透視中〔註23〕，其人道精神與個性意識遠已超越了朦朧而變得十分分明了。也正是在這一點上，賈寶玉與那些出類拔萃的「姐妹中表」們有了大的不同。不同於薛寶釵的獨善，不同於林黛玉的自戀，不同於妙玉的孤介，不同於賈迎春的淡漠，不同於賈惜春的「冷面冷心」。

其四，賈寶玉還有另一種慣性生存狀態，即消解著生命質量的「富貴閒人」模樣。賈寶玉「忙碌」鏈條之四。薛寶釵送他這一綽號時曾言簡意賅地說，人生難得富貴，更難得閒散，寶玉這兩樣都有了，故謂之富貴閒人。這話裏自然含有諷勸之意，然賈寶玉並不理會，或故作不理會狀。第二十三回那四首依紅偎翠的即事詩，第二十六回與賈芸進行的極無聊極平庸極沒要緊的談話，第七十七回對探春所做的「只管安富尊榮得過且過」的勸導，特別是第七十九回中借敘述人口吻所披露的歇斯底里大宣洩等，把賈寶玉的富貴閒人面孔點染得呼之欲出。其中，第七十九回一段文字具有代表性並讓人震驚：

> （因司棋被逐、晴雯已死、迎春待嫁、薛蟠娶妻等事，釀成一
> 疾，重病月餘，賈母命好生保養，百日內不得外出行走）因此和那
> 些丫鬟們無所不至，恣意耍笑作戲……百日之內，只不曾拆毀了怡
> 紅院，和這些丫頭們無法無天，凡世上所無之事，都頑耍出來。

補說：以上活法，已超出健康有益大俗大雅的文化娛樂範疇，也不是「宣洩苦悶」或「活得不冤」幾個字所能包容的。這裡面透發著一種玩忽生命的自耗味道。如果說，「無事忙」體現著賈寶玉慣性生存狀態的積極面即正價值，

〔註23〕見第四十四、第九十二回。

那麼，「富貴閒人」這一面則主要展示了賈寶玉慣性生存狀態的消極性即負價值。在通常情景中，這種負價值是以百無聊賴、得過且過為表徵的，到特定情景中則演化為恣意放縱，無法無天。當然，賈寶玉的無法無天有個永遠的度，他不會威脅與禍害其他人，他只是消耗與浪費著他自己。

以上四種忙法，再加上與林黛玉之間那份極天然極純粹卻又極病態極沉重的情感糾葛，即賈寶玉第五種「忙碌」鏈條。在小兒女情感糾結中付出的時間銷磨和心智銷磨，是賈寶玉的主要生活內容。不贅。

然而，以上五種忙碌狀態還不是他心目中的最佳存在模式。在「六不」狀態、文化生活的兼容狀態、社交往來的複合狀態以及一言難盡的無事忙狀態、富貴閒人狀態之外，他還有他的嚮往，還有他關於如何生存與如何死亡的遐想。

賈寶玉嚮往著什麼？

賈寶玉還有獨具個性甚至偏僻乖張的嚮往與追求。還有對最佳生存方式與最佳死亡模式所作的浪漫設計。

如第五回夢遊太虛幻境時，賈寶玉對一處「人跡不逢，飛塵罕到」的景觀表現出極大興趣，說：「這個地方有趣，我若能在這裡過一生，強如天天被父母師傅管著呢。」又如，第二十三回，寫他每日只和姐妹丫鬟們一處讀書寫字、彈琴、下棋、作畫、吟詩、描鸞、刺鳳、鬥簪花、低吟、悄唱、拆字、猜枚之時，便覺「十分愜意」「心滿意足」「再無別項可生貪求之心」。再如，第七十一回與尤氏探春對話中又重申：只要和姐妹們朝夕相守，即使今日明日今年明年死了，「也算遂心一輩子了」。

補說：上述「嚮往」有兩個檔次。眼下，暫且滿足於姐妹丫鬟呵護下的、少受外部擾攪的、擁有多姿多彩文化娛樂活動的大觀園生存圈（有論者稱之為「隱居女兒叢中」〔註24〕，是大隱隱於市的一個分支）；但他終歸更嚮往一種絕對清幽僻靜的、絕對無人管束的自然與人文環境，即進入一個人跡不逢飛塵罕到的世界，真正逍遙真正本色地活著。換言之，他一方面認同了眼下這個相對封閉的世內桃源，一方面又神往著另一個絕對封閉的世外桃源。前者，賈寶玉已經擁有，但卻漸受侵襲並大有風雨飄搖朝不保夕之感；後者，是賈寶玉心嚮往之但卻撲朔迷離可望而不可即的生存空間。

〔註24〕王向東《隱逸文化與賈寶玉隱士形象的塑造》，《紅樓夢學刊》，1993 年第 4 期。

　　於是，賈寶玉屢屢想到死。並勾勒了關於「死」的浪漫設計。恐怕正因為眼下的生活圈每每受到侵襲，而理想的生活圈又可望而不可即，賈寶玉並不怎麼留戀人世，不怎麼留戀生於斯長於斯卻又漸被悲涼之霧籠罩的大觀園世界。他動輒祈望在眾多姐妹丫鬟共同呵護下了無痕跡地死去，並永不託生為人。第十九回與花襲人的談話，第三十四回的內心獨白，第三十六回與花襲人的對話，第五十七回與紫鵑的對話，第七十七回與尤氏的對話……反覆癡迷地傾吐了他對「死」的獨特遐想，即關於「死」的感傷而優美的浪漫遐想。其要點之一是，要有眾女孩的呵護，「只求你們看著我，守著我」「趁你們在，我就死了，再能夠你們哭我的眼淚流成大河」。其要點之二是，一定要了無痕跡，「把我的屍首漂起來，送到那鴉雀不到的幽僻之處」「連皮帶骨都化成一股灰」「一股煙」，讓「大亂風吹得四面八方都登時散了，這才好！」其要點之三是，「自此不再託生為人」，便是死得其所。

　　一個在物質生活與精神生活方面都似乎十分富有的少年怎能湧動出這等思維定勢？

　　補說：這一思維定勢自然不是與生俱來的。初入大觀園時，賈寶玉確也由衷地「十分快意」並「心滿意足」過。那是因為他第一次擁有了一塊小兒女自做主人、自作主張的小天地。然日久天長，斗換星移，逐漸發現這大觀園也原來不是一塊飛塵罕到的淨土，人世間的許多麻煩事兒都先後在這裡出現，「泥做的」男人與變成「魚眼睛」的女人們的意志，往往攪得這裡不得安寧。賈寶玉的不自在感日益濃重。除了與林黛玉之間的是是非非之外，他還有許多莫可名狀的煩惱。

　　賈寶玉其實是相當孤獨的。這位天之驕子，人中鳳凰，在情感深處，在精神隧道中，積澱了無盡的寂寞，一種連林黛玉也觸摸不到理解不了的寂寞，這當然夠惱人的。

　　賈寶玉的煩惱還來自敏感，一種不同於林黛玉也不同於賈探春的敏感。林黛玉的敏感主要是以自尊自重自憐自虐為軸心的；賈探春的敏感中除了自強自衛情結之外，還包孕了對家庭盛衰的某種關注以及由此生發的某種歷史內涵；而賈寶玉的敏感則主要表現為對大觀園內外所見所聞的人之聚散禍福存亡的「情不情」思考。敏感度愈強，其煩惱則愈甚。於是，賈寶玉擁有了比林黛玉寬廣比賈探春博大的苦悶。

　　賈寶玉的苦悶還來自軟弱。這位備受寵愛的寶二爺寶天王寶皇帝其實很

少自主權。平日「行動就有人知道」（第四十七回）；而更有甚者，每當關鍵時刻，每當遇到生死榮辱的大事兒，每當家長們動真格的了，他「自不敢多言一句，多動一步」（第七十七回）；甚至連親娘老子的陪房媳婦也狐假虎威地不把他放在眼中（第七十七回）。他只能在一些微不足道無關宏旨的瑣屑細事上對弱小者援之以手或打打掩護，而且還常常無濟於事，不過是無用之功。一旦面對抄檢大觀園、逐司棋、別迎春、悲晴雯等羞辱驚恐悲淒之事，他只能「悵然」，只能「滴淚」，只能「釀成一疾，臥床不起」。他是一個不擁有實權的、有點權也不會用的、更不善於憑藉特殊身份以擴張權力的「銀樣鑞槍頭」。

正是這些糾纏不休、排解不去的不自在感，逐漸誘發了賈寶玉對現有生存環境的厭倦，催化他完成了由生的遐想到死的遐想的過渡。

從這種意義上講，不應該把賈寶玉關於最佳生死方式的奇思遐想簡單化地視之為虛無幻滅情緒。儘管以上的思維定勢中摻進了許多無奈許多感傷，儘管依循著這種思維定勢將會不可避免地造就出自我封閉型的中國式多餘人性格，但其中畢竟躍動著嶄新的生存觀念：不關注儒家的留名青史，不關注道教的長生不老，不關注佛家的善修來世，而只是執著地探尋一種寬鬆寬容寬和的生活空間，和一種充滿溫情的、不受打擾的、寧靜無痕的死。這是關乎生命質量的前所未見的價值追求。它產生在背離傳統價值期待（雖不徹底）與尊重個性舒揚（雖不高亢）的結合點上。它還是良性的「無事忙」「情不情」狀態的必然延續與深化。

關於生存狀態的結語

對賈寶玉生存狀態的還原考察，再次印證了脂批的感覺全然不錯。無論從哪一角度哪一層面上進行觀照，賈寶玉都是「古今未有之一人」，是「囫圇不解之人」，是「囫圇不解中實可解，可解中又說不出理數之人」，是難以用正邪新舊美醜賢愚等等字眼妄加論斷之人。如果一定要把這種難以一語論定的生存狀態加以道破的話，則可稱之為：一個對列祖列宗的價值期待既有背離又有認同，但背離略大於認同，積極背離又略大於消極背離的良性不肖子弟。

賈寶玉文化歸屬的還原考察

上文說過，在接受文化傳統方面，賈寶玉是個雜家。典籍文化與習俗文化，精英文化與市井文化，主流文化與非主流文化，借助種種傳播渠道，共同薰染養育著他。由此，其價值取向中就一再呈現二律背反現象。

賈寶玉與儒家種種

無論從總體上看還是從計量分析上說，賈寶玉確實不是儒家正宗信徒。這不僅僅因為上文羅列的那「六不」「五忙」「兩遐想」中的種種背離現象的存在，而且還因為他對人與人生的思考中迸發出某些儒家先師與儒家傳人所陌生的思想火花。

然而，又不能把賈寶玉籠統地視之為儒家文化的叛徒。就像被稱為異端之尤的李贄那樣，賈寶玉也實實在在地接受著儒家文化的血脈，與儒家倫理綱常尤有不解之緣，「他還不能不崇信孔孟之道」〔註25〕。以下，著重梳理他對聖賢、對君主、對親權的尊崇以及對「四書」的推重。賈寶玉對「四書」的推重，在第三、第十九、第三十六、第七十三諸回中被反覆皴染過了，上文亦有所強調，從略。

賈寶玉對孔聖並儒家楷模的景仰，竟也是自成系統的

第五十一回與麝月對話中，就已鄭重嚴肅地引用孔夫子語錄，搬出孔夫子幫忙，以無可商榷的口吻，回答麝月（為什麼不將女兒比作松柏）的反詰：「松柏不敢比。連孔夫子都說歲寒然後知松柏之後凋，可知這兩種東西高雅，不害臊的才拿他混比呢。」第七十七回與花襲人對話中再次由衷禮讚孔子、諸葛亮、岳飛們，並視若神明：「孔子廟前之檜，諸葛祠前之柏，岳武穆墳前之松，這都是堂堂正大隨人之氣，千年不磨之物。世亂，則萎，世治，則榮」。第二十回一段心理描寫中，更將孔子認同為「亙古第一人」，凡他「說下的」話，立下的規矩，賈寶玉是「不敢忤慢」的。第七十三回批駁與誚謗八股文的主要動因，也是怪它「原非聖人之制撰，焉能發聖賢之微奧」云云。

補說：賈寶玉雖不是儒家的正宗傳人，但尊崇孔孟無疑。而且，對孔孟的尊崇顯然超越了對女兒的尊崇。記得甄寶玉曾將女兒與阿彌陀佛、元始天尊作過類比，說女兒兩個字比那阿彌陀佛元始天尊還要尊貴〔註26〕。可惜甄寶玉沒有把女兒與孔夫子連在一起評說過。在賈寶玉的天平上，在聖賢們的面前，他心目中的至尊至貴至潔的女兒們已退居到無可比擬的次要位置，唯有至聖至靈的萬世師表「亙古第一人」孔子才是無可辯駁不敢忤慢的權威。更發人深省的是，他自己雖不追求修齊治平的輝煌，但對修齊治平的輝煌實現者諸葛亮與岳飛們則由衷景仰。這一現象，與誚謗「國賊祿鬼」的著名怪

〔註25〕吳組緗《論賈寶玉典型形象》，見《說稗集》，北京大學出版社，1987年。
〔註26〕見第二回冷子興賈雨村對話。

論以及批判文死諫武死戰的那些妙論〔註27〕相映成趣，互為補充，奏異曲同工之效。

賈寶玉對朝廷的態度又如何？

前文曾兩番提及賈寶玉是很瞧不起死諫死戰的文臣武將的。他把他們說得一錢不值。可有沒有注意到，賈寶玉批殺他們的推理方法十分奇怪。在他看來，那些死諫死戰之臣之所以可惡，就因為他們自以為無限忠烈，可實際上卻給朝廷抹了黑，並把國家推到困境中去了。用王蒙的話說，他批得十分聰明，是以更加維護朝廷的角度來批文武之死的，是用極封建來批封建〔註28〕。如果認為賈寶玉的這一段談話頗為偏執偏激或標新立異或危言聳聽或正話反說，那麼，以下幾處文字則足以證實他對朝廷態度的一貫性，即並非忽冷忽熱忽陰忽陽忽左忽右的。在這一側面，也構成一個穩定的性格子系統。

譬如：第十七回大觀園題對額時，賈寶玉曾強調說「第一行幸之所，必須頌聖方可」，故題詞為「有鳳來儀」。第三十六回與花襲人對話中又強調說，「要知道那朝廷受命於天，若非聖人，那天也斷斷不把這萬幾重任交給他」。第六十三回與芳官對話中更兩番強調說，「幸咱們有福，生在當今之世」「竟不用一干一戈，皆天使其拱手俯頭緣遠來降。我們正該作踐他們，為君父生色。」又「如今四海賓服，八方寧靜，千載百載不用武備。咱們雖一戲一笑，也該稱頌，方不負坐享太平了」。

補說：天子受命於天，君為臣綱，君臣父子，定位不易，事之常也。賈寶玉接受了並恪守了這些觀念。雖然他不想做什麼經世致用的治世能臣，雖然他在生命實踐中並沒有幫上朝廷什麼忙，但在觀念形態上他卻毫不猶豫地認同了天子的至高無上。在這個涉及修身之本的大問題上，賈寶玉的取向是透明的，他絕不模棱兩可。

面對父母親長的威嚴，賈寶玉又如何動作？

對賈寶玉來說，「四書」呀、朝廷呀、種種至尊至聖的權威們呀，畢竟是高遠的、抽象的、純精神的，而父母親長們的威懾力量則是切實的、具體的、每日每時無往不在的。高遠抽象的精神權威們並不直接實施對賈寶玉的彈壓，從而談起他們的時候便只有敬意而無畏懼，父母親長的威懾則不同，它直接體現為讓人不自在不舒暢的禮與法的箝束，甚至還立即釀就出苦果，從而，

〔註27〕見第三十六回賈寶玉花襲人對話。
〔註28〕王蒙《賈寶玉論》，《紅樓夢學刊》，1990年第2期。

賈寶玉對親權的態度就是畏懼大於崇敬了。

第二十回的一段心理透視（「父親伯叔兄弟之倫因是亙古第一人孔子說下的，不敢忤慢」）是很有囊括力的。這是賈寶玉貫穿首尾由衷恪守的大原則。由此，路經賈政書房時，儘管有周瑞「老爺不在家」的提示，也堅持繞道從角門出府，說什麼「雖鎖著也要下來的」。挨打療傷的全過程中，連花襲人都咬著牙說：「我的娘，怎麼下這般狠手！」賈寶玉卻不曾對乃父有過半句牢騷或質疑。至於長輩兄輩的過失與劣跡之類，更是不進諫，不抗爭，不憤慨，持駝鳥態度：直面金釧兒受侮，他一溜煙跑掉了；路遇司棋被逐並央告他「好歹求太太去」，他非但不代她請命反倒畏於家僕「告舌」，直待他們「走遠了，方指著押送女僕的背影恨道：奇怪！奇怪！怎麼這些人只一嫁了漢子……就這樣混帳起來，比男人更可殺！」大有阿Q鼻祖的味道〔註29〕；賈母因賈赦逼鴛鴦作妾一事遷怒於王夫人之際，他不僅不具有賈探春的諍子風貌，反倒扯起「天下無不是的父母」的破旗，乖巧地說：「通共一個錯，我母親要不認，卻推誰去？我倒要認是我的不是，老太太又不信。」尤有甚者，晴雯、四兒、芳官等人先後蒙冤被逐的全過程中，他非但百依百順龜縮一旁不予辯誣，而且乖乖而恭順地將行刑劊子王夫人送到沁芳橋頭，而且毫無調查研究、不分是非曲直、陰陽怪氣、炕頭英雄般地盤詰起花襲人來。一派小丈夫小女人氣。在同一時空中，背負著沉重庶出十字架的賈探春，卻不懼權貴，高揚尊嚴，呵護弱者，讓「才清志高」的判詞感天動地。

補說：先秦儒家對「孝」的界定是比較合理比較全面的，它至少包含著「悅親」為孝、「諍子」為孝〔註30〕兩大範疇。賈寶玉對孝道的恪守中並沒有領會先秦儒家的全部積極內核，他接受的只是其中的一半。在這一點上，他遠遜於薛寶釵（她曾有諫母之舉，並卓有成效），遠遜於賈探春（她曾有諫祖母之舉，也立竿見影），甚至遜於賈璉（他也曾有諫父之語，雖無收效）乃至平兒襲人之輩（她們也曾有批判抱怨赦、政等男主人的陽光對話）〔註31〕。

或以為妥協忍讓，息事寧人，大事化小，是賈寶玉為人處世的慣性原則，其實不然。賈寶玉也會發火，也有莽言相撞，無端詰問，怒不可遏，讓人下不來臺的時候。比如撻茜雪，斥李嬤嬤，逐晴雯，踢襲人，還有一言不合便拉下

〔註29〕王蒙《賈寶玉論》，《紅樓夢學刊》，1990年第2期。
〔註30〕《論語・為政》《孟子・離婁上》《孝經・諍諫章》。
〔註31〕分別見《紅樓夢》第四十七回，第四十六回，第四十八、三十四回。

臉來譏誚排拒史湘雲等等。只是他發火的對象絕對不超出奴婢輩與姐妹行就是了。可以斷言，父為子綱，子為父隱〔註32〕，天下無不是的父母等古訓，還是很深入賈寶玉之心的，至少在人倫關係準則（而不是人生奮鬥目標）方面，結結實實規範著他的一生，乃至一言一行。

由此看來，賈母在與甄家女人談話中對賈寶玉「守禮」程度所作的總估量〔註33〕，顯然偏於保守，顯然是低調子的，這可能與具體對話環境所要求的自謙語氣與活潑口吻有關？其實，賈寶玉何止「見了外人」才「行出正經禮數來」為「大人爭光」呢，他在家族內部，在大小場合中，在人前與背後，甚至在向林黛玉表白心跡的個別談話中，都從不曾須臾忘記親長至上的人倫原則。即使在猜燈謎之類的娛樂活動中，他也不忽略「悅親」之道，還能夠極其自然地與賈政配合默契，弄虛作假，以逗賈母愉悅與歡欣。在這一類「中性」的「悅親」行為中（薛寶釵點戲點菜時儘量揣摸與迎合老太太的口味亦屬此類），傳統美德的可敬與恪守禮數的造作便水乳交融難解難分了。由此更增加了價值判斷的麻煩，須十分小心十分細心地把孩子與髒水分開。

要之，儘管賈寶玉不屬於儒家正宗傳人，但以宗法觀念為根基的儒家倫理精神（連同它的諸多正負價值）卻滲入到賈寶玉生命本體中去了。

賈寶玉與老莊、與禪

賈寶玉與老莊的關係是一個不大不小的專題。在張畢來《漫說紅樓》第四章第四節，在梅新林《紅樓夢哲學精神》第三章，在王蒙、呂啟祥〔註34〕、張錦池〔註35〕等的論著中，已有周詳深邃的探討，不贅。這裡，只重申與補說五句話。

第一，賈寶玉與老莊的關係不像作者、作品與老莊的關係那麼複雜，那麼難以穿透。

第二，賈寶玉不是老莊一派，他沒有從根本上接受與領悟老莊哲學，他不能像老莊那樣冷峻地看待儒家與灑脫地對待人生。

第三，賈寶玉確有通向老莊的悟性。他欣賞老莊的虛無逍遙和無為。他對

〔註32〕《論語·子路》。

〔註33〕第五十六回賈母對甄家女人說：你我這樣人家的孩子們，憑他們有什麼刁鑽古怪的毛病兒，見了外人，必是還要行出正經禮數來的。

〔註34〕呂啟祥《老莊哲學與紅樓夢的思辨魅力》，《紅樓夢學刊》，1993 年第 1 期。

〔註35〕張錦池《紅樓十二論·論賈寶玉叛逆性格的形成與發展》，百花文藝出版社，1982 年。

老莊的親近也屬於毫無強制色彩的自選範疇。

第四，賈寶玉對老莊思想的親近還徘徊在總體的感性觀賞與部分的淺浮領會階段，屬於「前老莊」情思〔註36〕。如續《莊子·胠篋》時的「意氣洋洋」，讀《莊子·列禦寇》《莊子·人間世》時的「不覺淚下」「不禁大哭」等等，便是「前老莊」的證明。

第五，儘管如此，賈寶玉終歸從老莊那裏看到一種不同於儒家訓示的思維模式。這種模式不只是幫助他暫且擺脫一下小兒女及其他情感情緒的困擾，而且在他關於最佳生死方式的浪漫設計中，也發揮著某種積極的酵母作用。

賈寶玉與禪的關係比起賈寶玉與老莊的關係來，多了一層表面上的麻煩，這就是在續書中他果真當了和尚。但縱觀全書，賈寶玉顯然不是佛（更不是道教）的虔誠信徒。雖然在續書中披上了大紅猩猩氈斗篷飄然而去，可文本提供的全部材料中卻沒有發現他對佛（或道教）如何如何的崇尚與禮敬。他還漫不經心地說過「和尚道士的話如何信得」一類的話，此其一。

賈寶玉也並不怎麼「毀僧謗道」，花襲人對他「毀僧謗道」這一批評有點無的放矢。文本中不時出現的那些對僧人道人的大不敬描寫，如說女兒兩個字比那阿彌陀佛元始天尊還更尊榮，如對靜虛老尼、馬道婆、張道士、王一貼、水月庵主們的明嘲與暗諷，都與賈寶玉風馬牛，不能算到賈寶玉賬上，此其二。

賈寶玉畢生又畢竟與一僧一道糾纏不清。這除了藝術構思強加於他的因緣與制約關係以外，他本身也有一種對佛的習俗性認同，如動輒「你死了我做和尚去」，以及某種參禪的積極性等，此其三。

賈寶玉參禪那點水平還不及他對老莊的那點悟性。儘管他也曾以偈的形式傳達過極欲擺脫塵緣糾纏的心理需求，儘管他也曾悲愴地呼出過「我是赤條條來去無牽掛的」類似徹悟之聲，但那一切都不過是一種「精神冷飲」〔註37〕而已，遠沒有達到「禪」的境地。其參禪水平甚至難望釵黛項背。林黛玉就嘲笑他的「偈」遠非徹悟，她代續的「無立足境，方是乾淨」兩句，竟成點睛之筆。他的佛教知識也極其有限，連薛寶釵轉述的禪宗五祖六祖交接班的佳話也不曾聽說過。他只好在與釵黛的舌戰中退卻下來，並在心理上認輸：「誰又參禪了，不過是一時的玩話罷了。」「原來他們比我的知覺在先，尚未解悟，我

〔註36〕王蒙《賈寶玉論》，《紅樓夢學刊》，1990 年第 2 期。
〔註37〕張畢來《漫說紅樓》第四章第四節，人民文學出版社，1978 年。

如今何必自尋苦惱。」一次參禪的努力，就如此草草收場，接下去，依然是在無盡的熱鬧與無盡的煩惱中打發日子。此其四。

要之，不可把賈寶玉與老莊與禪的關係看得過於親密。

賈寶玉與古已有之的逸士高人傳統

第二回中作家借賈雨村之口開列了一個近三十人的並不謹嚴縝密的大雜燴名單。名單中的人物活躍在不同時代的不同等級中間，是帝王後裔、公侯之家、清貧之族、薄祚寒門與市井奇人中的精神貴族。他們的倫理風貌與生存價值被認為介乎大仁大惡之間，而他們的聰明靈秀與乖僻邪謬之氣卻被認為達到了極致。賈寶玉便被作家借賈雨村之口指認為他們之中的一個分支——「情癡情種，逸士高人」的同黨或門徒。

補說：文本中並沒有正面提供賈寶玉如何如何接受了大名單的直接證據，也沒有接受大名單中的某某人的某某影響的活材料（大名單中有個崔鶯，賈寶玉很喜歡《西廂記》，這或許是唯一的旁證？），但從賈寶玉整個生存狀態看，還真的給人以與某某或某某同一血統或血統比較相近的感覺。或者說，從外部氣質上看，他很像「情癡情種，逸士高人」這一傳統的積極面與消極面的雙向承傳者。

大名單中的某些人從上古到清代已形成一種流品，一種風神，一種自我標榜相互標榜也被史家標榜的特殊系統。這些人的生存狀態是偏離正統的，不論其社會角色如何，無一例外地背棄了經世致用、勵精圖治、建功立業的價值期待，以隱於朝、隱於市、隱於山林的形式保持了自己某種可貴可愛或自以為可貴可愛的個性與本色。這些人的文化人格又是封閉的，一種自賞自慰自娛自耗式的瀟灑。用一位時尚學者的話說，他們消除了志向，漸漸又把這種消除當作了志向，信奉一種封閉式的道德完善，實際上導向了總體上的並不完善。賈寶玉也像他們一樣，一面高揚著特立獨行的人文品格，一面又把自己封鎖在一種自賞自慰自娛自耗的文化牢籠之中。無論怎樣，「逸士高人傳統」一說，有助於對賈寶玉性格的理解，但還不能視之為解開賈寶玉性格之謎的那把總鑰匙。

賈寶玉與明中葉以來的人文傳統與市民情緒

上文說過，在接受主流文化與非主流文化的過程中，賈寶玉是一兼收並蓄的專家。憑著他的靈氣與悟性，在博覽群書的同時，必定廣泛觸及並自知不自知的吸納典籍文化市井文化中包孕的個性意識與人文精神；此外，在家族內外

不同等級不同階層的人際交往中，也會接受與感悟到使之耳目一新使之振聾發聵的新興市民情緒，比如清節凜凜的齡官，無所忌憚的芳官與天馬行空的柳湘蓮們對賈寶玉性格的激活作用，就不可低估。

齡官是《紅樓夢》奴婢群中唯一一個視賈府為「火坑」的人，還是賈府內外唯一一個不買賈寶玉賬的女孩兒（第三十六回）。賈寶玉「和丫頭們好」的慣性行為唯獨在她那兒遭到重創。她讓怡紅公子經歷了「從未經過」的「被人厭棄」的苦痛，她給他上了一課。她讓他「自此深悟」，懂得了「人生情緣，各有分定」，還懂得了女兒們的眼淚他「並不能全得」。賈寶玉以他獨有的寬仁、博大與善解人意領受了齡官的冷遇。他以「訕訕地紅了臉」與悄悄地退出來的表情動作，完成了他對人之個性的直面認同及對有個性之人的理解與尊重。

柳湘蓮無疑是賈寶玉男友中至為高潔而又風采可人的佼佼者。他與寶玉之間的互敬與默契，他對薛蟠的疏離與懲治，他對寧府聚麀亂倫的率真批判，他對尤三姐之死的哀痛與懺悔，都引發了賈寶玉的內省與自慚，並在一定程度上產生了反觀環境與反觀自我的某種覺醒。回憶一下，諸如「只恨我天天圈在家裏，一點兒做不得主，行動就有人知道，不是這個攔就是那個勸的，能說不能行，雖然有錢，又不由我使」（第四十七回）一類的客觀冷峻的判斷，在全書中是絕無僅有的，只有面對柳湘蓮這般純正明淨獨立自主的朋友，才有可能激發他，激活他，讓他傾吐出這份壓抑已久近乎麻木的無奈與酸楚。

此外，賈寶玉還領略過芳官、荳官、葵官、蕊官、藕官們共同營造的那種不平則鳴，勇猛自衛，慷慨豪邁，一窩蜂拔刀相助的人文氣候。

正是在良好天賦與多種文化張力的交叉啟迪下，賈寶玉對人，對人之個性，對人之不幸的世俗關懷，日見濃烈。即使一些極瑣碎極細小的人與人的碰撞中，也能刺激他產生帶有哲理味的形而上的思考。他在自己狹小的勢力範疇內，在自己暫且可以作得主的場合中，本能地或自覺地與「能說不能行」「行動就有人管」的可悲處境唱起了對臺戲。於是，就有了他在大觀園內發表的尊重呵護個性的宣言（見第二十回對賈環的開導，第三十一回與晴雯的對話，第六十三回生日夜宴時的「怡紅風俗」等）；於是，就有了與兄弟小廝相處中所展示的尊重與呵護個性的放達風神（見第二十回寶玉心理描寫中寬鬆自在的兄弟關係，第六十六回興兒「論寶玉」時描述的寬鬆自在的主僕關係等）；於是，就有了無論園內園外，無論是在人與人還是人與自然交往中所表

露的、為傅家婆子們所不解的「呆氣」，即對弱小無助的小人物小動物們送上的一份份微不足道卻彌足珍貴的溫情（見第三十五回傅家婆子所作的似是而非的判斷，第五十八回中關於「物不平則鳴」的議論，以及遍及全書的「情不情」故事等）。

凡此，正是賈寶玉身上唯一能夠與儒家修身學說相媲美、相對峙、相抗衡、相雜糅、相融合的頗有勢均力敵之概的新的文化基因。

關於文化屬性的結語

生存狀態的囫圇不解與文化承傳的兼收並蓄是成正比的。其文化淵源愈豐厚駁雜，其價值取向便愈加模棱兩可，難以論定。

在閱讀中，在感覺上，在通常情況下，總認為賈寶玉與儒家文化傳統最為疏遠，可一旦走出感覺的誤區，一旦把人物整個兒還原到文本之中，一旦在比較研究中進行觀照，則發現，原來賈寶玉恰恰與儒家文化傳統有著千絲萬縷的聯繫。從一定意義上說，其價值取向的模棱兩可，正是儒家文化既強大而又失控這一處境的生動反映。唯其強大，便有了賈寶玉在消極與積極意義上的認同；唯其失控，便有了賈寶玉在消極與積極意義上的悖反。

賈寶玉關於人與人、人與物、人與自然的言談行狀中，雖說閃爍著古已有之的仁者愛人、惻隱為仁的傳統光澤，但主要活躍著一種從傳統文化與新興市民情緒中汲取的朦朧而執拗的尊重「人」與「人之個性」的人文精神。

由此，可以認為，賈寶玉（一個上流社會「略可望成」的聰俊靈秀偏僻邪謬的少年）囫圇不解的生存狀態與價值取向正是一個訊號，一架天平，一種風雨表。它有意無意地提醒人們，在 18 世紀中葉，在曹雪芹筆下，即使那些偏離正統的不安分的異樣少年們身上，儒家文化的主流地位並沒有從根子上動搖。這一類異樣少年的出現，正是或主要意味著對儒家文化主流地位的深刻懷疑與嚴正警告。

餘論

如果一定要為賈寶玉的活法來一次價值定位，可以說：一、修齊治平的價值系統已失去了對他的感召力與約束功能，尊重人與尊重個性已成為他的思維定勢與行為慣性。二、作為一個活潑潑的生命個體，他賴以生存的臍帶還縫結在以君父為綱的儒家倫理價值系統的母體之中，他還不是擁有獨立結實挺拔的人文主義精神脊樑的新人。三、他是什麼？他是一種偉大的過渡。是從

《三國演義》中的諸葛亮（實現傳統價值達到極致的典型）到魯迅筆下的狂人（懷疑傳統價值達到極致的典型）之間的一座炫人眼目的橋樑。

1996 年夏秋

原載《紅樓夢學刊》，1997 年第 1 輯

薛寶釵一面觀及五種困惑

不涉及薛寶釵的性格史

談薛寶釵，顧忌很多。顧忌多了，就不肯深想；即便想了，思路也亂；說出來，自然不夠透亮，甚至不知從哪裏說起才好。

還是從題目入手吧。

一面觀，即非方方面面，非立體，非多維，非多層次，非圓的。或許還因此「淡化」了歷史，「淡化」了文化，「淡化」了許多重要的東西。而且還肯定會讓人生氣，讓我至為敬重的或多有默契的師友生氣。

說白了，以下的文字是名實相符的管窺蠡測。它只涉及豐富複雜的薛寶釵性格的部分內容，即部分人際關係準則，即人際關係中寬厚豁達從容大雅的那個側面。凡不屬於這一側面的種種是非褒貶抑揚毀譽，則概不妄斷。

可見，拙稿的中心意圖不是對薛寶釵作歷史的文化的審美的整體的穿透性的評估，而只是說幾句好話。為此，有必要鄭重老實地說明，我不是薛寶釵一黨，不是冥頑不化的擁薛派。深奧複雜的道理自不必說，單是這小小女孩為人處世的圓熟勁兒，感情問題上的冷漠勁兒，自控能力的超常勁兒，就令人不適，自慚，有隔膜感。她至少在六七個或七八個場合中（如猜元春燈謎、論金釧死由、詆芸紅隱私、施金蟬脫殼、賣寶琴詩題、譖黛玉婚事以及對尤三姐之死的過分寡情、對綠玉綠蠟之辨的過分熱衷等等），都大可不必這般如此地說話行事和做人。小小年紀竟如此這般地世事洞明，人情練達，進退矩步，明哲自保，真讓人大開眼界。這至少證明了「對一個少女來說，在『做一個真實的人』與『做女人』這兩種職份之間存在著矛盾」；「強加於女人的自我控制行為，扼殺了她們自發自然的本性，而成為所謂『有教養少女』的第二天性。她的充

沛活力被窒息」了不少〔註1〕。

在這種「有教養少女」的性格中，難免包含著自知不自知的「做作」。如有人說的，「人心都有包皮」，有的用紗布包裝，有的用紙張包裝，有的則用鐵皮包裝。總之，各有程度不等的掩飾，掩飾著那「真的心的姿態。」〔註2〕薛寶釵那「心」的包皮，顯然較黛湘探惜諸女孩來得厚密些，從而也就比她們多了一些矯情。此其一。

「有教養少女」的性格中，還難免包含著自知不自知的「務實」慣性。據說一個有「務實」慣性的人，總是將社會觀眾對自己的看法，看得比自己對自己的看法更為重要〔註3〕。「知美名之好也，而務以揚之而童心失；知不美之名之可醜也，而務以掩之而童心失。」〔註4〕正是這一類「務實」的思想習慣好像致命的嚴霜一樣損傷著健全人性。小小年紀便承受了「務實」慣性的薛寶釵，也是可悲的。此其二。

此外，「有教養的少女」還難免自知不自知地受制於「傳統」。據科學家們觀察，人們「待人接物的態度大部分取決於童年時代無意識地從周圍環境吸取來的見解和感情。換句話說，除了遺傳的天賦和品質以外，是傳統使人們成為現在這個樣子的。」〔註5〕而且「通過傳統和教育承受了這些情感和觀點的個人，會以為這些情感和觀點就是他們行為的真實動機和出發點」呢〔註6〕。在強大的傳統面前，男人和女人都難免受到扭曲，而女人，尤其是滿腹經綸的女人則可能扭曲得更為嚴重。薛寶釵性格中自然也包含著愚昧的虔誠。此其三。

無論屬於哪一種情形，無論自知或不自知，是清醒的無奈還是盲目的信奉，薛寶釵畢竟失卻了許多童心，許多活力，許多自由，失卻許多精神上行為上不受制於傳統風習與世俗偏見的自發自然的純美個性。從這種意義上說，薛寶釵的性格史，是獨立人格逐漸弱化、壓縮人格逐漸形成的歷史。

不過，這不是我們今天討論的側重點。我們的側重點在於證明，獨立人格的不完善，並不等於人格的喪失。只要平心靜氣，摒棄偏見，借運動鏡頭，從多種距離，對這小小女孩的人際關係全貌作追蹤躡跡式的觀照，那就不難發

〔註1〕 參見《女人是什麼·少女篇》，中國文聯出版公司，1988年。
〔註2〕 《豐子愷散文選·隨感六則》，上海文藝出版社，1981年。
〔註3〕 孫隆基《中國文化的深層結構》，香港集賢社，1987年。
〔註4〕 李贄《童心說》，見《焚書·續焚書》，嶽麓書社，1990年，第97頁。
〔註5〕 《愛因斯坦文集》（第三卷），商務印書館，1979年，第41頁。
〔註6〕 《馬克思恩格斯選集》（第一卷），人民出版社，1972年，第603頁。

現，無論從社會學、倫理學、心理學或美學角度衡估，她都有某種值得讀者評家擊節讚賞的優長。這就是我們開頭所說的一面觀的主要著眼點，即寬厚豁達從容大雅的魅力。這種優長，不論放到傳統道德天平上或是放到現代道德天平上，都不至於失重。說真的，這種優長並不是人人都能擁有的。

欣賞她寬厚豁達從容大雅的魅力

在人際關係中，任情，率性，清標，是一種美，美在能較多地保存「自我」。在人際關係中，律己，安詳，寬和，也是一種美，美在能更多地體諒他人。兩種不同格調的美質，是良好天賦與良好教養的共同產物，只不過所受稟賦的興奮點有所不同罷了。這兩種不同格調的美連同它們全部的可敬與可悲，又似乎統統糅合到林黛玉與薛寶釵性格中去了。

下面只談薛寶釵，談她帶給人們的那一份溫馨。特別是當那種最為平庸無能俗不可耐的男人都自以為比女人更具有優勢的時候，當那些侈談獨立人格或藉口維護獨立人格而肆意橫行膨脹私欲損傷無辜並自以為得志的人物還在增長的時候，留心一下《紅樓夢》中一個小女孩寬厚豁達的精神風貌，似乎很有必要。

有位男人曾狂妄地宣稱：「女子既無決斷力也無恒性。」〔註7〕曹雪芹筆下的薛寶釵正是對這一妄斷的有力反駁。這個小小女子恰恰最善於決斷並很有恆性地處理人與人關係中一系列品位頗高的難點。還是那句老話：這不是人人都可以做到的。即使歷史的長河把我們催送到輝煌的今日，若想造就出一個寬厚豁達的少女也不是很容易的。她至少要完成許多自我超越。超越少女期帶來的生理心理障礙，超越封閉性狹小天地與傳統習俗強加給女人的偏淺短見、任性與瑣屑，超越性別意識與社會角色觀念所形成的病態基因造就的病態性格。而在18世紀中葉，在寫實主義大師曹雪芹（不是長於幻想的蒲松齡）筆下出現的一個「小才微善」的女孩身上，竟然完成了這種超越。這不能不說是作家對人性美與美的人性的另一種發現與開掘。

作家賦予薛寶釵可貴的接受能力；她的接受中就包含著給予；在給予中，她並不喪失自尊自重；她憑藉自尊自重的內力承受外部世界的衝擊；「她具有無憂無慮的孩子和明智的女人共有的內心和諧。」〔註8〕從而，在無須自輕自

〔註7〕參見《女人是什麼‧少女篇》，中國文聯出版公司，1988年。
〔註8〕參見《女人是什麼‧少女篇》，中國文聯出版公司，1988年。

賤的前提下，她在角色的完成過程中為人們提供了與長輩相處、與「對手」相處、與「小人」相處、與「刁徒」相處以及與心猿意馬的配偶相處的具有永恆價值的正面經驗。

　　且看她善於相處的愛心與氣量吧。

　　「哀哀父母，生我劬勞。」〔註9〕無論社會進化世道變化觀念演化到怎樣一種地步，發乎骨肉親情的孝道總是難以「化」掉的。如果連這一點也「化」掉了，還侈談什麼現代文明？侈談什麼獨立人格？侈談什麼人文關懷？理應被「化」掉的只能是「天下無不是的父母」這一類僵死的教條，而不能是合乎人之常情與人類文明的那一份對父母親長的責任與愛心。當年孔子孟子提出「無違」〔註10〕與「悅親」（《孟子・離婁上》）的主張中，也具有合理內核。所謂「無違」為孝，就是生前死後都要依禮侍奉父母親長之意。那時候的「禮」，等級森嚴又很繁瑣，但事親以禮的大原則是全然不錯的，仍有繼承的必要。所謂「悅親」之道，無非時時事事讓父母親長高興。孟子對此看得很重，並斷言「事親不悅，弗信於友矣」「不得乎親，不可以為人，不順乎親，不可以為子」。仔細品一品，孟子的話裏也包含著生生不滅的情理在內。一個人連對親娘老子都缺乏愛心與耐心，還怎能取信於朋友？你所標榜的「為國家民族」等等，豈不都可以劃上問號？而更為要緊的是，孔孟他們在孝道問題上並不僵化老化，也都並不迂腐，用今時的話來說，孔孟的孝道中也是頗有點兒辯證法與變通性的。譬如，《孝經》（孔子設為曾子答問）中就強調「諍子」的可貴，認為「父有諍子，則身不陷於不義。」漢代學者趙岐為《孟子・離婁上》所作的注解中，也強調「阿意曲從，陷親不義」為「不孝」〔註11〕。也就是說，在通常情況下，提倡「無違」與「悅親」之道，在關鍵時刻還必須反對對父母親長的盲從。因為盲從的結果恰恰是孝的反面，即縱容親長做出錯事，使他們陷於「不義」的境地中去了。

　　我們不厭其煩地囉嗦上面這些話，無非是想說明，在《紅樓夢》中，真正領悟並實踐了孔孟提出的兩種孝道的人物，唯薛寶釵一人耳。（在這方面賈探春也不尋常。當賈母、邢王夫人和趙姨娘們犯糊塗的時候，她確有幾次精彩的表現。可惜由於她與趙姨娘之間的是非曲直不是三言兩語可以掰扯清楚的，只

〔註 9〕《詩經・小雅・蓼莪》。
〔註10〕《論語・為政》。
〔註11〕趙岐《孟子章句》注：「於禮有不孝者三：謂阿意曲從，陷親不義，一不孝也；家貧親老，不為祿仕，二不孝也；不娶無子，絕先祖祀，三不孝也。」

好暫且把她懸置起來）。薛寶釵的「無違」與「悅親」種種，已被歷代讀者評家無一遺漏地曝光了。這裡只強調補充兩點。第一，作為一個小輩，薛寶釵的「悅親」行為中也包含著無功利的愛心與「有教養少女」的慣性。對這一類現象，似不宜刻意求深，把一個十幾歲小女孩的一言一行一顰一笑都看得大有心機。再說，被譽為叛逆者的賈寶玉不是也頗懂得「悅親」之道，在有的場合中，甚至與乃父配合默契以取悅賈母嗎〔註12〕？第二，薛寶釵並不一味地「無違」與「悅親」。在關鍵時刻，在處理兩代人之間帶有原則分歧的觀念衝突中，她有時也算得上是一個「諍子」，至少比賈寶玉明快痛快得多。就以「呆霸王調情遭苦打」的餘波為例吧。面對偏袒兒子執意報復的糊塗老娘，薛寶釵以其慣有的寬厚豁達善良明智，冷靜果斷地進行了有力諫阻。她的話，擲地有聲。有了寬厚豁達，才能客觀地判斷事件的性質，認定是小事一樁，不必小題大作；有了寬厚豁達，才能客觀地判斷事件的誘因，認定肇事者必是「無法無天慣了」的薛蟠；有了寬厚豁達，才能冷靜地為弱者柳湘蓮著想，認定絕不可興師動眾倚勢壓人；有了寬厚豁達，才能冷靜地為家族利害著想，認定再不可「偏心溺愛」「縱容」薛蟠「生事」，等等。正是這種心胸氣度，警醒了薛姨媽，制止了「不義」的報復行動，化解了一場衝突。其結果，不僅沒有化泛交為仇敵，甚至還產生了化敵為友的遠距離效果。

以上是與長輩相處的胸襟氣度。

大凡有點兒出類拔萃的人，都難免有一兩個或幾個對手。這裡所說的對手，不是冤家對頭，而是旗鼓相當或大體上旗鼓相當的人物。旗鼓相當的人物之間本應光明磊落心胸坦蕩地進行競賽，可實際生活中的情形則不盡如人意。即使同樣的好人們之間，也可能發生隔膜與誤解。這是許多好人難以逃脫的一種劫難。薛寶釵就遇到了這種棘手的事兒。在一個相當長的時間內，林黛玉一直把她視之為情感路上的「對手」，即「假想敵」。這在林黛玉一方，自然十分痛苦；在薛寶釵一方，則身不由己地面臨一連串唇槍舌劍（並非冷槍暗箭）的襲擊。

一個品格端方的女孩，如何應對來自好人的瑣屑繁複的中傷？曹雪芹賦予薛寶釵最首要最根本的法寶是「渾然不覺」。多麼可愛可貴的渾然不覺的境界！這是一種博大恢宏的胸襟與寬厚豁達的人格力量。其次，則是必要的退避與禮讓了。就是說，寧肯推聾作啞，寧肯小事糊塗。既然對手是一個出類拔萃

〔註12〕《紅樓夢》第二十二回《製燈謎賈政悲讖語》。

的人物，既然對手的「侵犯」主要來源於心理隔膜與誤解，又何必錙銖必較以牙還牙呢？《書》曰：「必有忍，其乃有濟；有容德乃大；修德獲福。」薛寶釵正是這樣回報林黛玉的。但還不止於此。作家還賦予她一種勇氣，即與對手肝膽相照的善心與氣量。第四十二回的「蘭言解疑癖」及其溫暖反饋，便是力證。儘管這次個別談話的價值取向是正統而迂腐的，然其善良動機與坦誠態度也是再明白不過的。

渾然不覺，避退禮讓，肝膽相照，實在是消除誤會的好辦法，沒有端方品格與豁達心胸是萬萬做不到的。經過相當一段時間的心交，釵黛之間終於默契，化干戈為玉帛了。

涂瀛的《紅樓夢問答》卻沒這麼看。他以為「寶釵善柔，黛玉善剛。寶釵用屈，黛玉用直。寶釵徇情，黛玉任性。寶釵做面子，黛玉絕塵埃。寶釵收人心，黛玉信天命。」換句話說，薛寶釵處處做手腳，耍手腕，把單純幼稚的林黛玉給糊弄了。對此結論，實不敢苟同。林黛玉固然人生經驗無多，但也玲瓏剔透，穎悟過人，且極其自尊敏感多疑。以賈寶玉的誠惶誠恐小心翼翼，尚且不時惹出麻煩，薛寶釵想要糊弄林黛玉又談何容易？何況，薛寶釵自己也不過十一二、十三四、十五六至十六七歲的孩子，又怎能老謀深算到出神入化了無痕跡的程度？果真姦邪詐偽到如此地步，豈不與作家總體構思中的那個「晶瑩」如雪的「山中高士」對不上號？

順便補說一句，倘為薛寶釵著想，她與林黛玉的個別談話以及送燕窩之類的做法，實在過於完美，甚至完美得多餘。在那個年代裏，一個女孩如此熱誠地關心另一個女孩，並不符合閨訓與女誡的規範。《淮南子》中有如下一段記載：「人有嫁其女而教之者曰：『汝勿為善，善，人疾之。』對曰：『然則當為不善乎？』曰：『善尚不可為，而況不善乎？』」〔註13〕薛寶釵的被非議，恰恰為《淮南子》的這段話作了注腳。又一次證明了有些勸人明哲自保的老經驗，是不可不在意的：人，尤其是女人，真是多一事不如少一事，做好事不如不做好事為好。看來，滿腹經綸的薛寶釵對前人的這一類教訓並沒有領悟，對明哲保身的處世哲學還遠沒有學到家。

以上是與「對手」相處的胸襟氣度。

孔子說，「惟女子與小人為難養也。近之則不遜，遠之則怨。」〔註14〕倘

〔註13〕轉引自藍鼎元《女學·婦德篇》，見《四庫全書存目叢書》。
〔註14〕《論語·陽貨》。

把這句話中的「女子」二字勾掉，剩下的意思是全然不錯的。凡多少有點人生經驗的人，都懂得「小人」最難以應付。許多正派人都體嘗過「小人」強加於自己的麻煩。而且任何一個較大的群體中，都難免有那麼一兩個自輕自賤、無事生非、飛短流長、渾水摸魚、唯恐天下不亂的可憐蟲。不論你如何潔身自好，要想完全不與這種人物發生任何瓜葛牽連幾乎是不可能的。薛寶釵周圍也有這類角色。就說趙姨娘與賈環吧，不管這母子二人的處境有多少讓人同情的地方，作為人，在人格上，他們是有許多可鄙可悲的致命弱點的。他們的被毀和他們的自毀互為因果。與這種人物交往，需有較高層次的寬和與善良。薛寶釵無疑這樣做了。由於格調氣質的距離遙遠，總的說來她對他們採取了一種不遠不近不親不疏不冷不熱的態度，但在具體交往中，她對他們（主要是對賈環）卻能做到不排斥，不歧視，體諒包容，一視同仁。如第二十回中一視同仁地帶賈環玩耍，第六十七回中一視同仁地饋贈賈環禮物等。這種心胸氣度，與王熙鳳對賈環的鄙視、賈寶玉對賈環的疏淡、賈探春對賈環的冷峻、特別是那些心比天高的小丫頭們對賈環的超常厭惡、超常鄙薄的派頭比較一下，就更能體味到它的難能可貴。薛寶釵「以一種富有感情的自發的慷慨，毫不費力地做到了這一點。」〔註15〕

以上是與「小人」相處的胸襟氣度。

任何大群體中，還難免出現個把刁夫刁婦，一種不受起碼的道德約束的潑皮牛二式的人物。俗語說，秀才遇見「兵」，有理講不清。刁徒也有兵痞子味道。正常人遇見兵痞，碰上刁徒，是與非也會一塌糊塗。才貌雙全的香菱不就被夏金桂折磨得死去活來嗎（依曹雪芹原意香菱是被折磨致死的）？薛蟠不是也被欺凌得進退維谷尷尬不堪嗎？可小小薛寶釵的精神狀態就健全得多。面對夏金桂曠日持久的騷擾，她竟能安閒自若，處亂不驚，如入無人之境，充分展示了一個豁達女孩在被迫抵抗被迫還擊時的鎮定與弘毅。其基本方針是不理睬她；但不排除後發制人；制人時又必有理有節，速戰速決，不拖泥帶水。真真是寬容不失剛正，忍讓不失尊嚴，進退適度，綿裏藏針，恰到好處。

以上是與「刁徒」相處的胸襟氣度。

有人說，安詳即是「正受」。有了對生命的正確感受，才能真正地享受生命。一個擁有相對安詳相對和諧相對統一相對開闊心態的人，必然活得踏實，

〔註15〕參見《女人是什麼・少女篇》，中國文聯出版公司，1988年。

活得自在，活得瀟灑，並安心於他的責任和義務。安詳，會構成生命的磁場，會讓進入磁場的每一個人獲得溫馨、清爽、舒暢和鼓舞。從這個意義上說，安詳，不是獨立人格與淳美個性的迷失，恰恰相反，它只是捨棄了驕恣放縱，卻找回一個自尊自重自信自覺的自我。薛寶釵性格中就包含著這種安詳的美。這種美與中國文化人欣賞的另一種美即狂狷任性的美，構成了以反襯為表象的正襯與互補。薛寶釵的出現，從另一個側面展示了智力結構、意志結構、審美結構相對健全的人比平庸脆弱紊亂無奈妒嫉專橫之輩的卓異卓絕之處。與林黛玉們一樣，她也是曹雪芹對美好人性的精微感悟和理想設計的載體。

依然有種種困惑

畢竟還有許多困惑，來自讀作品的和來自讀評論的困惑。譬如為什麼讓薛寶釵出身官商家庭？為什麼讓她進京待選？為什麼讓她寄居賈府？為什麼讓她佩戴金鎖？為什麼讓她填寫出與眾不同的柳絮詞？凡此種種，又都與一個問題有牽扯，即曹雪芹是不是在調動一切手段，從各種不同角度來表示他對薛寶釵其人的鄙夷或至少是不以為然？

這是一個很大的疑點，一個涉及全局性的疑點。歷代評家已做出許多肯定的、否定的、既肯定又否定的結論。由於題目和才力的限制，我們想繞開全局性問題，用避重就輕捨難求易的辦法，對幾個具體事件作一點兒具體分析。大約仍難逃一面觀之嫌。

一、關於柳絮詞

薛寶釵的《柳絮詞》是攀權附貴扶搖直上的佐證嗎？許多讀者評家都這麼認為。

這裡只想提供另一種思路：薛寶釵的《柳絮詞》或許是曹雪芹詩歌見解的又一弘揚，又一嘗試。一次力求超越古人，作翻案文章的嘗試。這次嘗試之所以借薛寶釵之口之手來完成，自然考慮到「文如其人」的因素。譬如，從這首詞中可以看到薛寶釵慣有的不頹唐、不萎靡、不「喪敗」的心態和偶一閃現的堅忍、弘毅、自信、自強的內質。聯繫當時的具體環境，還包含著不甘落伍、不甘平庸、刻意求新、逞強好勝的潛在動因。但這並不是問題的主要部分，這僅僅是解讀此詞的一個方面。另一方面，這首詞的製作，還包含著作家本人按捺不住的強烈的自我表現欲望，即把他關於詩歌創作的精彩獨到振聾發聵的見解抒發出來，把他力求「翻古人之意」的詩歌理念抒發出來，就好像借薛寶

釵之口發表的那一大篇精彩的「畫論」一樣。作家不吐不快的宏論高見偏偏通過薛寶釵而不是別的什麼人來加以完成，這倒從一個小小側面證明了作家對這個女孩子的才能識見的特別讚賞。

林黛玉的詩才固然不同凡響，滿腹經綸的薛寶釵也並不稍有遜色。儘管這兩個女孩子的詩風迥異，分屬「風流別致」與「含蓄渾厚」兩派，但她們的詩論卻極其相通相近。林黛玉的主張是：「第一立意要緊。若意趣真了，連詞句不用修飾，自是好的，這叫做不以詞害意」。薛寶釵也主張「命意新奇，別開生面」（六十四回）；「頭一件立意清新，自然措詞就不俗了」（三十七回）；又「平生最不喜限韻」或「為韻所縛」（三十七回）；擬定詩題，也強調「不能落套」（三十七回）；尤其強調「做詩不論何題，只要善翻古人之意。若要隨人腳蹤走去，縱使字句精工，已落第二義，究竟算不得好詩」（六十四回）等等。林黛玉和薛寶釵的上述見解，既是個性的組成部分，又是作家的借題發揮。

薛寶釵的《柳絮詞》正是作家言之鑿鑿的一篇翻案文字：「幾曾隨逝水？豈必委芳塵？」「韶華休笑本無根。好風憑藉力，送我上青雲。」其立意就是要把古人筆下「輕薄無根無絆」的柳絮描繪成另一番模樣，「偏要把它說好了，才不落套。」林黛玉的那首《柳絮詞》仍未能脫盡古人窠臼，眾人以為「太作悲」；薛寶琴的那首詞雖具「聲調壯」的特點，但仍有「過於喪敗」的弱點。薛寶釵的柳絮詞則從頭至尾都力求落實她（也是作家）「翻古人之意」的主張，故「頭一句就出眾人之上」，終篇，博得眾人「拍案叫絕」「都說果然翻得好氣力，自然是這首為尊。」這表明賈寶玉林黛玉和眾姐妹們無一例外地對薛寶釵這次「翻古人之意」的實踐，表示了讚賞與認可。所有在場的人物一致推「這首為尊」。顯然也是代作家立言吧，應該是肯定的。

順便說一下，大觀園詩社的每一聚會，客觀上都是一次才學識的競賽。林黛玉的逞才隨處可見。薛寶釵的逞才也以含蓄的形式持續地頑強地表現出來。在才學識的較量中，釵黛湘探琴妙諸人，都不甘人後。在這一側面，薛寶釵倒是不怎麼壓抑自己的，她口頭上崇尚的「女子無才便是德」之類的古訓，在行動中並未認真恪守。這種反差，既反映了傳統風習與活脫個性的衝突，也形成了薛寶釵性格內部不自知的二重對抗形態與自我衝撞的僵局。

可能也是出於逞才的動因吧，薛寶釵還有一首既引人矚目又極易被忽略的《詠蟹詩》。「眼前道路無經緯，皮裏春秋空黑黃。」多麼咄咄逼人的詩句，把肆意橫行心黑意險卻又不露聲色的奸人，罵了個痛快。被眾姐妹譽為「小題

目」「寓大意」的「絕唱」,「只是諷刺世人太毒了些」。如此鋒芒畢露的詩格,在以「含蓄渾厚」見長的薛詩中極為罕見。它可能包含著作家的人生體驗,是作家主觀情緒的一次宣洩;也可能包含著薛寶釵自己的某種感受,是她潛在憤懣的流注。但無論如何,並不排除「逞才」的成分在內,即曹雪芹借「小題目」以「寓大意」的又一次嘗試。如此說來,《詠蟹詩》出自薛姐姐之手,實在是白糟踐了。倘出自林妹妹之手,豈不可以沿著「文如其人」這個思路,做出一大篇與「憤世俗」「絕塵埃」密切相關的「道德」文章?!

二、關於金玉良緣之說

毋庸諱言,在曹雪芹的總體布局中,木石前盟優於金玉良緣。木石盟帶有神秘色彩,是一種與生俱來的情愛,類似民俗性的優美傳說,很可能是作家對人世間婚戀過程中並不罕見的心靈感應現象的徹悟與表現。金玉良緣則不同。它是癩頭和尚安排的,或是癩頭和尚與薛家長輩共同安排的,帶有宿命色彩和人工痕跡,是傳統陳腐風習的再現,也可能是作家對婚姻締結過程中習以為常的人力撮合現象的提煉與展示。

不少專家提醒讀者,金玉良緣之說其實是一種陰謀或陽謀,是薛家夥同癩頭和尚或者乾脆就是薛家一手炮製而成的。這種推論自然也值得深思,因為世界上許多事情都是善良的人們難以想像的。不過,竊以為書中所交代的和尚道士的對話,卻不可忽視。因為,開篇第一回中出現的所謂和尚道士的答問云云,顯然是作家的有意安排(即作家的藝術構思)。請看一僧一道「且行且談」的內容:「如今現有一段風流公案正該了結」「因此一事(按:指木石前緣及還淚之說)就勾出多少風流冤家來,陪他們去了結此案。」……金玉良緣故事僅次於木石前盟傳說,自然是即將「投胎人世」的「一干風流冤家」之間的感情糾葛與命運鏈條中的重要一環。借男女情愛,尤其是借助一個男人(或女人)與兩個以上的女人(或男人)之間的婚戀故事來結構錯綜紛繁光怪陸離的生活現象,是中外古今小說家慣用的技巧,迄今仍在沿襲發展著呢。換句話說,金玉緣的設計與木石盟的傳說一樣,都服從於作家的創作主旨與結構布局的需要。一方面是沒有婚姻保證的情愛,一方面是沒有足夠情愛的婚姻;三個年輕當事人,在作家的整體設計中都屬於被動角色,都沒有獲得幸福。

在這個三人悲劇中,木石盟自然更能打動和牽扯讀者的心,它具有一種百回千繞柔腸寸斷的情致與氣韻。這是一種絕望的愛戀。而且,唯其絕望,才獲得生生不滅的美感。早在四十多年以前,錢鍾書先生就發現了其中的奧秘,說:

「當知木石因緣，徼幸成就，喜將變憂，佳偶始者或以怨偶終；遙聞聲而相思相慕，習進前而漸疏漸厭，花紅初無幾日，月滿不得連宵，好事徒成虛話，含飴還同嚼蠟。」〔註16〕如此睿見卓識，不僅揭開了木石盟永恆的悲劇美之謎底，而且對理解薛寶釵承受不幸婚姻之後的尷尬處境也有啟示。不是嗎？人們不是往往忽略與冷落已經獲得的那一份感情，而把自己對美好事物的想像慷慨地給予水月鏡花，並對所謂徼幸成功者（哪怕是表面的虛設的成功，實則是更可怕更深刻的失敗者）投去挑剔、警惕和鄙棄的目光嗎？

林黛玉的愛情悲劇獲得了永恆。薛寶釵的婚姻卻罩上一層陰影，彷彿這尷尬的婚姻是她參與了一場陰謀爭取來的。這真是一個天大誤解。就作家的客觀描述而言，實在看不出有類似的意圖。儘管賈薛聯姻中多有人工撮合痕跡，不少評家對此已做出精闢論析，然而，薛寶釵本人在聯姻事件的全過程中，並無任何道義上的劣跡。她沒有罪責。她是一個被動的被扭曲被犧牲的可悲角色。她對賈寶玉的感情歷程（請特別關注一下歷程）證明著這一點。

最初，薛寶釵也曾兩小無猜情不自己地親近過賈寶玉。雖不像林黛玉那樣癡迷，卻也是少男少女之間合乎天性的自然情感的流露。「體態的美麗，親密的交往，融洽的旨趣」〔註17〕是誘發健康男女相互愛悅的基本要素。在薛寶釵與賈寶玉最初的交往中，相互之間的吸引是客觀存在的。賈寶玉在擇偶過程中自知不自知地傾慕過薛寶釵（他後來厭倦薛寶釵「說混帳話」，嘲謗薛寶釵「入了國賊祿鬼之流」，已是第三十三回以後的事情了）。薛寶釵起初也曾順乎自然地親近並追隨賈寶玉，也曾有過率真無忌的情感與個性的自然流淌。如：第二十回中說了句「史大妹妹等你呢」，便不顧及林黛玉情緒，拽了賈寶玉就走；第二十一回清晨，第二十六回晚間，第三十六回中午，連續對怡紅院進行不合禮儀不合常軌的任情率性的造訪，惹得襲人煩惱、晴雯抱怨，林黛玉感傷；第二十八回，明知有嫌卻不避嫌疑地籠上紅麝串（須知她是從來不喜歡佩帶什麼首飾與點綴物的），並偏偏來到賈寶玉身邊；第三十三回，去怡紅院探病送藥之際流露的由衷痛惜之情和羞怯之態，等等。凡此，均屬於一種自然萌發的包含著親情友情和朦朧清新的青春期性覺醒在內的大雜燴感情，合乎人之常情，實在無可厚非。薛寶釵性格中這一現象，恰恰說明，即使像薛寶釵

〔註16〕錢鍾書《談藝錄》，中華書局，1984年，第349頁。
〔註17〕恩格斯《家庭私有制和國家的起源》，《馬克思恩格斯選集》（第四卷），人民出版社，1972年，第72頁。

這樣壓抑自我的女孩，也不免有一份童心，有一份純真，有一份情愛，並且也曾經任憑這種真情實感自發自在地流淌出來。

往後，書中展示的便是她的自控與超脫了，是發現二玉之間牽腸扯肚的深情之後的自控與超脫。她可能愛過，但不奪人之愛；何況尚非心神相通之愛。於是，她退出了不自覺捲入的三人感情的漩渦；於是，她坦然地認同了二玉的戀情〔註18〕。

再往後，便是對人工撮合婚姻的無奈承受了（不知曹雪芹佚稿中是什麼模樣，程高本的處理總使人覺得有許多不對頭）。

再往後，便是自甘寂寞的淒涼收場（可惜也完成在續書者手中）。大體上應驗了第二十二回寶釵自製燈謎中的讖語：「焦首朝朝還暮暮，煎心日日復年年。」

在這場人生悲劇中，薛寶釵實在算不得是什麼「奸人干進」者。當賈府業已被抄、賈寶玉性情失常之後，薛寶釵的無奈承受除了帶給她無盡無休的屈辱以外，還能攫取到什麼？看來，薛寶釵的毛病恰恰發生在「小事不糊塗大事糊塗」上面。在終身大事問題上，她太苦了自己，太在乎長輩意志及道德自完了。

從這個意義上說，她的長處正是她的短處，她的可貴正是她的可悲。

三、關於寄居賈府

薛家在京城有好幾處房子，可一進京就扎到賈府，一住多年，還被動地搬了一次家，死乞白賴地不走。正如吳組緗先生指出的：「這真叫人覺得非常之奇怪了。」〔註19〕吳先生的有關談話，洞幽燭微，詞約旨達，真真是掃盡俗腸。如此不合情理的事兒薛寶釵為什麼沒有意識到呢？雖說寄居賈府的決定是薛寶釵幼小時候由大人們作出的，那時候她可能沒有什麼發言權，也可能沒有什麼正經主意。可是她長大成人，出落成一個滿腹經綸知書明禮而且特別愛惜羽毛的少女以後，為什麼不向老娘勸諫一番，曉以利害，早日遷出賈府？這真是一個謎。薛寶釵真不該笨到這個程度。

仔細想來，我以為這仍與作家藝術構思和情節安排有關。曹雪芹對人的審視總是「愛而知其惡，憎而知其善」的，他的筆下沒有盡善盡美的人。用

〔註18〕《紅樓夢學刊》，1988 年第 2 期，何力柱《現實的，歷史的人的深刻顯現》一文對此有頗為精彩的分析。

〔註19〕《在第六屆全國紅樓夢學術討論會上的發言》，《紅樓夢學刊》，1989 年第 1 期。

同樣的道理來觀察曹雪芹這位偉大藝術家自己，也不能排除他在藝術設計方面出現某些毛病的可能性。說穿了，作家在構思這部巨著的時候，也可能有弄巧成拙的地方。比如，讓薛家（包括後來薛蝌兄妹在內）長期寄居榮府，就可能屬於構思過程中的顧此失彼現象。只顧及到冷峻深微地表現賈府的需要，而不打算正面鋪寫包括薛家在內的其他三個家族；只顧及到靈便巧妙地表現賈林薛情感糾結婚姻糾葛的需要，而忽略了人物身份與人物性格塑造中可能出現的疏漏。

凡仔細讀過《紅樓夢》的人都會注意到第四回的護官符，它煞有介事地推出了四大家族。可是，凡仔細讀過《紅樓夢》的人又會發現，曹雪芹其實只寫了一個家族，只寫了賈府。其他三家的門檻都從不曾讓讀者跨進去過。看來，不管出於什麼原因，曹雪芹是死心塌地只鋪寫寧榮二府了。他的主要角色的主要活動都在賈家這塊主要天地中完成。儘管十二釵正冊中有個史湘雲並不經常留宿大觀園或待在賈母身邊，但她的傳記也不是在自己家中完成的。她在史家的活動只從釵襲對話中略知一二，連一點正面描寫也沒有。作家只依仗著讓她到榮府串門的節骨眼兒完成對她的性格製作。這種作繭自縛、自捆手腳的設計實在是非常罕見的。不僅不同於《三國演義》（它主要把人物推向歷史大舞臺），不同於《水滸傳》（它的人物也主要活動在大大小小的社會衝突中），甚至也不同於《金瓶梅》（西門慶的活動天地遠比賈寶玉們廣闊得多）。或許佚稿中的人物一個個走出了賈府的圍牆？或許四大家族「一損俱損」的結局在佚稿中得以完成？但至少前八十回中的設計和情節運動，遠不是這麼回事兒。這的確是很獨特又很奇怪的。

讓薛家寄居賈府的安排，是不是也與此有關？薛寶釵是書中最重要的人物之一，其位置顯然在史湘雲等人之上。書中一系列情節場面都與她密切相連，她與賈寶玉林黛玉三人的故事舒卷自如地勾連起全書的人和事。她與二玉的性格衝突則大都是在日常瑣事、日常對話中引發的，這種性質的衝突，也只有（或必須）是在天天碰面甚至耳鬢廝磨的人們之間才可能生成。設想一下，如果讓薛寶釵搬出榮府，回到她自家在京的老宅子中去，她充其量只能像史湘雲一樣，隔一段時間來榮府串幾天門，這樣一來，與二玉的距離自然拉開了許多，雞零狗碎的矛盾自然減少了許多，《紅樓夢》現存的許多情節將不會發生，許多場面將必須改寫，《紅樓夢》就不完全是甚至完全不是眼下這般模樣兒了。假如一面讓薛寶釵搬出去，一面讓小說的人物關係仍保留目前的面

貌，那只有一個辦法，就是讓薛寶釵天天一大早就跑來榮府串門，或從早到晚泡在榮府裏。設想一下，這豈不更是不妥？更不合乎常理？果真如此，薛寶釵就不僅僅是什麼居心叵測的問題了，她豈不是神經大系統出了毛病？

看來曹雪芹在這件事情上有點考慮不周。他有點兒圖省筆力，圖希寫起來方便，在整體設計和三個主要角色的情節運動中顧此失彼了。不然，他至少要鋪寫一個薛府，鋪開寶黛釵三人的活動天地，並把薛寶釵和二玉運來運去。可作家畢竟沒有這麼設計。結果，留下一個不合常情常理的顧此失彼的漏洞，客觀上也讓薛寶釵牽連著受了一點較大的委屈。這件事，曹雪芹能說清楚。比較瞭解設計思想的脂硯齋也說得比較清楚：「釵玉（此玉指黛玉——筆者注）名雖二個，人卻一身，此幻筆也。今書至三十八回時已過三分之一有餘，故寫是回，使二人合而為一。請看黛玉逝後寶釵之文字，便知余言不謬矣。」〔註20〕為了讓兩個才貌雙絕性格互補的女孩在耳鬢廝磨中兩峰並峙，雙水分流，並相輔相成，作家下決心把她們先後送進賈府，又同時封閉在大觀園……。他顧不了那麼多了。

四、關於進京待選

薛寶釵進賈府是由她老娘帶領來的。她老娘進京的因由之一是送薛寶釵「待選」。待選之事，以後雖再未提起，但歷代評家卻沒有忽略，大都深不以為然。

我沒有為「待選」辯解或打掩護的意思。無論是主動還是被迫參與「待選」，總不是值得稱道的事。這裡只想特別斟酌一下作品中涉及此事時的口吻與分寸，並與賈元春的入宮做一比較。書中是這樣寫的：

> 近因今上崇詩尚禮，徵採才能，除聘選妃嬪外，凡仕宦名家之
> 女，皆親名達都，以備選為公主郡主入學陪侍，充為才人贊善之職。

意思很清楚。第一，是「徵採才能」而非宮女或妃嬪。第二，「凡仕宦名家之女，皆親名達都。」作為金陵名門之一的薛家，自然不存在自願或不自願的問題。第三，是「備選公主郡主入學陪侍」或充才人贊善一類女官，與賈元春當年入宮的情形和性質並無二致。第四，至於薛姨媽母女在「待選」中的主觀情緒與潛在心態，書中並無明確交待，既看不出有什麼反感，也看不出挖空心思的干謁鑽營。實際上是虛晃一招便不了了之了。在這件事情上，薛家的態

〔註20〕庚辰本四十二回批語。

度與賈府的觀念其實並無質的差異。身為國公府千金的賈元春當初不也是「因賢孝才德，選入宮中作女史去了」？女史也是一種女官，是掌管后妃禮職的女官，比起充任公主郡主的入學陪侍或才人贊善等職也高尚不到哪裏去。如果譴責薛姨媽送女「待選」是一種攀龍附鳳的世俗念頭，那麼，寧榮二府的主子們也並不超塵脫俗，薛府賈府不過一丘之貉罷了。賈府的主子不僅順從了「今上」的旨意，把元春送到那不得見人的地方去，而且得知「大小姐晉封」的消息後，還禁不住得意忘形，「洋洋喜氣盈腮」「上下裏外，莫不欣然踴躍，個個面上皆有得意之狀，言笑鼎沸不絕」呢。（《紅樓夢》第十六回）

平心而論，至少在這件事情上面，薛賈兩家都受同一價值觀念的制約，甚至並無小巫大巫之別。更何況，薛家的「待選」到頭來並無下文，只不過一句虛話而已，賈家卻真的由此得到了瞬息繁華。

五、關於官商之家

對薛寶釵的評點中，似乎有一種不自知的唯成分論傾向。凡是薛寶釵的一言一行，總習慣於和官商之家、銅臭之味連到一塊兒。出身與環境對人的影響與薰染是不能不考慮到的，它是一種客觀存在。譬如說，薛寶釵和邢岫煙就懂得什麼是當鋪；幫史湘雲安排螃蟹宴的精打細算，也說明她入世較深，頗諳「公關」之道。在這方面，史湘雲林黛玉們的閱歷顯然望塵莫及。然而，即使拋開有成分又不唯成分的大道理不講，僅就書中提供的具體材料而言，薛寶釵的家庭背景與家庭教養也不是「官商」與「銅臭」幾個字所能囊括的。

首先，她的啟蒙教育與賈府子女並無甚高下之分。出場之初，作家就明白交待，第二女主角的家族也「本是書香繼世之家」「當日有他父親在日，酷愛此女，令其讀書識字，較之乃兄竟高過十倍。」薛寶釵博覽群書滿腹經綸並非到賈府後才積累起來的，是她自己的家庭和父親給她打造下這深厚根基。第四十二回與林黛玉推心置腹的談話中也提供了旁證。

其次，薛寶釵成長的環境也並非處處散發銅臭味兒。她的第一親人薛姨媽對經商賺錢的行當似乎並不怎麼精通，至少沒有正面觸及這種事兒。她的親哥哥薛蟠是「呆霸王」，蠻憨粗俗淺陋，且多有劣跡，可偏偏與世俗商人特有的銅臭味兒掛不上邊兒。她的堂弟堂妹薛蝌與薛寶琴倒是跟著父親走南闖北見過世面經歷過商海滄桑的人物（薛寶琴八歲隨父到西海沿子上買洋貨），卻偏偏出落得一派清純雅正超塵脫俗的好風采，博得賈寶玉邢岫煙林黛玉史湘雲賈探春及賈府上下人等一致推重。

且看薛寶琴與她哥哥入賈府時的轟動效應：

> 寶玉忙忙來至怡紅院中，向襲人、麝月、晴雯等笑道：「你們還
> 不快看人去！誰知寶姐姐的親哥哥是那個樣子，他這叔伯兄弟形容
> 舉止另是一樣了，倒像是寶姐姐的同胞弟兄似的。」……
>
> 襲人笑道：「他們說薛大姑娘的妹妹更好，三姑娘看著怎麼
> 樣？」探春道：「果然的話。據我看，連他姐姐並這些人總不及
> 他。」……
>
> 林黛玉又趕著寶琴叫妹妹，並不提名道姓，真是親姊妹一般……
>
> 湘雲又瞅了寶琴半日，笑道：「這一件衣裳（指賈母所贈鳧靨裘）
> 也只配他穿，別人穿了，實在不配。」（第四十九回）

難怪賈寶玉「又有了魔意」「自笑自歎」曰：「老天，老天，你有多少精華
靈秀，生出這些人上之人來！」難怪雍容尊貴的「老祖宗」一眼便看中了薛寶
琴；也難怪「為人雅重」（作者評）「野鶴閒雲」（寶玉評）般的邢岫煙甘願許
身於薛蝌。

至於薛寶釵本人的知識結構，她的「一字師」之美稱，她談詩論畫的卓識
與風采等等，更與「銅臭」二字相去甚遠了。即使那位自幼被掠到薛家並在薛
家長大的香菱，不僅沒有染上「銅臭」味兒，卻竟然一派書香門第遺風，以致
變成癡心學詩夢中得句的詩魔。

再補說幾句薛蟠。這個俗不可耐的角色，倒是一典型的不肖子孫，既不長
於讀書，也不善於經營。不過，他的這種不肖，並非官商子弟專利。所謂教子
有方的寧榮二府的子子孫孫不是也讓他們已經作古的老祖宗憂心忡忡一籌莫
展，甚至讓「賈府的屈原」〔註21〕焦大捶胸頓足痛心疾首嗎？而且，官商出身
的惡少兼憨大薛蟠，一旦進入賈府，一旦與寧榮二公的後代們廝乎到一起，不
是反倒「比當日更壞了十倍」嗎？

既然如此，作家為什麼偏偏設計出一個官商之家？作家對薛家的態度與
對賈芸舅舅卜世仁的態度是否可以劃上等號？這又是一個謎。對這個謎的解
法，已經很多很多。下面，只想提出另一種思路，作為補充與參考。

宋明以降，許多著名的文人士子已不那麼輕視商業與商人了，他們甚至還
說了不少崇尚商業商人的好話。也算是一種思潮一種時尚吧。宋代名儒范仲
淹的《四民詩》中就流露了對「士」之「小人」的不齒和對「吾商苦悲辛」的

〔註21〕《魯迅全集》（第五卷），人民文學出版社，1957 年，第 94 頁。

同情〔註22〕。明代著名思想家王陽明提出：「古者四民異業而同道，其盡心焉，一也。」「自王道熄而學術乖，人失其心，交鶩於利，以相驅軼，於是始有歆士而卑農，榮宦遊而恥工賈。」〔註23〕還曾將「買賣」與「聖賢」相提並論，認為「果能於此處調停得心體無累，雖然終日做買賣，不害其為聖為賢。」〔註24〕泰州學派創始人王艮本是灶丁，後隨父經商，是一由「治生」轉而「治學」並別樹一幟的名家。清初著名思想家唐甄則晚年由學轉商，並把經商之道看作保全人格不致淪為小人的最佳選擇：「我之以賈為生者，人以為辱其身，而不知所以不辱其身也。」〔註25〕陳確更是公然張揚《學者以治生為本論》，把讀書與治生都視為「真學人之本事，而治生尤切於讀書」「真志於學者，則必能讀書，必能治生。」〔註26〕歸莊為士商兩栖的嚴舜工所作的《傳硯齋記》中則提出一種矯枉過正的見解：「吾為舜工計，宜專力為商，而戒子孫勿為士。蓋今之世，士之賤也，甚矣。」〔註27〕活動在鴉片戰爭前夕的沈垚追溯了宋太祖以來「貨殖之事益急，商賈之勢益重」的總趨向之後，對士商關係及其道德風範的變異發表了一篇警世駭俗的言論：

> 古之四民分，後世四民不分；古者士之子恒為士，後世商之子方能為士。此宋元明以來變遷之大較也。天下之士多出於商，則纖嗇之風日益甚。然而睦姻任恤之風往往難見於士大夫而轉見於商賈。何也？則以天下之勢偏重在商，凡豪傑有智略之人多出焉。其業則商賈也，其人則豪傑也。為豪傑則洞悉天下之物情，故能為人所不為，不忍人所忍。是故為士者轉益纖嗇，為商者轉敦古誼。此又世道風俗之大較也。〔註28〕

以上種種，自然各為一家之言，也不排除激憤與偏頗。但作為一種思潮，一種趨向，一種時尚，總是不能不予以正視的。以曹雪芹的家世身世交遊閱歷與種種遭際而言，商業與商人，官商與儒商，也會給他以複雜的感受與複雜的印象。憑著他博大恢宏的心志，吸納包容的氣概，未必對「商」字號的家庭與

〔註22〕《范仲淹全集》（上冊），四川人民出版社，2002年，第23頁。
〔註23〕《王陽明全集》（上冊），上海古籍出版社，1992年，第941頁。
〔註24〕《王陽明全集》（下冊），上海古籍出版社，1992年，第1171頁。
〔註25〕唐甄《潛書》上篇下《養重》，見《潛書注》，四川人民出版社，1984年，第273頁。
〔註26〕《陳確集》（上冊），中華書局，1979年，第158～159頁。
〔註27〕《歸莊集》（下冊），中華書局，1962年，第359頁。
〔註28〕沈垚《費席山先生七十雙壽序》，《落帆樓文集》卷二十四。

林黛玉永恆魅力再探討

反思：叛逆說的依據及困惑

　　林黛玉，是一個說膩了卻又說不完的話題。

　　知道《紅樓夢》的都知道林黛玉。欣賞《紅樓夢》的大都欣賞林黛玉。但二百多年來，人們的欣賞卻是多義的流動的。不同時代不同階層不同年紀不同教養甚至不同心態中的讀者，其闡釋各有各的興奮點。姑不論「賈府上的焦大」「北極的愛斯基摩人和非洲腹地的黑人」以及「健全好社會中人」是「不愛林妹妹」也「不會懂得林黛玉型」〔註1〕，即使年代與閱歷十分相近的人們之間，由於人生遭際審美習慣以及性情心緒的差異，也往往說不到一塊兒去〔註2〕。

　　這是林黛玉性格的豐厚性所致。

　　然而，在歷代文化人中間，除了共同擁有的憐惜與同情之外，還存在同聲同氣的讚美和冷靜客觀的推重。後者，又畢竟是一個多數（這裡說的多數與歷代擇偶問卷中的少數甚至「零票」並不牴牾）。

　　讚美與推重的著眼點，又不能不受到大文化背景的制約。比如從清代到20世紀50年代以前，大都將林黛玉放到道德文章天平上衡估，有一系列精闢精當精彩的論斷為證（參見一粟的《紅樓夢卷》與郭豫適《紅樓夢研究小史》）。

〔註1〕　魯迅《硬譯與文學的階級性》，《魯迅全集》（第四卷）；《看書瑣記》，《魯迅全集》（第五卷），人民文學出版社，1958年。

〔註2〕　如評點家涂瀛、王希廉、青山山農、許葉芬、野鶴、季新等的林黛玉論均見仁見智，見一粟《紅樓夢卷》第一冊。

20 世紀 50 至 70 年代，大都將林黛玉放到社會歷史天平上衡估，有一系列震撼讀者啟示後人的論著為證〔註3〕。20 世紀 80 年代以後，大開放大包容的氛圍促進了思維習慣與研究方法的變革，衡估天平與批評模式的多元化格局開始形成，一系列以深細妥帖的文化透視為特徵的研究成果相繼出現〔註4〕。在多角度多層面地觀照與把握林黛玉性格的浩瀚著述中，以 20 世紀 50 年代後期出現的「封建叛逆者」說影響最為深遠，是近四五十年間林黛玉闡釋中的主旋律。

早在 20 世紀 50 年代後期，在大學專題課的課堂上，筆者就由衷地接受了何其芳先生的「雙重叛逆者」說，尤其喜歡「不幸的結局之不可避免，不僅因為他們在戀愛上是叛逆者，而且因為那是一對叛逆者的戀愛」這一結論，即雙重叛逆的雙重悲劇說。後來，自己有幸也登上講臺，便把這一擲地有聲的結論連同自己對作品的某些細小體驗，熱忱地傳授給了學生，直到 70 年代初都不曾猶疑過。

70 年代後期，由於某種特殊因素的激發，重新細讀何其芳先生《論紅樓夢》一書，猛然發現，這位令人尊敬的學者早在提出叛逆說的同時，就對這一論斷作出了極明確極重要的補充：「至於林黛玉的性格特點，如果只用籠統的叛逆者來說明，那就未免更過於簡單了。」對此，在以往的聽課與讀書中竟然忽略了。以此次發現與自省為契機，越來越覺得「如果只用叛逆者來說明」林黛玉性格，的確很難綱舉目張地揭開這一不朽典型的全部內涵。換言之，試圖以「叛逆者」詮釋林黛玉型，動輒會遇到麻煩。退一步說，即便不追求「封建叛逆者」的歷史性內涵，僅僅把她放到與賈寶玉的比較中考察，也不難發現，在價值取向、人際關係、情戀方式等主要方面，她與她的知己之間也有一個不小的距離。

首先是價值取向上的距離

賈寶玉不論對親權與祖訓多麼敬畏，他畢竟發表過一些多有大逆不道色彩的言論，還有一些諸如不喜讀仕進之書、不搞與仕進有關的社交、不關心家族興衰榮辱、不打算盡輔國安民責任的行為。

〔註3〕 如何其芳《論紅樓夢》中的林黛玉部分，蔣和森的《林黛玉論》（見《紅樓夢論稿》），張錦池的《論林黛玉性格及其愛情悲劇》（見《紅樓十二論》）等。

〔註4〕 如呂啟祥的《林黛玉形象的文化蘊含和造型特色》（見《紅樓會心錄》），杜景華的《釵黛性格與道德評估》（見《紅樓夢學刊》，1994 年第 4 期），王蒙《紅樓啟示錄》中的有關論述。

　　林黛玉如何？小說中從未正面展示過她對類似上述問題的見解，在男人或女人價值取向這個大範疇內，作家沒讓林黛玉說過什麼反傳統的或具有逆反心態的話。有一次，她在與賈寶玉的對話中還曾經讚賞過探春理家並借題發揮地說：「咱們家裏也太花費了。我雖不管事，心裏每常閒了，替你們一算計，出的多進的少，如今若不省儉，必致後手不接。」看來，她對賈府經濟拮据與衰微狀況遠比賈寶玉清醒，對賈府的未來命運也遠比賈寶玉關心。那麼，為什麼賈寶玉在眾多出類拔萃的女兒中偏偏視林黛玉為知己呢？這是因為，林黛玉從不曾勸諫他去走什麼仕途經濟學問之路，對他背離傳統價值的「無事忙」或「富貴閒人」的人生態度不問不聞聽之任之的緣故。和林黛玉在一起，儘管小兒女感情糾葛不斷，但在如何做男人這一點上，沒有壓迫感。她帶給他一種寬鬆空氣。在賈寶玉看來，這十分珍貴。對賈寶玉至親至愛的人們往往是以孟母和樂羊子妻的方式（儘管遠不及她們執著）去關心他的，甚至乾脆施之以斥責加棍棒政策。在這種「關愛」的背景下，賈母那有原則的呵護，林黛玉那無可無不可的態度，就顯得特別與眾不同了：

　　　　獨有林黛玉自幼不曾勸他去立身揚名等語，所以深敬黛玉。（第
　　三十六回）

　　　　林姑娘從來說過這些混帳話不曾？若他也說過這些混帳話，我
　　早和他生分了！（第三十二回）

以上兩處文字，正是「共同叛逆說」的事實依據。

　　然而，還有另外一些事實。有必要從事實的全部總和和事實的相互聯繫中一併思索。

　　比如第九回，寶玉為與秦鍾親近而重入家塾時曾特意向黛玉道別。黛玉聽寶玉說去上學，因笑道：「好，這一去可定是要蟾宮折桂去了。」從黛玉的口吻看，她的這番話是有不確定性的，既可理解為善意的調侃，也可理解為亦莊亦諧的祝願，因此不必過於認真。但黛玉畢竟把上學讀書與蟾宮折桂掛上了鉤，這不能不啟發我們提出一種假設：假如賈寶玉此去，果真或半真半假地寒窗苦讀起來，果真或遊戲人生似的弄個舉人進士當當，林黛玉就由此與他貌合神離分道揚鑣了嗎？細讀全書與全人，似讀不出這種可能。

　　再看第三十四回寶玉挨打後，前往探視時的對話。如果說上面的「蟾宮折桂」是在毫無準備的情境中漫不經心地說出來的，那麼，下面的話卻是在目睹了兩種價值觀的直面較量之後，語重心長地說出來的：「你從此可都改了吧！」

話雖簡短，但包孕豐厚，字字傾注了對賈寶玉今生今後如何生存的價值期待。這種期待雖說混合著諸多呵護與諸多無奈，然其文化屬性並不含糊。它明確傳達了林黛玉對賈寶玉現存生活方式的懷疑以及對此次挨打的兩大誘因（罪狀）的模糊認同。她期盼賈寶玉從此換一個活法。「可都改了吧！」即勸導他不要依然故我，即勸導他改弦更張。

賈寶玉對此十分敏感，他斷然駁回了林黛玉的勸導：「你放心，別說這樣話。就便為這些人死了，也是情願的。」寶黛價值觀之差異，可見一斑。

勿須給林黛玉一頂叛逆者或正統派的帽子。老實說，她的價值取向處於不自覺不恒定狀態，有較顯豁的隨意性與可變性。第四十二回中因行酒令引用《西廂記》《牡丹亭》句典而受到寶釵的善意訓誡時，竟懺悔「失於檢點」「羞得滿臉飛紅，滿口央告」；對寶釵的一大篇關於如何做男人又如何做女人的善意但卻迂直的說教，更是「心下暗伏，只有答應『是』的一字」。可是，一旦薛小妹新編懷古詩中的《蒲東寺》《梅花觀》兩首受到薛寶釵非議時，她又與探春李紈聯手抗爭，並搶先表示：「這寶姐姐也忒膠柱鼓瑟，矯揉造作了。」上述材料，是極好的旁證，它說明林黛玉的價值觀確有可塑性流變性即不確定性，與棒打也不悔改的賈寶玉之間似不宜劃上等號。

其次，寶黛還有等級觀念上的差異。不論賈寶玉在行動上是多麼滯後而且軟弱無能，他畢竟有許多無視門第無視等級無視主僕貴賤之別的彌足珍貴的言談作為。林黛玉則不然。在人際關係中，她自知地守護著世襲侯門（祖輩）與鍾鼎之家（父輩）少女的尊嚴。作家並不為賢者諱。起初，作家在述說林黛玉「孤高自許，目無下塵」性格的同時，就已泛泛交代了一般小丫頭們對她的疏離。接下去，發生了因湘雲無心道出齡官扮相「像林姐姐」而引發的寶黛湘之間關於貴族小姐與平民丫頭之爭的軒然大波。接下去，又強調了小紅墜兒們對林黛玉特有的那種畏遠。接下去，又出現了林黛玉將劉姥姥稱作「母蝗蟲」、把史太君兩宴劉姥姥稱為「攜蝗大嚼圖」的冷酷的幽默……可以見得，林黛玉的「目無下塵」脾性絕不僅僅是對人品檔次的取合，也包含了對貴族平民之別的超常敏感與熱衷。

第三，有趣的是，由於對高貴門第與名媛身份的過於在乎以及由此派生的過分自矜，不僅強化了林黛玉的貴賤意識與等級習性，也制約著她在大觀園內，在與眾姐妹交遊中的日常行止。從而，使本來相當自我相當率真的一位世外仙姝般的人物，竟也不時暴露出膠柱鼓瑟、矯揉造作的那一面來。

　　怡紅夜宴，是大觀園小兒女們一大創造，是一瀟瀟酣暢的人文景觀。連少年老成的花襲人也史無前例地投入了那放達忘我之境，並做出了「往日老太太、太太帶著眾人頑也不及昨兒這一頑」的歷史結論。人人都很盡興。在其樂融融的夜宴開始之際，卻有過一個不和諧音，那就是林黛玉的惶惑與警示：「你們日日說人夜聚飲博，今兒我們自己也如此，以後怎麼說人。」如果脫離規定情景與特定人群，林黛玉的話無疑是很有使命感的，她說出了「修身」方能「齊家」，「正己」方能「正人」的辯證法則。然而，一旦把這話放到具體環境氛圍中去體味，就會直覺地認為，它是很有點煞風景的。讓人不由得聯想起賈寶玉在薛姨媽那裏吃酒吃得正歡的當口，李嬤嬤突發式地敲起警鐘說「老爺今兒在家，提防問你的書」的那種架勢。而且，比李嬤嬤的憂慮更加無的放矢，小題大作。

　　由此又聯想起蘆雪庵燒吃鹿肉時的集體亮相。那也是一道淳美亮麗的風景。賈寶玉史湘雲自不待言，賈探春、平兒、薛寶琴、鳳姐等都參與得十分歡快執著。薛寶釵雖然不曾投入，但對寶琴的少見多怪及時給予疏導並鼓勵她去同吃同樂。在忘情忘形的野餐中，只有一人冷眼旁觀並誚語評點，那正是林黛玉。她說：「哪裏找這一群花子去！罷了，罷了，今日蘆雪庵遭劫，生生被雲丫頭作踐了。我為蘆雪庵一大哭！」或以為這是對林黛玉孤潔與幽默的讚賞，竊以為不然。作家在這裡並沒有表現出對這等孤潔幽默的保護或張揚意向，否則，他不會當即讓史湘雲以「冷笑」面孔與冷言冷語給林黛玉以無情還擊了：「你知道什麼！是真名士自風流！你們都是假清高，最可厭的。我們這會子腥膻大吃大嚼，回來卻是錦心繡口。」

　　由此又聯想起賈探春為邢岫煙、平兒、寶琴等人做生日時的肆無忌憚，大吃大嚼，「喝三呹四，喊七叫八，紅飛翠舞，玉動金搖」場面。更聯想起這個賈小姑娘頭上曾經擁有過的不同品種的抑揚毀譽帽子。愈加感受到《紅樓夢》人物那種難以一語道破的多姿多彩與光怪陸離的魅力。林黛玉在恪守傳統女德風範方面既有放誕又有認同的狀態，也正是這一典型得以鮮活、得以永恆的小小支撐點。

　　最後，還有愛情。林黛玉生命的主要內容與支柱。儘管愛情主題已被琢磨了千百年，但在中國文學中，在同一世紀的世界文壇上，惟有林黛玉的出現，才把那份人人熟悉的感情之天然合理天然純粹天然微妙幾乎盡善盡美地傳達出來並且真正徹底地昇華為一種莫可名狀的高級精神活動。

　　然而，其表現方式，卻又比以往文學中的任何一個重要性格都要保守；其
傳統負荷，卻又比以往文學中任何一個重要性格都要沉重。造成如此沉重與保
守的外部原因是不言而喻的，那是生於斯長於斯的那個大環境與小環境的過
錯。然而，在從親情到愛情再到婚姻的路上，林黛玉的名門閨秀風範，她的
「『有教養少女』的第二天性」〔註5〕，她從所受教育與習俗中養成的自我控
制行止，害苦了她。換句話說，她「並不孜孜以求超越自然與社會的秩序，她
不打算擴大可能性的界限，也不想重新調整價值觀，她滿足於拘束在其原有疆
界與法律維持不變的世界中來展現她的反叛」〔註6〕。無怪乎前人感歎說：「古
未有兒女之情日以眼淚洗面者，古亦未有兒女之情而終身竟不著一字者，古未
有兒女之情而知心小婢言不與私者。」〔註7〕「欲近而反疏，欲親而反戚，胸
鬲間物不能搯以示人」「吾獨曰死黛玉者黛玉也。」〔註8〕說到底不外乎是封
建制度封建家族封建教育封建習俗的罪過〔註9〕，但林黛玉畢竟被動地吸納了
承襲了傳統文化的負面並主動地自知地（當然並非全盤地）恪守著它且幫著它
來折磨自己了。因此，就與封建淑女在某種程度上有了某種同一性，而與叛逆
者本義有了距離。

　　順便說一句，在爭取實現相悅成婚的過程中，賈寶玉也是中看不中用的銀
樣鑞槍頭，只是在表述心跡方面比林黛玉主動坦蕩透亮些罷了。

補說之一：永恆的悲劇美的集大成者

　　林黛玉最顯性的特徵是淚。

　　林黛玉的永恆，與永恆的悲劇氣韻緊緊連在一起。她給讀者的最強烈震
撼的，是迄今為止最大限度的悲劇美的滿足。

　　何其芳先生論及林黛玉「共名」效應時有一精闢概括：「這是一個中國封
建社會的不幸的女子的典型。在她身上集中了許多不幸。」「人們叫那種身體
瘦弱，多愁善感，容易流淚的女孩子為林黛玉。」「這是林黛玉這個典型的最

〔註5〕　參見《女人是什麼・少女篇》，中國文聯出版公司，1988年。
〔註6〕　參見《女人是什麼・少女篇》，中國文聯出版公司，1988年。
〔註7〕　西園主人《紅樓夢論辨・林黛玉論》，一粟《紅樓夢卷》（第一冊），中華書局，
　　　　1963年，第198頁。
〔註8〕　許葉芬《紅樓夢辨》，一粟《紅樓夢卷》（第一冊），中華書局，1963年，第228
　　　　頁。
〔註9〕　這裡出現的「封建」二字，只是承傳了20世紀50年代以後的習慣性用語，
　　　　與當下史學界對「封建制」的討論，並無深層關連。

突出特點在發生作用。」〔註10〕

正是「集中了許多不幸」的集大成面貌，把林黛玉與以前以後的悲劇性格區別開來，成為中國文學中常見的感傷主義與別具特色的悲劇精神的大薈萃大發揚者。

讓人驚異的是，不知是有意還是巧合，作家在設計這一悲劇性格的大框架時，竟然出現了類似神話學、民俗學、病理學、心理學（含社會心理學，人格心理學，愛情心理學）、文化學等多學科交叉滲透的奇蹟。從而使這一悲劇性格的每一側面每一層面上都洋溢出無盡無窮的苦澀。比如：

一、林黛玉的感傷氣質與悲劇命運是與生俱來的。早在她還沒有出場的時候，作家就明白無誤地告訴讀者，這位由絳珠仙草脫胎而來的林姑娘，將以畢生的眼淚送給那位由神瑛侍者脫胎而來的賈寶玉，為的是報答他前世滋潤灌溉之恩。可見，林黛玉還沒有誕生，還沒有品嘗任何人間苦的時候，作家就為她安排了畢生流淚、淚盡而逝的命運與結局。這一設計，為林黛玉的悲劇性格增添了濃濃的天賦色彩。

二、林黛玉的悲劇氣韻因病弱之軀與不治之症而強化。值得注意的是，她的病並不是進入賈府之後才得上的。入賈府之前和剛入賈府的當天，作家先後11 處強調這個小小女孩其實是一個很難療救的病孩。喪母之前，身體便「極怯弱」；喪母之後，因哀痛過傷，「觸犯舊疾，遂連日不曾上學」；她的「多病」，恰恰是林如海送她依傍外祖母的三條理由之首；初入賈府，眾人便發現她「怯弱不勝」「有不足之症」；用她自己的話說：「從會吃飯時便吃藥」了，而且「請了多少名醫修方配藥，皆不見效」等等。於是，「態生兩靨之愁，嬌襲一身之病，淚光點點，嬌喘微微」「病如西子勝三分」，便成了賈寶玉對林黛玉的第一印象。

還不止於此。作家還借助林黛玉平和客觀的轉述，一再提醒讀者，在她三歲那年，神秘的癩頭和尚就已經預言，她的病恐怕「一生也不能好的了」，除非永遠不見哭聲，除非永遠不與外姓親友相遇。看來結論只有一個，即林姑娘的因病夭折已屬不可避免。

三、林黛玉的悲劇氣韻又因「孤高自許」多愁善感而增重。所謂「心較比干多一竅」。一個絕頂聰明而又「懶與人共」的自我封閉型。於是，有了「多心」「愛惱人」「小性子」的眾議；有了「求全之毀，不虞之隙」的煩惱；有了

〔註10〕何其芳《論紅樓夢》，人民文學出版社，1963 年，第 82～83 頁。

緊張焦慮失望驚恐等失衡心態。從某種意義上說，曹雪芹發現並表現了抑鬱質少年共有的心理軌跡。

四、林黛玉的悲劇氣韻又因少失怙恃，客居榮府而增重。對此，二百年間的有關論著已有充分深細的闡釋，不贅。下面，想換個角度，談談少失怙恃與釀就悲劇性格之關係。

以往的社會生活與人生經驗已經證明，父母雙亡，往往是釀就某種悲劇性格的重要誘因；寄人籬下，又往往是構成悲劇命運的外部條件。不過，這一類「誘因」與「條件」在不同人身上的反響是有差別的。造成差別的原因顯然與每個人的自然屬性與社會屬性的差異有關。先天的稟性不同，後天的學養（含閱歷與經驗）不同，直面家庭變故的承受力也就不同。否則就無法解釋，「襁褓中父母歎雙亡」的無人嬌養的史湘雲，何以「英豪闊大寬宏量」「好一似霽月光風耀玉堂」？還有那個有父不如無父，有親眷卻體嘗不到親情的邢岫煙，又何以能夠安貧若素，「野鶴閒雲」般地面對人生？由此看來，少失怙恃，不是或不一定是林黛玉悲劇性格的主導誘因，而抑鬱質的稟性，怯弱不勝的身體以及沒有著落的戀情等等，卻在不同程度上發揮著酵母作用，以極度誇張的形態，激化著她對不幸身世的感悟，使她對自己喪父喪母後的每一點不適應，都極其敏感並極易作出強烈反應。縱然擁有來自外祖母的足夠富裕的關愛，但缺少父母之愛的貧困感總在困擾著她。

五、林黛玉的悲劇氣韻又因那一份特深沉特扭曲的情愛而增重。一種痛苦多於甜蜜的愛。前期，其痛苦來自讓人鬧心讓人牽掛讓人愛莫能助的感情糾葛；後期，其痛苦來自「無人作主」的惶惑和「恐不久長」的絕望。在這滿溢著痛苦的過程中，完成了一個以自虐形式表示其自尊，復又以虐人形式表示其癡情的病態性格。這份深沉而又畸形的愛，因為沒有結果，便獲得了生生不滅的悲劇效應。

六、林黛玉的悲劇氣韻又因其詩才橫溢，即借助詩的誇張、詩的渲染而深入人心。林黛玉的詩，雖意境狹小，多佳句而少佳篇，但在《紅樓夢》中，卻無愧於首屈一指的個性詩人。其詩作，淒麗清婉，與薛寶釵輪流奪魁；其詩論，主性靈，重神韻，貴創新，與薛寶釵異曲同工；她還是善於教詩的先生；她的名篇名句無不誇張地傳達了她的人格理想和不幸意緒；她對名人名作（如西廂記牡丹亭等）的接受能力比詩人還有詩人氣。凡此，都給二百年來的讀者以強有力的刺激，並留下無盡的聯想與再創造空間。

最後，林黛玉的悲劇氣韻還因為她的少小夭亡而實現了無以復加的永恆。「一個悲劇，簡而言之，是一首激起憐憫的詩。」〔註11〕林黛玉的不幸夭折，使「歷史的必然要求和這個要求的實際上不可能實現之間悲劇性衝突」得以最後完成。儘管林黛玉的悲劇缺少英雄史詩般的崇高美，但卻擁有歷史的渾厚性。這是因為，她的悲劇並不是「由極惡的人極其所有之能力以交構」的悲劇，也不是「由於盲目的運命」「意外的變故」所導致的悲劇，而是「由於劇中人物之位置及關係而不得不然」「不得不如是」的悲劇。王國維還認為，「此種悲劇，其感人賢於前二者遠甚。何則？彼示人生最大之不幸，非例外之事，而人生之所固有也……又豈有蛇蠍之人物、非常之變故行於其間哉？不過通常之道德、通常之人情、通常之境遇為之而已。由此觀之，《紅樓夢》者，可謂悲劇中之悲劇也。」〔註12〕林黛玉無疑是第三種悲劇中的最尋常可見又最具有典型性的犧牲。

要之，林黛玉從對古已有之的感傷主義和悲劇精神的承傳與深化中獲得了永恆。

補說之二：永恆的任情美及其啟示

林黛玉被喜愛被推重的另一謎底是：她畢竟還有一份自然人格在，即較多的保存了自我，而較少使用人格面具，有一種不同流俗的風采。

在中國文化人的天平上，任情，率性，是一種美，美在能較多地保持童心；寬和，律己，也是一種美，美在能較多地包容他人。兩種不同格調的美，是良好天賦與良好教養的共同產物，只不過所受稟賦的興奮點有所不同罷了。而這兩種不同格調的美，連同它們的全部可敬與可悲，又似乎統統糅合到林黛玉與薛寶釵性格中去了〔註13〕。

下面只談林黛玉。談談她帶給人們的自然、淡泊、清奇的人格魅力及其缺憾美。

林黛玉沒有成就過或參與過什麼大事。她的自然人格與道德人格都是在凡人瑣事中展現的。作家透過平淡無奇浩浩無涯的生活細事，反覆皴染出林黛

〔註11〕萊辛《漢堡劇評》，《西方文論選》（上卷），上海文藝出版社，1963 年，第 435 頁。
〔註12〕王國維《紅樓夢評論》，一粟《紅樓夢卷》（第一冊），中華書局，1963 年，第 244～246 頁。
〔註13〕參見拙文《薛寶釵一面觀及五種困惑》，《紅樓夢學刊》，1991 年第 1 期。

玉未被雕琢淨盡的特立獨行性格。於是一個稟性清標、戀情清純、詩魂清奇的女孩，便從一大群流光溢彩的少女少婦中脫穎而出。

林黛玉稟性中確有一股清標之氣。即較少使用人格面具。在這點上，從清代到當代的讀者評家已說得再透徹不過了，其主旨都在於弘揚一種「無曲學以阿世」〔註14〕「濯清泉以自潔」〔註15〕「不必矯情不必逆性不必昧心不必抑志直心而動」〔註16〕的人格美。凡此認知，大都具有同情同理性。儘管又大都有點借題發揮的味道。

林黛玉的戀情中確有一種清純之氣。她對賈寶玉的苦戀不附加任何條件，不帶有任何功利動機〔註17〕。她不在乎所愛男人的升沉榮辱，不企望借助男人的價值實現博取世俗社會的欽敬。她甚至不苛求對方是否完美。她鍾情的是他的本色與現狀，而不著眼於是否擁有輝煌的未來。作為女人，林黛玉無疑是男人們理想的兩種人生伴侶之一。她不是那種鍥而不捨地造就與成全男人的好女人，她是那種不問毀譽成敗無條件地追隨男人的好女人。「惟黛玉不阻其清興，不望其成名，此寶玉所以引為知己也。」〔註18〕很貼近（只是貼近）大思想家們所讚賞的「以所愛者的互愛為前提」的「現代意義上的愛情關係」〔註19〕。

林黛玉的詩魂中確有一種清奇之氣。《紅樓夢》才女輩出，但惟有林黛玉是被全方位詩化了的詩人。不僅詩作清奇，詩論清奇，其調教出來的徒弟竟也清奇。脂批的「以蘭為心，以玉為骨，以蓮為舌，以冰為神，真真絕倒天下裙釵」的論斷雖有溢美之嫌，但在強調詩品與人品的幾近渾然一體方面，是全然不錯的。時至今日，林詩中許多名句，仍如淒風殘月，牽動著無數讀者的心。

然而，林黛玉終究不是人格標本。否則，豈不重蹈才子佳人小說「美則無一不美」的覆轍？而且，從一定意義上說，恰恰因為林黛玉是個多有性格弱點

〔註14〕《漢書・轅固傳》，《漢書》（卷十一），中華書局，1962年，第3612頁。

〔註15〕韓愈《送李愿歸盤谷序》，《韓愈文選》，人民文學出版社，1980年，第32頁。

〔註16〕李贄《焚書》（卷二），《為黃安二上人三首》，見《焚書・續焚書》，嶽麓書社，1990年，第79頁。

〔註17〕杜景華《黛釵性格及道德評估》，《紅樓夢學刊》，1994年第4期。

〔註18〕二知道人《紅樓夢說夢》，一粟《紅樓夢卷》（第一冊），中華書局，1963年，第83頁。

〔註19〕《家庭、私有制和國家的起源》，《馬克思恩格斯選集》（第四卷），人民出版社，1972年，第73頁。

的人，才成為中外文學史上最動人的悲劇主人公之一。從亞里士多德到朱光潛大都認為，悲劇主人公雖然往往是非凡人物，但又不應當寫得太好。「理想的悲劇人物是有一點白璧微瑕的好人。」「只有那些在某一方面有所缺欠的東西才能激起真正的憐憫。」「悲劇人物在一定程度上對於自己的受難負有責任。」〔註20〕曹雪芹在設計林黛玉性格的時候，似與東西方的悲劇理論家們有某種默契。

比如，在表現其稟性清標的同時，便寫下了她「氣高」「量褊」「口舌傷人」「不善處世」「目無下塵」的種種性格弱點；在表現其戀情清純的同時，便寫出了賈母有關「老冤家」「偏生遇見這麼兩個不省事的小冤家」「不是冤家不聚頭」的牢騷苦悶與憂慮，等等。一張像立體的生活一樣立體、一樣生動的面孔。一個特立獨行白璧微瑕的性格。一個不同於班姑蔡女，也不同於西子文君〔註21〕的平實可信似曾相識的新角色。是寫實原則（而不是道德寄託）的巨大勝利。

林黛玉的任情美及其缺憾並不是一種孤立的現象。從文本所構建的女兒王國中看出，作家審視與表現女人的視角有了大的拓展和質的轉換：女人已不再是男人某種政治行為或傳宗接代的工具（如《三國演義》中的女人）。已不再是男人成功路上的災星與禍水（如《水滸》中的女人）。已不再是男人皮膚濫淫的性對象（如《金瓶梅》及豔情小說中的女人）。已不再是不得志男人鏡花水月般的精神補償（如才子佳人小說與《聊齋誌異》中那一大批「賜福」給男人的女人）。《紅樓夢》的女人們已構成斑斕多彩瑕瑜互見的「人」的世界。

以上，是林黛玉任情美及其缺憾對我們的啟示。

原載《求是學刊》，1996 年第 3 期

〔註20〕 朱光潛《悲劇心理學》，人民文學出版社，1993 年，第 80～111 頁。
〔註21〕 參見《紅樓夢》第一回空空道人與石兄對話。

賈政與賈寶玉關係還原批評

題目的界說

拙稿不正面解讀賈政,更不正面解讀賈寶玉[註1],而側重於梳理賈政賈寶玉二人關係史。即在前人與時賢激發下[註2],對賈政賈寶玉關係的演化脈絡,做一爬梳與補說。

如果把一對父子看作一對矛盾,那麼賈政賈寶玉這對矛盾的主導面是賈政,不是賈寶玉。討論二人關係史,將從賈政這一側面切入。換言之,是梳理賈政觀察、面對、處置「賈寶玉現象」的心態史、行為史。

賈政面對「賈寶玉現象」的心態與行為,受兩種「力」的牽制。

其一,主流文化對男人(含少年男子)的價值期待[註3]。這種期待已經流播了兩千年,已借助多種渠道代代相傳,已成為不同時代、不同等級、不同身份、不同文化教養、不同生存狀態的家長們、師長們對晚輩的共同渴盼。賈政受到這股力的制約和驅動,是正常態,是作為家長(何況是二公一妃的百年望族)的社會屬性使然。賈政的問題在於,他徒有主流文化望子成龍的強烈意識,卻沒有歷史長河中那些教子有方者的篤行精神和成功經驗。他平庸、愚妄、迂拘、淺膚,不僅不是善於治繁理劇的官員,不僅不是擅長防微杜漸的

〔註1〕 《紅樓夢學刊》,1997 年第 1 期曾刊發拙文《賈寶玉生存價值的還原批評》。

〔註2〕 張慶善策劃、六位學者撰稿的紅學新著《紅樓夢導讀》(黑龍江教育出版社,2003 年),對賈政的解讀極精當,其中涉及與賈寶玉關係的見解,亦客觀、平實、發人深省。

〔註3〕 如《大學》所說的「格物,致知,誠意,正心,修身,齊家,治國,平天下」等。在《紅樓夢》中,作家借薛寶釵之口概括為「讀書明理,輔國安民」。

家長，也不是一個懂得循循善誘、因材施教的父親〔註4〕。他辜負了他的社會使命。

其二，在二人關係中，牽制賈政心態行為的還有另一種「力」，即作為尋常人的骨肉親情，屬於人的自然屬性。凡是尚未異化成非人的人們，凡是身心尚屬正常的父親們，都或多或少或濃或淡地保留著一些類似的感情。賈政也不例外。他的問題是，由於「不學無文」，或曰「食古不化」，他不善於協調「嚴父」與「慈父」這兩種「同根異形」的情感，他的骨肉親情在一個相當長相當長的時間裏，被扭曲得不成樣子。

換個說法，面對「賈寶玉現象」，賈政身上的主流文化印痕以及與之相關的價值評估體系，總是敏感地做出反響，這種反響是清晰的、強烈的、一觸即發的；而其與生俱來的那一份骨肉親情則是潛存的、自我壓抑的甚至是無意識的，即便遇到某種外因激發而親情湧動之際，也往往一閃即逝，甚至羞於正視。

與世上任何矛盾現象一樣，賈政與賈寶玉的相互制衡關係，也不是一成不變的。無論從時間上還是從空間上看，這對父子之間的較量，存在著一種雖則犬牙交錯但卻不難辨識的演化軌跡。梳理這種軌跡，就是題目中所說的「還原批評」的著眼點。

文本現象爬梳

凡涉及賈政與賈寶玉關係的話題，必然或首先想到「寶玉挨打」，就像一說到曹操，就聯想起「殺呂伯奢」一樣。也算是一種條件反射吧。足見得這兩個事件在兩部大書中是何等醒目，又何等經典。然而，任何經典性的故事情節，畢竟不可以一葉障目，以偏概全，一醜遮百俊或一俊遮百醜。否則，它將干擾、誤導對主要當事人的全方位解讀。「殺呂伯奢」事件和「寶玉挨打」事件都曾經遭遇過這種尷尬和不幸。

經過一番爬梳文本、貼近文本、還原文本的努力之後，捕捉到如下軌跡：前80回《紅樓夢》中，賈政與寶玉二人關係經歷了三個時間段。倘從矛

〔註4〕 二知道人《紅樓夢說夢》云：「賈政若以箕裘為念，善誘其子，媼（指賈母——引者）斷無不期其孫之成立也。顧平居安肆日偷，養蒙無術，時而趨庭有訓，無非一曝十寒，是直縱之浮蕩耳。及其淫佚無度，習成自然，而後施以大杖，幾置之死地，竟歸咎於其母之溺愛也。平心而論，寶玉之不肖，果賈媼之咎耶？」載一粟《紅樓夢卷》第一冊，中華書局，1963年，第88頁。

盾的主要方面即賈政的角度考察，可以說，文本入情入理地展露了賈政面對「賈寶玉現象」的「嫌惡」心態（第一時段）、絕望心態（第二時段）和妥協心態（第三時段），舒卷自如地呈現了他從無比焦躁到無限痛苦到無奈妥協的心路歷程。

這種軌跡，不是「寶玉挨打」事件所能包容的，它遠比「寶玉挨打」事件豐厚複雜得多。

（一）第一時段。以「嫌惡」（此詞出自第二十三回）為基調、以欣賞為輔色的時段。大體上是第一至第三十二回，第九回是重要標識。在此期間，作家反覆點染父親對兒子的嫌惡。但在嫌惡主旋律的間歇中，又幾番摹寫父親對兒子風神、才情的由衷欣賞。

第一時段的第一組現象：即從賈政眼中、心中、口中透露的常態性的「嫌惡」種種。

抓周事件，種下嫌惡的「根」。面對一個周歲男嬰只抓「脂粉釵環」這一趣事，賈政便「大怒」，便斷言「將來酒色之徒耳」，便「大不喜歡」（第2回）。

入家塾遭譏誚事件。寶玉為方便與秦鍾交遊，萌發了相約入家塾的念頭（這一背景賈政並不掌握）。當寶玉把「上學」的決定稟報其父的時候，賈政竟「冷笑道：你如果再提上學兩個字，連我也羞死了。依我的話，你竟頑你的去是正理。仔細站髒了我的地，靠髒了我的門！」如此絕情絕義，氣急敗壞，說明此前賈政心中已積澱下無數的失敗，他對兒子能否接受通常的基礎性教育的信心，已接近喪失殆盡。

「襲人」二字引發的麻煩。在一次氣氛平和的召見中，王夫人沒話找話，多嘴多舌，嘮嘮叨叨囑寶玉莫忘記讓襲人服侍吃藥等等。於是，空氣頓時緊張起來，賈政臉色由晴轉陰，責問道：「是誰這樣刁鑽，起這樣的名字？……可見寶玉不務正，專在這些濃詞豔賦上作工夫。」說著，斷喝一聲：「作業的畜生，還不出去！」（第23回）周春《閱紅樓夢隨筆》中調侃說：「『花氣襲人知驟暖，鵲聲穿竹識新晴』，陸放翁佳句也。寶玉用襲人以名花大姐，二字甚韻。後來政老以為淫詞豔曲，由政老不知詩之故。」

餘不一一。

第一時段的第二組現象：即從賈政言談行止中透露的「偶發性欣賞」種種。

從北靜王初識賈寶玉看賈政賈寶玉二人關係。這一全過程中，父子二人步調一致，配合默契。儘管二人的興奮點有所不同，但共同擁有一種不形於色的

激動與喜悅。從賈政「忙回去，急命寶玉」更衣，從寶玉「忙從衣內取了（玉）遞與過去」，從賈政「忙道」、「忙陪笑道」、「忙躬身答應」，從「寶玉連忙接了（念珠）回身奉與賈政」，從父子二人「一齊謝過」等一連串的形體語言中，已見分曉。

從「大觀園試才」看偶發性欣賞。文本中交代說，賈政因聽到「塾掌稱讚寶玉專能對對聯」，「有些歪才情」，「今日偶然撞見」，「便命他跟來」……可見父子雙方事先並沒有什麼特別準備，是一次隨機性、隨意性的舉措。在「試才」全過程中，賈政的心情一直很好，與寶玉對話的口吻輕鬆而和藹，如：

> 回頭命寶玉擬來；
>
> 笑命他（寶玉——引者注，下同）也擬一個來；
>
> 笑道：……你且說你的來我聽；
>
> 聽了，點頭微笑；
>
> 方才眾人說的可有使得的？
>
> 點頭道……；
>
> 笑道……。

即便偶有「冷笑」（一次）、「喝道」（一次）、「斷喝」（一次）的情形發生，也是在寶玉忘其所以、無所顧忌地評頭論足，或者被眾清客哄捧著齊聲拍手喊「妙」的時候才出現的。用脂評的話說，是「愛之至，喜之至，故作此語」。連那些常年跟隨賈政、對其父子交流方式瞭如指掌的小廝們，都準確無誤地捕捉到今兒的氣氛與往常不同：今兒老爺「喜歡」，哥兒「大展其才」，得足了「彩頭」（第十七～十八回）。

省親當日，賈政特別啟奏：「園中所有亭臺軒館，皆係寶玉所題。」讓牽掛著寶玉的元春也得到快慰。

一次召見中的親情湧動。在一次家常會面中，「賈政一舉目，見寶玉……神彩飄逸，秀色奪人」（此其一）；「看看賈環，人物委瑣，舉止荒疏」（此其二）；「忽又想起賈珠來」，「再看看王夫人就只有這一個親生兒子」（此其三）；「自己鬍鬚將已蒼白」（此其四）；「因這幾件上，把素日嫌惡處分寶玉之心不覺減了八九」（第二十三回）。

上面一段文字與第三十三回賈政怎麼看寶玉怎麼都一無是處那一段文字平攤在面前，對照著琢磨，不能不驚歎作家生活底蘊的無盡豐厚。

「魘魔法姊弟逢五鬼」時刻的賈政。當「百般醫治祈禱，問卜求神，總無

效驗」之後，賈政「著實懊惱」，他以與賈赦不同的方式宣洩著自己的悲痛；聽到賈母痛斥「趙姨娘興災樂禍」的話語，「心裏越發難過」不已等等，均乃一縷尚存的親情流淌。

面對賈政常態性的嫌惡與偶發性的欣賞，賈寶玉的心理定式是什麼？是畏避與惶悚，此是基調。由於少不更事，不懂得自我保護，不僅沒有「設防」意識，甚至還偶有得意忘形的時候，此乃輔調。（內證種種從略）

（二）第二時段。主旋律是絕望，或曰以絕望為主、以自悔為輔的時段。極寫琪官兒事件與金釧兒事件對賈政的毀滅性打擊。極寫一個喪失理性的父親對一個「上辱先人」，並「禍及於我」的兒子所採取的喪失理性的懲處行動；與此相映襯的還有清醒之後的「灰心」與「自悔」。這後一點雖著墨無多，也寫得入情入理，不宜忽略不計。這個時段，大體上是第三十三至第七十回，以第三十三回為重要標識。

第二時段的第一組現象：絕望情緒的堆積與傾瀉種種。

一個父親直面一個偏僻乖張的兒子，由常態性嫌惡演進為非常態、反常態的厭棄，乃至鄙夷，乃至深惡痛絕，乃至心態失控，任意構陷罪名，上綱上線，乃至欲親手置其於死地。這無疑是一種近似瘋狂的極度絕望情緒。

第三十三回的「寶玉挨打」，將賈政的極度絕望情緒渲染到極致。近代評家對這一章節及其餘波給予了最充分關注，一些精闢優異的鑒賞文章尤給讀者以諸多教益和審美滿足〔註5〕，不贅。

第二時段的第二組現象：瘋狂過後的「灰心」與「自悔」種種。

僅就第三十三回而論，讓賈政絕望、失控、瘋狂的直接誘因有三〔註6〕。在主流文化的天平上，這三大誘因都與賈寶玉、賈政、賈府的體面、聲名、安危捆綁在一起，是屬於大男人大家族之社會角色定位、社會價值評估範疇中的大事兒。被這一類既沉重又敏感的「雷管」所誘發的熊熊怒火，幾乎是無法理喻的。對付不可理喻的人物，或許可以試探著使用另一種武器，那就是觸發他，刺激他，點燃他一縷尚存的親情。

〔註5〕 參見馮其庸《論紅樓夢思想》（黑龍江教育出版社，2003 年），第 221～228 頁，呂啟祥《紅樓夢導讀》（黑龍江教育出版社，2003 年）中的《寶玉挨打》章節賞析。這兩篇美文給人以接受心理上的滿足。

〔註6〕 賈政羅列的賈寶玉三大罪狀：一是見賈雨村時「全無一點慷慨揮灑談吐，仍是藏藏蕿蕿」；二是「在外流蕩優伶，表贈私物」，「禍及於我」；三是「在家荒疏學業，淫辱母婢」，「生出這暴殄輕生的禍患」。

　　王夫人與賈母的先後出場，程度不同地產生了「降溫」、「滅火」的效果。她們（尤其是賈母）本能地、自發地施展出獨有的、不可模仿的、非理性的制怒兼煽情手段，誘發出賈政作為普通父親（也是丈夫和兒子）的正常情感，誘導他回歸到普通男人（也是父親、丈夫、兒子）的正常心態中去。

　　於是，出現了（賈政）「不覺長歎一聲」，「淚如雨下」以及「那淚珠更似滾瓜一般滾了下來」的動情場景（以上是在王夫人鬧著要與寶玉同死以及哭喊著「賈珠的名字」的時候發生的）。

　　於是，出現了（賈政）「又急又痛」、「躬身陪笑」、「忙跪下含淚說道」、「忙叩頭哭道」、「苦苦叩頭認罪」、「灰心、自悔不該下毒手打到如此地步」等連連自責的言談行止（以上是在賈母以雷霆萬鈞之勢狠煞賈政氣焰並揚言打點行李車輛立即帶寶玉等人「回南京去」的氛圍中發生的）。

　　　　一齣「寶玉挨打」的正劇，以賈政的氣急敗壞開始，以賈母的
　　氣勢磅礡收場。這一格局，必然在更為深邃的層面上，加重賈政的
　　絕望。

　　尤具啟迪意味的是賈寶玉對「挨打」事件的反饋。

　　反饋一：依然故我。依然不顧及賈母等的情緒，在闔府上下為王熙鳳祝壽的日子裏，率茗煙到郊外尼庵中祭奠金釧兒。依然「把書字擱在一邊，仍是照舊遊蕩」（見第三十四回、第四十三回、第七十回）。換個角度看，儘管在這次急風驟雨般的衝突中，賈政投放了超常的心力，「氣的目瞪口呆」、「面如金紙」、「喘吁吁直挺挺」、「眼都紅紫了」，甚至「一腳踢開掌板的」、「咬著牙狠命蓋了三四十下」、越打越「火上燒油一般」、「那板子越發下去的又狠又快」，直打得寶玉「動彈不得」、「面白氣弱」、「由臀至脛」「竟無一點好處」、「小衣下皆是血漬」、不得不用長凳抬回怡紅院去……那寶玉也始終沒有隻言片語的悔意，也始終不見一星半點的成效。正像他對前來探視的林黛玉所說的，「就便為這些人死了，也是情願的」！賈政的全部震怒、苦痛、勞心和勞力，都白搭工了。

　　反饋二：增長了防範意識。這是寶玉大受笞撻之後的一種偏得，一種人生經驗。像前兩個時段多次出現的那種沒心沒肺、動輒忘乎所以乃至授人以柄的爛漫狀態，已成為歷史（見第七十回、第七十三回中兩次自我防範的成功演習）。第七十回中，得知賈政將不日返京，這一消息，讓寶玉心神不寧，其防範意識開始活躍。於是，賈寶玉、花襲人，怡紅院乃至大觀園姐妹，齊刷刷動

作起來，出現了「窗下研墨，恭楷臨帖」、「所應讀之書，又溫理過幾遍」的嚴陣以待氣象。這種此前罕見的自我防範與群體防範現象，一直延續到第三時段的前期。第七十三回中，趙姨娘的小丫頭小鵲善意地虛報了軍情，鬧得賈寶玉頓時緊張起來，連夜披衣攻讀，「以備明日盤考」，連累得怡紅院大小丫頭一齊陪著熬夜。最終還是晴雯急中生智，假借有丫頭看花了眼，吵嚷著喊叫著說「有人從牆上跳下來了」，趁機讓寶玉裝病，「只說唬著了」，以求蒙混過關，「來脫此難」等等，是又一次自我防範的成功演習。

（三）第三時段。以妥協為基調、以無奈為輔色的時段。大體上是第七十一至八十回，其中，第七十七回是重要標識。

其實，早在第七十回以前，作家已為這一時段的出現做了必要鋪墊：將賈政「派」外任，一去三四年，為父子關係的趨於鬆弛提供了外部環境，即時間與空間條件。

第三時段的第一組現象：賈政的妥協跡象與認同話語種種。

明顯跡象是從第七十一回開始的。它提示說，賈政對賈寶玉的生存狀態已開始羞答答地認同，已出現自知的妥協趨向。這種妥協，與他自身趨於老齡化、趨於務實化息息相關。

賈政外任學政三四年，在此期間，並沒有任何文字交代過他對寶玉的讀書呀學養呀有什麼特別的干涉或叮囑。這是妥協與認同之前的遠距離鋪墊。

返京後被賜假一月，在家歇息。書中有一段文字，集中透露了他對社會角色感、社會使命感的疏淡（其實他原本也不屬於勵精圖治輔國安民的樣板），以及對天倫之樂骨肉親情的需求：

> 「年景漸老，事重身衰；
>
> 近因在外幾年，骨肉離異，今得復聚於庭室，自覺喜幸不盡；
>
> 一應大小事務益發付於度外；
>
> 悶了……下棋吃酒，或日間在裏面母子夫妻敘天倫庭闈之樂」

（第七十一回）。

這段文字，可視之為妥協與認同之前的近距離鋪墊。

如果說上面的信息還僅僅透露了一種心理變化軌跡，那麼，下面的描敘，則已直接外化到與賈寶玉的直面交集之中，其要點是，此後，便開始穩定、平和、客觀、公允地觀察與思考「賈寶玉現象」了。

例一，趙姨娘祈望將大丫鬟彩霞放到賈環身邊，賈政道：「我已經看中了

兩個丫頭，一個給寶玉，一個給環兒。」「等他們再念一、二年書再放人不遲。」
（第七十二回）

例二，中秋夜宴時，寶玉不肯講笑話，請求作詩，賈政竟毫無異議，並當即「限一個秋字」讓他即景作詩一首，寫罷，「賈政看了，點頭不語」，且說「難為他」了，並吩咐「把我海南帶來的扇子取兩把給他」。由此誘發出賈蘭賈環踴躍逞才賦詩的有趣場面（第七十五回）。

例三，友人請賈政尋秋賞桂，賈政「因喜歡他（寶玉，筆者注）前兒作的詩」，故此要帶他與環蘭同去。在前八十回大書中，第一次出現了「老爺在上屋裏等他吃茶」、「十分喜悅」地「命坐吃茶」的溫馨氣氛（第七十七回）。

例四，破天荒第一遭直面環蘭並王夫人等，鄭重宣布對寶玉的公正「考語」：

> 「寶玉讀書不如你兩個；論題聯和詩這種聰明，你們皆不及他」。
> 今日此去，未免強你們做詩，寶玉須聽便助他們兩個。」王夫人等
> 自來不曾聽見這等考語，真是意外之喜（第七十七回）。

例五，接下來，作家再次強調賈政「近日」來價值取向與生存狀態的顯性變化及其兩大內因。其一是「年邁，名利大灰」，這是對第七十一回「年景漸老」、「母子夫妻敘天倫庭闈之樂」那段概述的強化。其二是「起初天性也是個詩酒放誕之人」，這是對第四回回末說他「素性瀟灑，不以俗務為要」的進一步生發。為了減弱讀者的突兀之感，作家還特意對賈政道貌岸然不苟言笑的行為慣性做了開脫性的說明，「因在子侄輩中，少不得規以正路」云云。意思是說，賈政長期以來戴著厚厚的人格面具，如今，這個面具開始褪色，開始變薄，開始脫落了（第七十七回）。

例六，再接下來，作家以明白無誤的語言，直截了當地寫出賈政對賈寶玉「這一種風流」的認同。

什麼是「這一種風流」？書中用 161 個字作了詮釋（見第七十七回）。

再接下來，便是對賈寶玉「這一種風流」的正面認同了。

更有趣的是，這種正面認同心態，不是一時的頭腦發熱，也沒有任何調侃他人或自我調侃的味道，而是十分認真十分嚴肅的「史」的回顧與前瞻，甚至是以「祖宗」的榮辱、「祖宗」的成敗為參照系的：

> 近見寶玉雖不讀書，竟頗能解此，細評起來，也還不算十分玷
> 辱了祖宗。就思及祖宗們，各各亦皆如此，雖有深精舉業的，也不

曾發跡過一個，看來此亦賈門之數。況母親溺愛，遂不強以舉業逼

他了。……又要環蘭二人舉業之餘，怎得亦同寶玉才好。

以上，提供了五點信息：第一，賈政認同了賈寶玉題聯做詩等優長；第二，「這種聰明」也並不玷辱祖宗；第三，祖宗中深精舉業者也無人靠舉業發跡，何況不習舉業的寶玉；第四，決意不再以「舉業」去規誡寶玉了；第五，還奢望環蘭二人在舉業之餘，能夠向寶玉的「這一種風流」靠攏。

父子二人較量了十餘年，最後還是以賈政的妥協與放棄告終。

他放棄了主流文化與寧榮二公對賈寶玉天經地義的價值期待，他認

同了賈寶玉對「仕途經濟學問」的拒絕及其相關的活法。

例七：於是，一個空前輕鬆和諧、子吟父錄、其樂融融的賦詩場面，出現了。這便是賈寶玉完成《姽嫿詞》的全過程（第七十八回）。

儘管在這個過程中，賈政也曾多次晃動過「嚴父」的面具，但整體氣氛的愉悅與默契，是遮掩不住的。這位父親，從「笑道……你念我寫」並毛遂自薦充當抄錄員開始，又以「笑道」「再續」延伸，終於在「眾人大贊不止」的滿足之中，以「笑道」收場。

一種實現了妥協與放棄之後的鬆弛與享受。

當然，妥協之後，還有種種無奈與酸楚。

第三時段的第二組現象：妥協之後的無奈與酸楚種種。作家並沒有忽略這一點苦澀。

作家換了一個角度觀察。一個成年男人恪守了大半輩子的價值準則就這麼放棄了？嫌惡了十幾年的逆子的「生存狀態」就這麼認同了？細想起來，必定有著某種不甘和無奈。是一種姑息和退縮的認同，還是認同中包含著某種不甘和無奈？不論這種「不甘」與「無奈」所佔分量有幾多重，這裡邊的苦澀味道還是被作家敏感地捕捉到了。

從「還不算十分玷辱了祖宗」的用詞、句式和語氣中，從「亦賈門之數」的潛歎息中，從「況母親溺愛」的禮讓和示弱中，可以體會到其中淡淡的卻又深深的酸楚。

面對賈政的妥協政策，賈寶玉又如何動作？

在第三時段中，賈寶玉與其父的過從心態，也在發生著「質」的變化。在第七十七回以前，他對父親的妥協趨向並不敏感，他依然延續著第一時段的「惶悚」與第二時段的「設防」定式。從第七十七回以後，他洞悉了父親政策

的演變，「惶悚」與「設防」心態不再出現；直面父親的抑揚褒貶，竟有了從容大雅、寵辱不驚的大將風度。一種被釋放了，或者說找到了被父親首肯的那種特別自信的感覺。這時候的自信，已不是第一時段的「不知天高地厚」，而是經歷了被「嫌惡」、被「笞撻」與被認同（儘管是局部）之後的一種比較沉穩比較成熟的風範。（以上內證從略）

假如八十回以後的續書依舊出自曹雪芹之手，賈政賈寶玉二人關係的發展前景，肯定不是目前我們讀到的模樣。

可惜，後四十回中，這對父子的關係發生了不可思議不合邏輯的逆轉〔註7〕。賈政不可思議地連連一反常態、自掌嘴巴，緊鑼密鼓地逼迫賈寶玉放棄「做詩做對」，就範於舉業之路；賈寶玉也一反常態、不可思議地唯唯諾諾，甚至饒有興致地與乃父切磋琢磨八股制藝。人物性格發展的外部根據與內在邏輯不僅模糊不清，而且離奇古怪，有悖世態人情。

結語

（一）文本前八十四回對賈政的定位

拙稿不曾正面解讀賈政。從賈政賈寶玉二人關係這一側面切入，可得出如下印象：

1. 賈政是寧榮二公成年子孫中唯一的正經男人。作家借冷子興（第二回）、林如海（第三回）、敘述人（第四回、第三十七回）之口，完成了對這個

〔註7〕例一，賈政道：「我可囑咐你，自今日起，再不許做詩做對的了，單要習學八股文章。限你一年，若毫無長進，你也不用念書了，我也不願有你這樣的兒子了。」（第八十一回）

例二，賈政（對代儒）道：「我今日自己送他來，因要求託一番。這孩子年紀也不小了，到底要學個成人的舉業，才是終身立身成名之事……才不至有名無實的白白耽誤了他的一生。」（第八十一回）

例三，（看過寶玉在學塾寫過的八股文章及先生的批改之後）賈政道：「這是你做的麼？」寶玉答應道：「是。」賈政點點頭兒，因說道：「雖也並沒有什麼出色處，但初試筆能如此，還算不離。」（第八十四回）

例四，（離京赴任江西糧道前）「切實的叫王夫人管教兒子，斷不可如前嬌縱。明年鄉試，務必叫他下場」（第九十七回）。

例五，（賈母病故，賈政扶柩回南安葬之前）囑咐賈璉道：「今年是大比的年頭……務必叫寶玉同著侄兒去考。」（從江西打發人帶回的書信中，也提醒說）「寶玉蘭哥場期已近，務須實心用功，不可怠惰」（第一一八回）。

例六，（寶玉、賈蘭都不曾進過學，但都獲有參加考舉人的資格，因為）「他爺爺做糧道起身時，（已）給他們爺兒兩個，援了例監」（第一一八回）。

男人的抽象考評。

2. 賈政不是寧榮二公眼中心中「可以繼業」的正宗傳人。「子孫雖多，竟無可以繼業」的悲愴論斷，顯然也包含賈政在內；連薛寶釵與林黛玉對話中，也把賈政排斥在「好男人」之外（「男人們讀書明理，輔國安民，便是好了。只是如今並不聽見有這樣的人了」，見第四十二回）。

3. 賈政在主流文化天平上的失敗，並不是因為有什麼一般意義上的污點，而是因為平庸。

賈政，一個無所作為者，一個帶有經典意義的庸才。平庸，導致他方方面面都不可能成功。一個平庸無作為的官員，一個平庸無作為的家長，一個平庸無作為的父親。

4. 在前八十回書的最後，在進入老齡化的邊緣上，這個平庸男人的人生態度和教育理念都在發生著變化。從不自知的「無作為」向著自知的「不作為」傾斜。主流文化賦予的社會角色意識趨於淡化，作為自然人的人情味增重了。

5. 作家（從文本的敘述口吻看）對賈政的上述變化，無疑是欣賞的。

（二）文本對賈政與賈寶玉關係的定位

1. 賈政不是寶禹鈞式的成功父親（第四回脂批），賈寶玉也不是賈珍、賈璉、薛蟠之類的污點紈絝。由此，賈政與賈寶玉的衝突不屬於尋常可見的「嚴父」與尋常可見的「浮浪子弟」之間的衝突。

2. 賈政與賈寶玉之間長期存在著的對抗狀態，確實帶有兩種價值選擇、兩種人生追求、兩種文化歸屬相互較量的性質。這一點，前人與時賢多有深入闡發，不贅〔註8〕。

3. 在這種較量中，由於賈政的「老派」特別簡單特別樸拙，賈寶玉的「新潮」又特別異樣特別乖張，從而給這場較量的性質增添了許多模糊色彩。而且，作家自己也多有困惑，也並不總是一邊倒在賈寶玉一方。由此，部分誤讀甚至嚴重誤讀的現象，就難以避免了。

（三）餘論：文本對賈府男人們的定位（可與「男人觀」一節互補）

這是可說可不說卻又忍不住想說的一些話。

1.《紅樓夢》衡估男人的價值天平是二元的。衡估賈寶玉與衡估兩府其他

〔註8〕 參見王蒙《紅樓啟示錄・關於賈寶玉》（三聯書店，1991年）以及丁維忠《紅樓夢——歷史與美學的沉思》第二篇（黑龍江教育出版社，2002年）。

男人用的不是同一架天平。賈寶玉以外的其他男人，依然要在「修齊治平」的天平上，找到自己的位置。於是，就有了成功男人的樣板和一大批不同類型的不肖子弟。

2. 成功男人的樣板自然是寧榮二公了，或許還可帶上「代」字輩中的一兩個人。從文本對寧榮二公往日輝煌的追憶中，可以準確無誤地發現作家對這一類男人的由衷欽敬。第五十三回以前，已有諸多虛寫，比如有寧榮二公，方有「赫赫揚揚、已歷百載」的「鐘鳴鼎食之家，翰墨詩書之族」（第二回），方有「敕造寧國府」與榮國府的巍峨挺立（第三回），方有「白玉為堂金作馬」的民謠等。到第五十三回，則將寧榮二公的燦爛人生推崇到極致。那是在除夕祭宗祠時借助旁觀者薛寶琴的眼睛披露的：

宗祠大門上的匾額「賈氏宗祠」四字，是「衍聖公孔繼宗書」；門旁一副長聯：「肝腦塗地，兆姓賴保育之恩，功名貫天，百代仰蒸嘗之盛」，「亦衍聖公所書」。抱廈上懸「九龍金匾」，寫道是「星輝輔弼」，「乃先皇御筆」；兩邊一副對聯：「勳業有光昭日月，功名無間及兒孫」，「亦是御筆」。正殿前懸一「鬧龍填青匾」，寫道是「慎終追遠」；旁邊一副對聯：「已後兒孫承福德，至今黎庶念榮寧」，「俱是御筆」……

從「衍聖公所書」到「先皇御筆」到「御筆」到「俱是御筆」，從「功名貫天」「功名無間」「光昭日月」到「兆姓賴」「百代仰」「黎庶念」，層層托出，字字千鈞，對兩位創業先人的傳統性的價值定位，已無以復加。

3. 賈府第一類也是大批量的不肖子弟是以浮浪與沒落為特質的。其興奮點是聲色犬馬、醉生夢死，屬於作踐自我的類型。他們雖是有污點子弟，但與高俅、高衙內父子的動輒草菅人命還有所不同。這樣的「度」使紅樓男人們的痼疾更具普泛性、傳染性，從而更深邃。它象徵著占主流地位的儒家教育體系的整體失誤和無能。

4. 第二類不肖子弟是賈敬。有學者把第一類不肖子弟稱作混世主義者，而把賈敬的選擇與結局，視作對遁世主義者的批判與否定。賈敬的故事，其實是與文本中對馬道婆、王一貼們的嘲弄有內在關聯的。他扮演的是一個一本正經的丑角。

5. 第三類不肖子弟就是賈政了。他，一個以平庸（無作為）為特質的不肖子弟，有著更雋永的震撼力。他提供了一種讓現代人特別關注的、啟人深省的現象：家長，尤其是官員的平庸，原來是很可怕的。它是縱容叛逆、滋生腐

敗、釀製罪惡的溫床。無論面對晚輩、面對家庭、面對社會，平庸，都具有一種隱形的、慢性的、深度的、不易被發覺的可怕殺傷力。對這種男人的破壞性萬萬不可輕忽。

6. 文本為賈寶玉單獨設了一架天平。他是書中具有全方位脊樑性質的人物。作家關於如何做男人的另一種思考，另一種探索，另一種與人生價值相關的新銳的前衛的智慧火花，以及面對主流文化及其他傳統文化而產生的無盡困惑與艱難選擇。凡此，都傾注到賈寶玉性格中去了。

賈寶玉是別一種不肖。是一個對列祖列宗的價值期待既大有背離又有所認同，但背離大於認同，積極背離又大於消極背離的良性不肖子弟。

參考文獻

1. 洪秋蕃，《紅樓夢抉隱》〔A〕，一粟，《紅樓夢卷》（第一冊）〔M〕，北京：中華書局，1963 年，第 239 頁。

2. 涂瀛，《紅樓夢論贊》〔A〕，一粟，《紅樓夢卷》（第一冊）〔M〕，北京：中華書局，1963 年，第 133 頁。

原載《學習與探索》，2005 年第 2 期

《紅樓夢》少年女僕現象補說

不再討論她們的種種不幸

　　《紅樓夢》的少年女僕（丫鬟們、小戲子們）一向為讀者評家關注。從清代到當代，該說的話幾乎都說盡了，而且有時還有點說過了頭。不過，整體看來，人們對少年女僕世界的解讀，同一性還是主導的。不論時代啊、階層啊、職業啊、年紀啊、教育程度啊、大文化背景啊是多麼不同，人們的興奮點大都異乎尋常的一致，幾乎竭澤而漁式地開掘著少年女僕的種種不幸。

　　比如，苦難種種：

　　金釧兒被逐，投井而亡；

　　晴雯被逐，困窘中病亡；

　　司棋被逐，後又因情殤觸牆而亡（後四十回）；

　　瑞珠因主子非正常死亡，觸柱亡；

　　鴛鴦遭遇賈赦逼婚，賈母病故後，懸樑亡（後四十回）。

　　此外，茜雪因一杯茶被寶玉逐出怡紅院；

　　襲人因開門遲緩被寶玉踢了窩心腳；

　　平兒和無名小丫頭因賈璉偷情事發，被鳳姐掌了耳光；

　　彩霞被旺兒夫婦與鳳姐聯手逼嫁旺兒不肖之子；

　　芳官等被老尼姑誘騙出家，淪為老尼使喚丫頭。

　　還有諸多三等小丫頭承受著成年女僕和大丫頭的壓制威脅等。如王善保家的讒言誣陷晴雯，周瑞家的侮謾司棋，夏婆子威逼藕官，春燕媽欺凌芳官，晴雯無理痛斥紅玉並體罰「打盹兒」的小小丫頭等。

再比如，抗爭種種：

齡官將賈府比作「牢坑」；

襲人頂撞寶玉：「我一個人奴才命罷了，難道連我家親戚都是奴才命不成！」

襲人平兒非議賈赦「太下作」「凡是平頭正臉的都不放過」；

鴛鴦對賈母哭訴賈赦夫婦逼婚時說：「我是橫了心的，當著眾人在這裡，我這一輩子莫說是寶玉，便是『寶金』『寶銀』『寶天王』『寶皇帝』，橫豎不嫁人就完了，就是老太太逼著我，我一刀抹死了，也不能從命！」

芳官等頂撞乾娘們的不公，聯手對抗趙姨娘的欺凌；

抄檢大觀園時，晴雯氣衝衝把箱子倒了個底朝上；

晴雯臨終前對寶玉說：「只是一件，我死也不甘心的，我……並沒有私情蜜意勾引你怎樣，如何一口咬定我是個狐狸精。」

要之，少年女僕無一例外但又程度不同的承受著三種壓力。一是來自「等級」的壓迫感。二是失去親情的孤苦感。三是面對「未來」的恐懼感。

但這還遠不是《紅樓夢》。《紅樓夢》遠比這一類經典故事還要經典的多。它擁有更豐厚，更深厚，更渾厚的歷史性的沉重內涵。

下面，我們換個角度，補充梳理一下少年女僕另外一些生存現象。透過這些現象，繼續洞察東方貴族的虛榮、奢靡和歷史命運。

少年女僕使用價值補說

寧榮二府有一大群丫頭。有名有姓的，有名無姓的，無名無姓的，至少百名以上。這個數字不是電腦統計的，是依照文本中提供的賈母等成年主子與賈寶玉等少年主子的丫頭配備規則，推算出來的〔註1〕。

在討論少年女僕使用價值之前，先略捋一下她們的來源與等級。所謂「捋」，主要是梳理文本中的細節。比如：

從細節中可以得知丫頭們的來源。丫頭的主要來源是家生子。（金）鴛鴦，（林）小紅，柳五兒等，都是成年奴僕的婚生子。其次，是外買的窮苦人家子女。如花襲人，文官等十二個小戲子。其中又有「死契」（不可贖回）與「活契」（可以贖回）的差別。第三種來源是陪嫁丫頭。平兒便是鳳姐四個陪嫁丫

〔註1〕徐恭時曾以庚辰本為底本，逐回逐段作「人物姓名札記」，又廣覽諸家表譜，統計出已經出場的兩府丫鬟（少年女僕）73人，僕婦（成年女僕）125人。

頭中唯一剩存者，素云是否是李紈的陪嫁，沒有清楚交待過。第四種是親友或資深老奴的贈與。晴雯當年曾是賴嬤嬤的丫頭，十歲那年被賈母看中，賴嬤嬤送給了賈母，賈母又送給了寶玉。香菱的來源拐了幾個彎，是拐子偷來轉賣給馮淵，又被薛蟠搶到手的，接近第二種，但又有所不同，算是第五種吧。

從細節中還可以梳理出丫頭們的清晰等級。成年女僕的等級狀況比較紛繁，至少有七個等級或以上。但少年女僕的等級則比較單純，只有三個等級。等級的標誌是崗位與月銀。崗位是與使用價值聯繫在一起的，月銀即每月的津貼費。一等丫頭月銀一兩，二等的一吊錢，三等的五百錢（參見第三十六回鳳姐與王夫人的一段對話）。賈母身邊的鴛鴦、鸚鵡、琥珀、珍珠，王夫人身邊的金釧兒、彩霞等，是一等丫頭。寶玉身邊的晴雯、麝月、秋紋、碧痕，迎、探、惜身邊的司棋、探春、入畫，黛玉身邊的紫鵑等，是二等丫頭。怡紅院的紅玉、芳官、四兒、墜兒、春燕，賈母房中的傻大姐等，是三等丫頭。

從細節中更可以梳理出丫頭們的使用價值。其一，自然是服侍主子了。不論等級如何，都要擔當一定的勞役，即服侍主子的日常生活起居。服侍，又有腦、體之別，複雜與簡單之別，貼身與不貼身之別。無論老少主子，第一位貼身丫頭是最辛勞的，集服侍與管理兩類勞役於一身。既要隨時隨地伺候主子，又是這一位主子「領地」的總管，管人還要管物。可謂腦體兼備，事無鉅細，干係重大，且須臾不可游離主子視野之外。如鴛鴦，如襲人，如紫鵑（她僅是二等丫頭）等。平兒是通房丫頭，其擔當就更加繁複，除侍奉鳳璉夫婦外，還是王熙鳳理家的一把「總鑰匙」，擔當著調解與平息榮府家政管理方面以及中下層女僕與年輕主子之間、中下層女僕與女僕之間的種種糾紛的重任，而且憑藉著超級善良與睿智，她把一系列超級尷尬的糾結（比如管家媳婦們慢待探春之際、彩雲為趙姨娘盜取玫瑰露之事等），均一一化解得極其妥貼漂亮。平兒的勞動量和質，無疑是少年女僕之最。

貼身丫頭之外的丫頭們的勞役，就帶有顯豁的輔助性了，有的甚至沒活兒可做，不過是點綴性象徵性的一種存在罷了。這是因為，一則人浮於事，二則分工又十分細密，勞役的壓力自然就緩解得多了。第二十七回晴雯們正在園中閒逛，迎頭碰見也在園中走動的紅玉，於是呵責道：「你只是瘋吧！院子裏花兒也不澆，雀兒也不喂，茶爐子也不燒，就在外頭逛！」紅玉當即反唇相譏：「昨兒二爺說了，今兒不用澆花，過一日澆一回罷。我喂雀的時候，姐姐還睡覺呢。今兒不該我攏的班兒，有茶沒茶別問我。」可見紅玉的分工是澆花、喂

鳥,燒茶水的活兒是輪班做的。細讀文本就會發現,紅玉的勞動量還不是最輕巧的。怡紅院的二等大丫頭中間,晴雯是被大筆濃墨著力描繪的,但除了第五十二回病中「補裘」那件奇事奇功之外(第五十八回還為寶玉端過一碗湯),幾乎沒見她幹過什麼日常勞役的事兒。第五十一回,襲人母親病重回家探親期間,只好派晴雯和麝月負責值夜,只看見麝月忙忙碌碌手足無閒的模樣,不見晴雯那怕幫她一星半點兒忙,「晴雯只在薰籠上坐」著取暖。麝月笑著提醒她「今兒別裝小姐了,我勸你也動一動兒」,她的回答是「等你們去盡了,我再動不遲。有你們一日,我且受用一日」。這正是「人浮於事」的最佳注腳。麝月又說,晴雯你身量長得高,把穿衣鏡套子放下來吧,晴雯則回答說「人家才坐暖和了,你就來鬧」。倒是寶玉勤快,連忙「起身出去,放下鏡套,劃上消息」,說「你們暖和吧,都完了」。這個場景中,拋開三個人的性格內涵不論,單單從丫頭的勞役著眼,也足以窺豹一斑:怡紅院的丫頭真的是嚴重超員,除花襲人、麝月少數丫頭以外,沒多少活兒可幹。也難怪晴雯天天懶洋洋「裝小姐」了。

還有比晴雯更悠閒的丫頭。戲班子解散以後,有四人離開賈府,另八人分別派到老少主子院落裏當了丫頭。芳官被分到怡紅院。原來人浮於事的地方,又增添了一個小丫鬟,自然無所事事游手好閒了。從第五十八回進入怡紅院到第七十七回被老尼拐去出家,是芳官充當丫頭的一段日子。我們耐心地一回一回地尋覓,發現她只有一次服侍主子的紀錄。那是第五十八回寶玉在怡紅院內用便餐時節發生的稀罕事兒:

> 寶玉便就桌上喝了一口(湯),說「好燙」,襲人……忙端起輕輕用口吹,因見芳官在側,便遞與芳官,笑道:「你也學著些服侍,別一味呆憨呆睡,口勁輕著,別吹上唾沫星兒」,芳官依言果吹了幾口,甚妥,……寶玉笑道:「好了,仔細傷了氣。」

問題出來了,既然沒有多少活兒可做,為什麼配備那麼多丫頭?這正是少年女僕的使用價值之二:陪襯主子。丫頭的等級和數量是主子們貴族身份的象徵。

為此,老太君賈母,必須配備八個一等丫頭。其中珍珠早早地給了寶玉(改名襲人),賈母大丫頭便有了空缺。第三十六回中,王夫人叮囑鳳姐「明兒挑一個好丫頭送去老太太使,補襲人(的缺)」。至於賈母身邊二等三等的丫頭各有多少,沒有明確細節,可參照寶玉的丫頭數量作出較準確推斷。

　　依照身份，王夫人與邢夫人，各配備四個一等丫頭。金釧兒投井後，依照慣例，必須補配一個一等丫頭。於是，王夫人房中二等丫頭的父母即成年女僕們大都動作起來，紛紛貼近鳳姐，「幾家僕人常來孝敬他些東西，又不時的來請安奉承」。在平兒啟發下，鳳姐方悟出個中道理：原來他們的女兒都是王夫人房裏的丫頭，金釧兒死了，他們「要弄這兩銀子的巧宗兒呢」。王夫人雖然不是一個招人喜歡的人，但在這件事上倒也開通，「依我說，什麼是例，必定四個五個的，夠使就罷了，竟可以免了罷」。鳳姐堅持補配的慣例，王夫人便決定把每月一兩銀子的分例領回來，給金釧兒的妹妹玉釧兒，作為對她姐姐「沒個好結果」的補償。

　　依照身份，尚未成年的寶玉和眾姐妹均不能配備一等丫頭。襲人雖然服侍了寶玉，但分例仍在賈母房中領取，直到第三十六回才改為由王夫人從自己「每月的月例」中「拿出二兩銀子一吊錢」直接付給襲人，「就不必動官中的」了。從這時起襲人就成了一個特例丫頭，明面上仍是一等丫頭，實際上已經被王夫人「內定」為「準姨娘」了。但這種待遇不能讓寶玉知道。因為「那寶玉見襲人是個丫頭，縱有放縱的事，倒能聽她的勸，如果作了跟前人，那襲人該勸的也不敢十分勸了」（第三十六回王夫人與鳳姐對話）。

　　依照規矩，寶玉身邊必須安排八個二等丫頭，八個三等丫頭。迎探惜黛等的丫頭編制又如何，文本中沒有明確提示，但可參照寶玉的編制（或略少於寶玉）予以推論。總之少年主子按規矩不可設置一等丫頭，這是他們的晚輩身份所決定的。丫頭的等級與數量，是身份的象徵嘛。

　　正是從象徵意義著眼，王熙鳳才出於「公心」，向王夫人建議「須得環兒弟屋裏也添上一個（一等丫頭）才公道均勻了」。此建議因王夫人沒有表態而不了了之。

　　要之，少年女僕嚴重重疊，人浮於事，是東方貴族對「身份」的特別在乎而引發的弊端。府內府外，生者逝者，男女老幼，人人都必須戴著「身份」標籤，不可些許馬虎。於是，少年女僕除了侍奉主子之外，便具有了另一種特殊的使用價值：老少主子的身份標誌。

少年女僕衣食住行補說

　　冷子興向賈雨村介紹賈府現狀時，有這樣幾句話：「如今生齒日繁，事務日盛，主僕上下，安富尊榮者盡多，運籌謀劃者無一，其日用排場費用，又不

能將就省儉，如今外面的架子雖未甚倒，內囊卻也盡上來了。」這話很是沉重，很有歷史的渾厚性。

說得通透些，賈府的奴僕們儘管各有各的不幸，但卻不曾遭遇《金瓶梅》中的秋菊（潘金蓮的侍女）、《醒世姻緣》中的珍珠（童寄姐之婢）所遭遇的折磨。與我們自幼熟知的黃世仁家（《白毛女》）、南霸天家（《紅色娘子軍》）、周剝皮家（《高玉寶》）的女僕們長工們的不幸相比較，也是大有不同的。或許這也與貴族之家的貴族氣派有關？

賈府資深女僕賴嬤嬤自不必說，連賈母都說她活得「像老封君似的」。一樣的亭臺樓閣，丫頭僕人一大堆，自家花園竟有大觀園一半大，養一個孫子的花銷可以打造出一個1：1的銀人了。她甚至還為孫子捐了一個縣官（第四十三、四十五、四十七回）。

少年女僕呢？曹雪芹借襲人母兄的心理獨白，作了如下定位：

> （襲人母兄一心為襲人贖身，遭到襲人拒絕）他母兄見他這般堅執，自然必是不出來的了，況且原是賣的死契，明仗著賈府是慈善寬厚之家，不過求一求，只怕身價銀一併賞了也是有的事呢；二則，賈府中從不曾作踐下人，只有恩多威少的；且凡老少房中所有親侍的女孩子們，更比待家下眾人不同，平常寒薄人家的小姐，也不能那樣尊重的，因此，他母子兩個也就死心不贖了（第十九回）。

或以為以上定位有溢美之嫌，然而即使擠掉了溢美的水分，也是對冷子興「主僕上下安富尊榮」之說的強力延伸和補充。

請回憶以下「衣、食、住、行」細節。即丫頭們的日常生活狀態。

其一，關於「衣飾」。請留意穿的戴的細節與敘述人的興奮點

例一，三等僕婦的妝飾。黛玉第一次來到外婆家，敏感地發現，外婆家「三等僕婦吃穿用度已是不凡」「再打量這些丫鬟們，妝飾衣裙，舉止行動，果亦與別家不同」。黛玉是侯門千金，幼小的她，也不可能接觸到「寒薄人家的小姐」或丫頭，她心目中的「別家」自當是與林府往來的官宦人家了。外婆家的女僕比一般官宦人家的丫頭們考究。這是她的第一印象。（第三回）

例二，體面丫頭的家常打扮。劉姥姥一進榮國府時，見一年輕女子「遍身綾羅，插金戴銀，花容月貌的，便當是鳳姐兒了」，才要稱姑奶奶，忽見周瑞家的稱之為平姑娘，才知道「不過是個有些體面的丫頭」罷了。（第六回）

例三，軟煙羅夾背心。劉姥姥二進榮府時，賈母帶著她到處逛。賈母見瀟

湘館窗紗的顏色舊了，讓王熙鳳找出銀紅色的「軟煙羅」換上。鳳姐和薛姨媽先後說「從沒聽見過這個名色」，賈母笑道：

> 那軟煙羅只有四樣顏色：一樣雨過天晴，一樣秋香色，一樣松綠的，一樣就是銀紅的，若是做了帳子，糊了窗屜，遠遠的看著，就似煙霧一樣，所以叫作軟煙羅……如今上用的府紗也沒有這樣軟厚輕密的了。

王熙鳳連忙讓人取來一匹樣品，眾人稱讚不已。賈母吩咐：

> 再找一找，只怕還有青的，若有時都拿出來，送這劉親家（劉姥姥）兩匹，做一個帳子我掛，下剩的添上裏子，做些夾背心子給丫頭們穿，白收著霉壞了。（第四十回）

質地名貴、視覺不俗的「軟煙羅」，一時間被賈母派上四個用場：為黛玉換窗紗，給劉姥姥作禮物，自己做一個帳子，「下剩的添上裏子，做些夾背心給丫頭們穿」。不屬於雪中送炭，而是錦上添花。

例四，花襲人回娘家的大毛衣裳。一個冬日，花襲人因母親病重被准予探親。臨行前，鳳姐讓她先到自己跟前瞧瞧。襲人穿戴妥當來到鳳姐跟前：

> 鳳姐兒看襲人頭上戴著幾枝金釵珠釧，又看身上穿著桃紅百子刻絲銀鼠襖子，蔥綠盤金彩綿裙，外面穿著青緞灰鼠褂。

鳳姐的感覺是，襖和裙還好，只是褂子太素了些，再說，如今嚴冬季節，穿著灰鼠皮的「小毛」褂子也顯冷，應該加上一件「大毛」的外套才成體統呢。於是，忙命平兒把自己那件「石青刻絲八團天馬皮（狐狸腹部又長又軟的毛皮）褂子」拿來讓襲人帶上，說「等年下太太給你做的時節我再做罷，只當你還我一樣」。還不止於此，鳳姐還檢查了襲人的包袱皮，那包袱皮已經相當可觀了，但鳳姐執意讓平兒把自家的「玉色綢裏的哆羅呢的包袱」給襲人換上。講究到極致了。何以如此，用鳳姐的話說，為了「大家的體面」，不然，「一個人像燒糊了的卷子似的，人家笑話我當家倒把人弄出個花子來」了，「把眾人打扮體統了，寧可我得個好名聲罷了」。（第五十一回）

在以上語境中，鳳姐是坦蕩的，是個「透明心肝玻璃人」（李紈評語）。她懂得，一個大丫頭的裝扮和體統，也正是賈府老少主子的身份象徵。

例五，三等小丫頭芳官的家常打扮。寶玉過生日那天，丫頭們在寶玉建議下都脫下正裝，一律長褲短襖的划拳行令。芳官的裝束是：

> 一件玉色紅青酡絨三色緞子斗的水田小夾襖，束著一條柳綠汗

巾，底下是小紅撒花夾褲，頭上眉額編著一圈小辮，總歸至頂心，結一根鵝卵粗細的總辮，拖在腦後，左耳眼內只塞著米粒大小的一個小玉塞子，右耳上單帶著一個白果大小的硬紅鑲金大墜子。（第六十三回）

雖說家常打扮，也夠華麗考究新巧別致了。

例六，蝦鬚鐲與名貴珍珠。平兒丟了一隻金鐲子，叫「蝦鬚鐲」，是用蝦鬚一樣精細的金線編織成兩條龍，尾扣尾，首對首，成手鐲狀，兩條龍的口中共同含著一顆名貴珍珠。平兒對麝月說，「究竟那鐲子能有多重，倒是這顆珠子還罷了」，其口吻何等輕描淡寫，富貴氣十足。（第五十二回）

例七，晴雯的遺物。晴雯被逐出大觀園，陷入病危，寶玉前往探視。只見骨瘦如柴的手腕上還戴著四隻沉甸甸的銀鐲子。晴雯病亡後的「衣履簪環」約三四百金之數，襲人送給她姑表兄嫂為後日之計。（第七十八回）

以上是「衣飾」舉隅。衣飾的華美雖不能消解少年女僕的孤苦憂戚，卻鑿鑿實實地成為東方貴族之家崇尚身份，崇尚名分，崇尚虛榮的活潑潑見證。

其二，回憶關於「吃」的細節與敘述人的興奮點

例一，蛋羹風波與柳嬸子的名言。司棋是迎春的貼身丫頭，又是邢夫人陪房媳婦王善保家的外孫女。一天，她派小丫頭蓮花到小廚房找柳嬸子要碗雞蛋羹，而且要「燉的嫩嫩的」。當時正趕上雞蛋短缺，柳嬸子勸她「改日吃罷」，一句話就惹得蓮花兒滿廚房翻找雞蛋。柳嬸子忙丟下手中活計，趕過去與之理論：

> 你們深宅大院，水來伸手，飯來張口……細米白麵，每日肥雞大鴨子，將就些也罷了，吃膩了，天天又鬧起故事來了，雞蛋、豆腐、麵筋、醬蘿蔔炸兒，敢自倒換口味……一處要一樣，就是十來樣，我倒別伺候頭層主子，只預備你們二層主子了。

牢騷歸牢騷，柳嬸子還是蒸了雞蛋。沒料到被司棋揚手潑到地上，還帶著幾個小丫頭「七手八腳」「亂翻亂擲」，把小廚房砸了個稀巴爛。（第六十一回）

這裡，不討論司棋或柳嬸子的是非長短，只是必須說，柳家的對某些「二層主子」似的刁蠻丫頭的怨憤，不是空穴來風。蓮花兒與柳嬸子拌嘴時就提供了一條信息，說前兒晴雯曾派小燕來，要吃麵筋炒蘆蒿，「少擱油才好」，云云。看來「二層主子」挑三揀四，打擾小廚房的事作，是層出不窮的。

例二，芳官的一次便餐。寶玉生日那天，芳官說「吃不慣那麵條子」，告訴柳嬸子「做一碗湯，盛半碗粳米飯送來」。說著，柳嬸子便派人送來一個食盒，裏邊是：

> 一碗蝦丸雞皮湯，一碗酒釀清蒸鴨子，一碟醃的胭脂鵝脯，還有一碟四個奶油松瓤卷酥，一大碗熱騰騰碧熒熒蒸的綠畦香稻粳米飯。

這套便餐，是《紅樓夢》食譜中最具有可吃性的搭配了。不料，芳官的反映卻是「油膩膩的，誰吃這些東西」「只將湯泡飯吃了一碗，揀了兩塊醃鵝就不吃了」。反倒是吃過壽麵的寶玉不挑不揀，「聞著覺得比往常之味有勝些似的，遂吃了一個卷酥，又使小燕也撥了半碗飯，泡湯一吃，十分香甜可口。」（第六十二回）

例三，丫頭們與螃蟹宴。螃蟹宴是湘雲作東、寶釵協理的一次無拘無束妙趣橫生的餐飲活動，較諸怡紅夜宴還要開放與灑脫。

主賓席三桌，是安頓老少主子們的，不贅。

主賓席之外，湘雲又令「在那邊廊上擺了兩桌，讓鴛鴦、琥珀、彩霞、彩雲、平兒去坐」，鴛鴦還特意對鳳姐說「二奶奶在這兒伺候，我們可吃去了」，鳳姐回答「你們只管去，都交給我就是了」。這兩桌是成年女主人的貼身丫頭。湘云「又命人另擺一桌，揀了熱螃蟹來，請襲人、紫鵑、司棋、待書、入畫、鶯兒、翠墨等一處共坐」。這一桌是少年主子們的貼身丫頭。

還有呢，湘雲還讓人在「山坡桂樹下鋪下兩條花氈，命答應的婆子並小丫頭等也都坐了，只管隨意吃喝，等使喚再來。」（第三十八回）

這場螃蟹宴，主子三桌，丫頭三桌，沒名沒姓的小丫頭們跟著婆子們像郊遊野餐一樣，在桂花樹下，花氈子上，席地而坐。雖則層次分明，但主僕同步，同吃與同樂的氛圍，卻是十分濃鬱的，而且，享用的不是平日吃膩了的「肥雞大鴨子」（柳家的語），而是又肥又大剛剛上市的鮮美螃蟹。用劉姥姥的話說，這頓螃蟹宴，夠莊戶人家過一年的了。丫頭們也參與了這次高消費。

以上是「餐飲」舉隅。餐飲的豐足，也不能消解少年女僕的孤苦與憂戚，但與衣飾一樣，也鑿鑿實實地成為冷子興「主僕上下安富尊榮」之論斷的活潑潑印證。

其三，再回憶一下丫頭們的「住」

住，勿需細說。少年女僕沒有嫁人，沒有屬於自己的「小家」。她們都寄

宿在她們伺候的主子的庭院中。非貼身丫頭，住廂房。貼身使喚的，住在主子起居室的外間或一隅。比如，襲人回家探母期間，晴雯和麝月「派在寶玉屋裏上夜」「晴雯自在薰籠上，麝月便在暖閣外邊」。

親侍丫頭們的床上用品與起居習慣自然也相當考究。

比如，麝月晴雯值夜的第一天晚上，睡到三更，寶玉招呼喝水，「麝月忙起來」，先是「下去向盆內洗手」，然後「倒了一鍾溫水，拿了大漱盂，寶玉漱了一口，然後才向茶格上取了茶碗，先用溫水涮了一涮，向暖壺中倒了半碗茶，遞與寶玉吃了」，然後「自己也漱了一漱，吃了半碗」。晴雯也聲言要喝，麝月聽說，「也服侍他漱了口，倒了半碗茶與他吃過」。

半夜三更，又是嚴酷冬季，伺候主子喝水的程序環環相扣，一絲不苟：盆內洗手，溫水漱口，溫水涮碗，然後倒茶飲茶。而這等考究的習慣，也同樣體現在服侍晴雯飲茶的過程中。

再回憶一個小小的場景，看看一個二等丫頭的居住環境與氣派。

晴雯半夜時分鬧著吃茶之後，又惡作劇嚇唬剛剛到屋外方便的麝月，她「仗著素日比別人氣壯，不畏寒冷，也不披衣，只穿小襖，躡手躡腳的下了薰籠……出了房門，忽然一陣微風，只覺侵肌透骨，不禁毛骨悚然……。」她感冒了。於是，寶玉吩咐人「回大奶奶去」並「傳一個大夫」瞧病，「兩三個後門口的老嬤嬤」帶了大夫進來，怡紅院的丫鬟們都依照規矩迴避了。

有三四個老嬤嬤放下暖閣上的大紅繡幔，晴雯從幔中單伸出手去。那大夫見這隻手上有兩根指甲，足有三寸長，尚有金鳳花染的通紅的痕跡，便忙回過頭來。有一個老嬤嬤忙拿了一塊手帕掩了。

也難怪柳家的把貼身丫頭稱作「二層主子」，更難怪那位臨時被請來的陌生大夫誤認為從大紅繡幔中伸出的纖纖玉手是位小姐，因為「那屋子竟是繡房一樣」。

再如，襲人回家探母前，鳳姐不只是查驗她的衣飾是否體面，而且也干預她的日常起居用品：

> 你媽若是好了就罷；若不中用了，只管住下，打發人來回我，
> 我再另打發人給你送鋪蓋去，可別使人家的鋪蓋和梳頭的傢伙。

如此考究，太乖張了。還不止於此，還借用周瑞家的口吻宣布，「若住下，必是另要一兩間內房的。」要知道，襲人不是到遠親家串門，她是回娘家啊。連生她養她的娘家的溫暖炕頭和起居用品都不屑於或不准予使用，如此考究，

豈不是褻瀆了至愛親情的底線？

以上，是「住」的狀態舉隅。

貼身丫頭的居住環境，起居習俗，床上用品與盥洗用具，特別是所受到的防護性封閉性的各種關照，又生動鑿實地印證了襲人母兄聊以自慰的論斷，「平常寒薄人家的小姐，也不能那樣尊重的」。

其四，再回憶一下少年女僕「出行」的陣勢

少年女僕極少參與府外活動。丫頭們的出行大都是在園內園外或兩府之間遊走。距離不遠，負荷不重，跑跑腿學口舌，傳遞一碟水果一盒小吃一種藥物一條手帕而已。但即使如此簡便的往來，丫頭們有時也拈輕怕重的。

比如，玉釧兒等去怡紅院送荷葉湯。

寶玉挨打以後食欲不振，偶然想起當初吃過的什麼小荷葉小蓮蓬湯，鳳姐連忙倒騰出相關「模子」吩咐廚房做成荷蓮模樣的精緻的麵片湯。湯來了，王夫人便命玉釧兒送去。因寶玉曾說要鶯兒幫他編織「絡子」，寶釵便讓鶯兒同去。

鶯兒答應，同玉釧兒出來。鶯兒道「這麼遠，怪熱的，怎麼端了去」，玉釧兒笑道「你放心，我自有道理」，說著，便令一個婆子來，將湯飯等放在一個捧盒裏，令他端了跟著，他兩個卻空著手走。一直到了怡紅院門內，玉釧兒方接了過來，同鶯兒進入寶玉房中。（第三十五回）

這時候的玉釧兒還沒有得到王夫人的破例恩寵，即還沒有獲得金釧兒那份每月一兩銀子的分例，她與鶯兒還都是每月一吊錢的二等丫頭。兩個二等丫頭在府內走這麼一點路，送這麼一點東西，竟然這麼大的派頭。也讓人大開眼界。

再看襲人回娘家的出行規模。

襲人是從本地困窘人家買來的丫頭。母親病重，哥哥「來求恩典，接襲人家去走走」。王夫人答應了，命鳳姐酌情辦理。襲人就有了離開賈府深宅，穿越市區，回歸娘家的機會。然而她卻不是被哥哥接走的，是鳳姐安排專職隨員和交通工具把她送回家的：

> （鳳姐）吩咐周瑞家的，「再將跟著出門的媳婦傳一個，你兩個人，再帶兩個小丫頭子，跟了襲人去。外頭派四個有年紀跟車的，要一輛大車，你們帶著坐；要一輛小車，給丫頭們坐。」（第五十一回）

　　兩名有一定層次的媳婦，兩名小丫頭，四名有年紀的跟車的，一共八個人，一大一小兩輛車。雖說襲人的身份比較特別，但畢竟是個大丫頭，這規模也夠可觀的了。

　　再看一大群丫頭們是如何走出賈府大門，跟隨賈府去清虛觀進香的吧。

　　「享福人福深還禱福」，賈母依照舊例，帶著虔誠，率晚輩在端陽節那個初一，去清虛觀打醮。王夫人見賈母高興，自己又不能去，便打發人通告園裏的人，「有要逛的，只管跟了老太太去」。這話傳開，丫頭們振奮不已。平日裏天天不得出門子，有這機會，誰能不去，便百般鑽掇主子跟了去。於是，出現了陣容空前的主僕共同參與去道觀打醮的出行場面：

> 　　到了初一這一日，榮國府門前車輛紛紛，人馬簇簇（以下寫賈母、李紈、鳳姐兒、薛姨媽每人分乘八人大轎或四人轎，釵、黛、迎、探、惜分別乘坐八寶車或華蓋車，不贅。）然後賈母的丫頭鴛鴦、鸚鵡、琥珀、珍珠，林黛玉的丫頭紫鵑、雪雁、春纖，寶釵的丫頭鶯兒、文杏，迎春的丫頭司棋、繡桔，探春的丫頭待書、翠墨，惜春的丫頭入畫、彩屏，薛姨媽的丫頭同喜、同貴，外帶著香菱，香菱的丫頭臻兒，李氏的丫頭素雲、碧月，鳳姐兒的丫頭平兒、豐兒、小紅，並王夫人兩個丫頭也要跟了鳳姐去的是金釧兒、彩雲；奶子抱著大姐兒，帶著巧姐兒另在一車，還有兩個丫頭……烏壓壓的佔了一街的車。賈母等已經坐轎去了多遠，這門前尚未坐完。這個說「我不同你在一處」，那個說「你壓了我們奶奶的包袱」，那邊車上又說「蹭了我的花兒」，這邊又說「碰折了我的扇子」，咭咭呱呱，說笑不絕。周瑞家的走來過去的說道，「姑娘們，這是街上，看人笑話」，說了兩遍，方覺好了。（第二十九回）

　　這是賈府女主人倡議的一次空前絕後規模盛大的家族性日常出行。丫頭們像開了鎖的猴兒，盡情釋放她們的開心。她們乘車過程中抑制不住的打鬧嬉戲和歡聲笑語讓人刻骨銘心，並感慨萬千。

結語及其他

　　（一）脂本系統的「有正本」（有正書局石印戚蓼生序本）第十六回有一脂批：「排場已立，收斂實難，從此勉強，致成窘窘」。這句話，不僅適用於賈府老少主子們，用在少年女僕生存狀態之浮華現象的解讀上，也是再恰切

不過了。

（二）賈府主子和奴僕中也曾有人試圖「收斂」主子的鋪張和丫鬟的膨脹。如探春曾經「收斂」了少爺們每年上學的額外補貼，「收斂」了小姐們每人每月白白浪費的頭油脂粉銀子。「事雖小，錢有限」，但「重重疊疊」，總應當「蠲了為是」。這也是小小的除弊吧。丫頭的編制與使用，是個較大的題目，是人事問題，是小姑娘探春想不到也解決不了的。榮府大管家林之孝就有一點高屋建瓴的戰略目光。他曾經提出過相當周詳的、頗有人情味的、一家一家有選擇性與可行性的裁員設想。他也曾向賈璉提出過「收斂」丫頭編制的建議：

> 裏頭的姑娘（指丫頭們）也太多。俗語說，一時比不得一時，如今說不得先時的例了，少不得大家委屈些。該使八個的使六個，該使四個的使兩個。若各房算起來，一年也可以省得許多月米月錢。（第七十二回）

賈璉雖然平庸，但也承認林之孝想的對路子。可他哪有改革祖制的膽略和勇氣，只有藉口賈政「才從外地回來」「每日歡天喜地的說骨肉完聚，忽然就提起這事，恐老爺又傷心」呢，婉拒了這項頗有力度的建議。

王熙鳳也曾向王夫人提出過類似的主張。一日，因繡春囊事件的強刺激，誘發王夫人與鳳姐研討起強化大觀園管理的話題。鳳姐趁機提出裁員建議，儘管她的建議遠比林之孝的遜色：

> 以後凡年紀大些的，或有些咬牙難纏的，拿個錯兒攆出去配了人。一則保得住沒有別的事，二則也可省些用度。太太想我這話如何。

王夫人當即回絕了她。其理由竟然是「不忍」，這豈不是脂批所說的「從此勉強」的生動注腳？為了拒絕王熙鳳的建議，這位幾乎沒有人情味兒也不具有親和力的中年女主人竟動情地說：

> 你說的何嘗不是，但從公細想，你這幾個姊妹也甚可憐了。也不用遠比，只說如今你林妹妹的母親，未出閣時，是何等的嬌生慣養，是何等的金尊玉貴，那才像個千金小姐的體統。如今這幾個姊妹，不過比人家的丫頭略強些罷了。通共每人只有兩三個丫頭像個人樣，餘者縱有四五個小丫頭子，竟是廟裏的小鬼。如今還要裁革了去，不但於我心不忍，只怕老太太未必就依。雖然艱難，難不至

此。（第七十四回）

曹雪芹真得太偉大了。他對東方貴族「打腫臉充胖子」的虛榮心理的洞察，何止入木三分，簡直進入到他們精神隧道中去了。

（三）少年女僕現象，從一個局部，一個小小分支，一個「子系統」，坦露了東方貴族之家的綜合症。雖然僅僅是透視貴族弊端的一個窗口，但從這一個特別的窗口，可以看到：

那難以自我扼制的虛榮。

那難以自我療救的奢靡。

那難以自我逆轉的衰微命運。

這正是少年女僕現象的歷史渾厚性。

凡此種種，像可惡的遺傳基因，被名門望族甚至小康之家的後代子孫們可怕地延續下來了，至今。

未刊稿　2014 年秋

《紅樓夢》的女性觀與男性觀

《紅樓夢》，一部說不完的大書。

女性與男性，兩個說膩了、說俗了、說玄了的話題。

把《紅樓夢》與女性和男性放到一塊兒說，也已有二百多年的歷史。繼續在這一範疇拓展與掘進並整個兒走進《紅樓夢》去，越來越艱難了。

但又不能不接著說下去，不能不正面討論這一話題。

這不僅因為女人與男人共同支撐著這個世界，更因為《紅樓夢》中「人」的世界、特別是女人的世界，畢竟與以往的甚至以後的，有大的不同。

《紅樓夢》女性世界還原考察

一、提供一個參照系

比較的方法，是具有說服力與震撼力的。梳理一下《紅樓夢》之前及《紅樓夢》之後的知名小說中的女性現象，對走近《紅樓夢》的女性觀念、人文精神和藝術追求，或許大有裨益。

一位大思想家說，「在任何社會中，女人解放的程度是衡量普遍解放的天然尺度」〔註1〕又說，「社會的進步可以用女性（醜的也包括在內）的社會地位來精確地衡量」。〔註2〕

可悲的是，自從進入有文字記載的社會以來，兩種性別從不曾平等地分享過這個世界。男人依照自己的需求去規範女人，女人則遵照（或不自知地遵照）男人的期待去創造自己。

〔註1〕《馬克思恩格斯選集》四卷本，第3卷，第300頁。
〔註2〕《馬克思恩格斯全集》第32卷，第571頁。

由此，不僅男人所寫的關於女人的一切具有某種可懷疑性，即使女人筆下的女人，也或顯或隱地透露著父系文化性歧視的信息。

先看《三國演義》

《三國演義》是純粹的男子漢小說，是為積極人世的男人們書寫的英雄譜。

憑感覺，《三國演義》中好女人居多。著墨較濃的女人，大都是成功男人走向成功或獲得某種價值定位的幫手或秘密武器。壞女人不僅屈指可數（如劉表後妻蔡氏、袁紹後妻劉氏、黃奎之妾春香、曹丕之妃郭氏、全尚之妻孫氏等），且著墨不多，沒給讀者留下多少印象。

此外，作為第一部長篇小說，《三國演義》竟然沒有承傳史傳文學中屢見不鮮的「女色亡國論」的濫調，不把男人失敗的誘因歸罪於女人（這與《水滸傳》不同）。在全書那一大堆被擠出歷史舞臺的大男人中間，只有董卓和呂布是兩個例外。這算是羅貫中的一點脫俗吧。

然而，從更本質的意義上考察，羅貫中不視女人為「人」。《三國演義》中的多數女人不成其為「人」，更談不上什麼合乎邏輯的性格史了。

說得駭人聽聞一點，她們是帶有工具性的，是作家隨意雕塑隨意遣使的三種工具。

首先是男人進行政治較量的工具，如貂蟬，如孫尚香，還有吳國太等。不同的是，貂蟬的充當工具是主動請纓的結果，孫尚香、吳國太則是無意之間不知不覺地被人利用和驅使的。她們的故事具有單純性質。她們被賦予的某種獨特身份或性格特色（貂蟬是妙齡歌伎，孫尚香是巾幗英雄還是國太的掌上明珠，吳國太頗受孫權敬重還有一位老友即義務情報官喬國老等）都是為完成其政治使命所做的鋪墊，而且是最低限度的鋪墊。三人之中，孫尚香、吳國太的那點鋪墊還基本夠用；對貂蟬所做的鋪墊就捉襟見肘了。試想，一個十幾歲的歌伎，即使從小在朝廷重臣王允府中長大，多少有點政治薰陶，加上從歌詞曲文中獲得的那點社會人生知識，可畢竟沒有任何從事間諜工作（而且是雙面間諜）的實際經驗，怎麼可能初學乍練之下，便爐火純青，駕輕就熟，機警老道，見風使舵，把三個超級政治人物（大權奸、大武將、大謀士）玩於股掌之上呢？難怪毛宗崗調侃說：「十八路諸侯不能殺董卓，而一貂蟬足以殺之；劉關張不能勝呂布，而貂蟬一女子能勝之。女將軍真可畏哉！」

羅貫中筆下的貂蟬，與尋常本真的「人」風馬牛不相及。

其次，羅貫中筆下的女性，還是作家張揚正統思想和節烈觀念的工具。

徐庶之母、王經之母，是兩個被作家招之即來揮之即去的過場人物，卻分別擔負著張揚正統、維護朝綱的重大使命，並為此大義凜然地死去。這二人很合乎毛宗崗的口味，他在讚賞王經之母時說：「可與徐庶之母並傳。庶母欲其子忠漢，經母喜其子忠魏，同一意也。」

在這架天平上，曹皇后（獻帝之后，曹丕之妹）頗有點特別。在嘉靖本中，面對曹丕篡漢之舉，曹后是助其兄而斥獻帝的；可到了毛本中，毛宗崗便讓她高揚起「君君臣臣」的大纛，變成助獻帝斥兄的保皇黨了，一百八十度的轉彎。

其他，如糜夫人為保全阿斗、方便趙雲，投井而死；劉諶（劉禪第五子）之妻激勵丈夫，誓不降魏，立志殉國，並求先死；曹文叔之妻為夫守節，割耳明志、割鼻自誓，等等，無不像流星一閃即逝卻留在了讀者心中。作家弘揚節烈女子的初衷一以貫之。

再次，除上述兩大使命外，《三國演義》中的多數女性，只是作為傳宗接代的銜接符號而被提及的。嚴格地說，不宜計入「人物」譜系之中，因為徒有稱謂，沒有生命，只是傳宗接代的工具。如諸葛亮之妻黃氏、劉表前妻陳氏、劉備之妻甘夫人等。有的甚至連傳宗接代的使命也未必承擔，而僅僅是有身份男人的身份象徵而已。

《三國演義》切割了男人人生舞臺的一半。《三國演義》中的英雄拒絕女人，拒絕溫情。比如諸葛孔明，作為全書的脊樑人物，竟然也沒有婚戀，沒有家庭，不與妻兒同在。直到他死後許久，直到魏軍兵臨城下，直到蜀國瀕臨危亡關頭，才有人想起他的後代子孫，力薦他的兒子孫子們去力挽狂瀾。到這種時候，作家才猛然醒悟，覺得需要交代一下諸葛亮原是有兒子，而且他的兒子原是有母親的：「其母黃氏，即黃承彥之女也。母貌甚醜，而有奇才，上通天文，下察地理，凡韜略遁甲諸書，無所不曉。……武侯之學，夫人多所贊助焉。及武侯死後，夫人尋逝，臨終遺教，惟以忠孝勉其子瞻。」這些話已是第一一七回的事了。如果不是國難當頭之時有人想到諸葛瞻，黃氏其人就永遠難見天日了。這也算是母因子而傳世吧。

至於關、張、趙等人的婚姻狀況和妻室信息，比諸葛亮還慘。他們壓根兒一律被省略了「妻」。他們的兒子，都是在他們或戰死或病亡或被害的那一刹那間突然蹦出來的。作家讓他們的兒子蹦出來的唯一目的，就是為父輩報喪，

然後，接受一種世襲性質的榮譽。這一模式的存在，愈加證明了黃氏被追認一事的得天獨厚或可有可無。

結語：《三國演義》的女性觀，是古代小說名著中最具父系文化之非人特徵的。其代表性言論是劉備對張飛所說的「妻子如衣服」那段話，其代表性行為是劉安殘殺無辜妻子以饗劉備那段故事（分別見第十五回、第十九回）。

當作家不把女人當作「人」的時候，在藝術表現上必定遠離了寫實，甚至遠離了邏輯。

再看《水滸傳》

《水滸傳》觀照與表現女人的興奮點與《三國演義》有顯性不同，但依舊是父系文化之褊狹目光與畸形張力的載體。

憑感覺，《水滸傳》中壞女人居多。壞女人是男人們受辱受挫受難的誘因，即禍水。

宋江的災難，先是閻婆惜誘發，後又被劉高的婆娘逼到極致。

武松兄弟的災難，是潘金蓮、王婆與西門慶聯手釀就的。

石秀、楊雄的流落梁山與潘巧雲的紅杏出牆有關；花榮的禍從天降與劉高婆娘的蓄意陷害有關；盧俊義的身陷死牢與其妻賈氏的偷情並歹毒有關；雷橫、史進的身遭不測與風塵女子石秀英、李瑞蘭的謀財害命有關。

在上述壞女人中，潘巧雲還沒有蛻變為十足的惡人，她只是耐不住寂寞，經不住誘惑而失足。

以上是，一個可觀的壞女人系列。

有個現象值得注意：在《水滸傳》作者看來，不僅壞女人是禍水，好女人也往往是禍水。擁有美麗溫順的妻子或女兒，往往會給自己和家庭帶來無端橫禍與無盡苦難。

林沖娘子、劉太公之女（第五回的劉太公）、張太公之女（第三十二回）、畫匠之女（第五十八回）、又一劉太公之女（第七十三回）……都是因為美豔可人而招致奇恥大辱或殺身滅族之禍的。

如此亢奮地重複女人是禍水的故事，畢竟不是健康的創作心態，而且也有失生活常態。或許是現實人生的種種不幸使作家受到強烈刺激從而產生了褊狹的創作衝動，但畢竟作家把女人的惡德與厄運過分地放大了。毫不誇張地說，《水滸傳》的女人白白擁有了尋常女人的社會身份，卻沒有走進正常女人的生存圈。

　　至於梁山上三位女頭領（一位豪傑、一個魔頭、一具木偶），顧大嫂尚好，孫二娘與扈三娘則是對女人的別一種誤讀和曲解。

　　結語：《水滸傳》作者觀察女人的目光較諸《三國演義》有所拓展。他筆下的許多女人已擁有寶貴的平常人身份，可惜卻罕見平常女人的平常遭際和平常心。多數女人的人生足跡偏離了「鄰家姊妹」的軌道，或毀滅男人，或被男人毀滅，在毀人和被毀的喪鐘聲中，消解了可貴的平常人風貌。

　　由此，作家傳達了對好男人生存方式的一種期待：遠離女人。魯達、武松、燕青，就是這樣的表率。

　　不過，在如何看女人寫女人方面，《水滸傳》也並非一無是處。除了前邊提到的對「平常身份」的關注以外，在表現女人的藝術手段特別是揭示「壞女人」的淪落軌跡方面已有簡潔的性格鋪墊。少數女性形象，如潘金蓮，在與四個男人的衝撞中，還形成了一個合乎情理的性格發展史即淪落史。這是寫實主義在表現女人方面的小小勝利。

再看《金瓶梅》

　　《金瓶梅》的女人現象比《三國演義》、《水滸傳》都複雜得多。

　　《金瓶梅》作者的頭腦裏，顯然躍動著兩種對立的文化觀念和藝術追求，並因此形成了其女性系列的二律背反現象。

　　一方面，作家天才地發現（觸及）了女人之所以是女人的某些性別特徵以及與之相關的生理心理需求。這本是至為寶貴的，它讓《金瓶梅》閃爍著人本主義的色調。但另一方面，作家又有意無意地誇張了他的發現，把女人中間最鮮活的分子自知不自知地扭曲成為欲壑難填的性變態狂，從而沖淡甚至邊緣化了其人文色彩。

　　一方面，作家把觀察的視點投向了市井女子，還創造性地選擇生活瑣事和日常波瀾作為完成性格的新天地；可另一方面，他又把女人中間的多數描繪成市井女子中的另類，是任憑男人驅動、支配、輕侮、戲弄的下流坯、賤種。由此，消解著這個以市井女子為主體的嶄新女性王國的價值根基，使它本應具有的歷史性重量減輕了。

　　要之，《金瓶梅》的女人世界是小說史上戛戛獨造的新景觀，那裏邊的女人比《三國演義》、《水滸傳》更貼近尋常女人圈，但同時又過分集中、過分密集地讓她們充當男人變態性需求的宣洩夥伴，讓古今健全女性蒙受了巨大恥辱。

對此，常常讓我們想起鄭振鐸先生早在七十年前就提出的「佛頭著糞」的精彩比喻。〔註3〕

結語：《金瓶梅》發現了女人，又褻瀆了女人；它發現了尋常，卻又褻瀆了尋常。

再看才子佳人小說

明清之際出現的才子佳人小說，形成了一個嶄新的女性系統，可稱之為鏡花水月型的女人王國。清前期的《鏡花緣》為之推波助瀾，清後期的一部「言情＋武俠」小說《兒女英雄傳》（遠在《紅樓夢》之後，並聲言要翻《紅樓夢》的案），又為之做出了絕妙的補充。

鏡花水月型的女子，是不得志的才子們打造出來的，是無錢無勢無依傍無前程的落拓文人的自我慰藉與精神補償。

其中，《好逑傳》、《平山冷燕》、《玉嬌梨》、《鐵花仙史》及《鏡花緣》中的一百個才女，尤具典範性，是超級美女、超級才女、超級貞女的集大成。

她們的美貌，自是絕倫超群，沉魚落雁，閉月羞花，傾國傾城，已形成一套公式化的溢美話語系統。

才智呢？除了博覽群書、博聞強記、詩詞曲賦琴棋書畫無不精湛、天文地理數學化學物理學生物學歷史學以及當時可能存在的一應人文科學自然科學都能如數家珍爛熟於心之外，還擁有一種「不動聲色，而有神鬼不測之機」的超年齡超閱歷超寫實的人生智慧與社會應變能力。

十歲幼女山黛，是前一種智慧之最。以一首白燕詩壓倒滿朝文武；手持皇上所贈玉尺，直面朝廷六大名臣的挑剔與考較，無一人能望其項背；殿堂之上，奉旨當面撰新詩三章，竟獲得「體高韻大，字字有《三百》之遺風，直逼《典》《謨》」（五帝之書曰五典；大禹謨、皋陶謨，皆《尚書》篇名）的讚譽。

十七歲少女水冰心，是後一種智慧之最。一個閨中少女，竟然毫無閨中小姐教養封閉視野狹小的局限，在與權佞之子、狠心叔父的無數次較量中，審時度勢，居高臨下，處亂不驚，隨機應變，智若泉湧，一派大將風度，表現出不可思議的避害全身的應變能力，令人驚異，令人瞠目。

再者，她們的道德風貌，也盡善盡美。仍以水冰心為例。

一個十六七歲的閨中少女，不僅有俠烈古丈夫的胸襟，知恩圖報，義薄雲

〔註3〕見《論金瓶梅》，胡文彬、張慶善選編，北京：文化藝術出版社，1984年，第60頁。

天，而且能靈活地運用聖人語錄，維護自己堂堂正正「大義」、「大德」之舉。「寧失閨閣之佳偶，不做名教之罪人」，這是她與鐵中玉堅貞恪守的誓言。為避嫌，為自重，為證明清白，她再三再四地拒絕與鐵中玉聯姻。直到皇帝傳旨，皇后召驗，證其「實係處子」並傳詔表彰、重賞、奉旨重結花燭之後，方行「合巹」之實。用聖旨中的話說：「此誠女子中之以聖賢自持者也。」

有趣的是，寫到這個份兒上，這類小說的作者還不滿足。除了是絕代佳人、絕代才女、絕代貞女之外，他們還希望自己筆下的女子身懷武功，所向披靡，如前人筆下的紅線、聶隱娘輩。

《鏡花緣》一百個才女美女中間，就藏龍臥虎，多有這般人物，如駱紅蕖之降虎（第十回）、魏紫纓之降狻猊（第二十一回）、顏紫綃之劍俠奇功（第五十四回）等。

何玉鳳（十三妹）的出現，使這一夢幻達到最誘人的境界，讓手無縛雞之力的文弱書生，僥倖邂逅一位絕色女俠，在她的護佑下去完成盡孝盡忠行仁仗義的壯舉，是何等愜意！怪不得胡適說《兒女英雄傳》是「一個迂腐的八旗老官僚在那窮愁之中作的如意夢」呢。

不過，公允地說，十三妹何玉鳳的塑立，儘管整體上偏離了寫實，但許多細節的營造，卻充滿濃濃的生活氣息，靈動而又真切（如撼動石碾子的一系列細微動作的描寫等）。

結語：說到底，這一鏡花水月型的女人世界依然是父系文化的產物，是依照落拓書生的眼光、興味、需求、夢幻打造而成的。其價值取向是鎮痛和消閒。從「雙美（甚至多美）共事一夫」的模式化大結局中，足以嗅到某些大男人的卑俗與貪婪。此其一。

然而，不論小說家的主觀情致如何，這類作品客觀上總是「顯揚女子，頌其異能」〔註4〕，並由此產生著相對積極的社會文化效應，從而成為由《金瓶梅》到《紅樓夢》的一種過渡。此其二。

可以斷言，對此類小說，《紅樓夢》在自知的揚棄中，又有不自知的承傳。

二、《紅樓夢》是這樣看女人寫女人的

（一）

讀紅樓女子，有一種發生了「革命」的感受。

〔註4〕魯迅《中國小說史略》，北京：人民文學出版社，1952 年，第 202 頁。

「自有《紅樓夢》出來以後，傳統的思想與寫法都打破了。」〔註5〕這裡所說的「打破」，自然包含著如何觀察與表現女人在內。

首先，《紅樓夢》把女人當做與男人相對應的一個性別群體來看待了，即視做與男人一樣的、只是性別不同的一個人群了。換言之，《紅樓夢》中的女人，尤其年輕女人，不再是男人生命中的某種工具，不再是讓男人受挫受難的禍水，不再是男人變態性需求的夥伴，也不再是失意男人鏡花水月般的自我補償了。

其次，《紅樓夢》作者認為，女人，尤其是年輕女人，是較諸男人精彩一點的人，是展現著較多的人性美人情美的人（但絕不著意打造三從四德的楷模）。作者是這麼說的（見第一回），石頭是這麼說的（見第一回），冷子興和賈雨村是這麼說的（見第二回），賈寶玉更是這麼說的（諸如，「女兒是水做的骨肉，男人是泥做的骨肉」；「山川日月之精華獨鍾於女兒，鬚眉男子不過是些渣滓濁沫而已」；「女兒未出嫁時是無價的寶珠」，「老天，老天，你有多少精華靈秀，造出這些人上人來」，等等）。作者最初、也是最強烈的創作衝動，正是為一群較為精彩的女子作傳。

第三，尤為可貴的是，紅樓女性世界是一個尋常而鮮活的女人世界，原汁原味的女人世界，這是《紅樓夢》女性觀中最有價值的亮點。作者觀察與表現女人的新視角、新興奮點、新的藝術追求，無不透過尋常、本真、原汁原味的性格描寫展現出來。

眾所周知，《紅樓夢》以自然勝。

紅樓悲劇，以自然勝。〔註6〕

紅樓女性，尤以自然勝。〔註7〕

內行人都明白，畫鬼容易畫虎難。追求尋常、本真、原汁原味的藝術品位，實費工夫。只有像王國維所說的那樣去參悟宇宙人生，既入乎其內，又出乎其外，歷練了一番又一番入內出外的體驗、觀察、感悟與思索之後，才能創造出有生氣有高致的藝術品來。

曹雪芹悟性卓異，底蘊深厚，舉重若輕地高揚並實踐了崇尚自然、崇尚鮮

〔註5〕魯迅《中國小說的歷史的變遷》，《魯迅全集》第 8 卷，北京：人民文學出版社，1957 年，第 350 頁。

〔註6〕王國維《紅樓夢評論》，見一粟《紅樓夢卷》第 1 冊，北京：中華書局，1963年，第 254、255 頁。

〔註7〕呂啟祥《紅樓尋味錄》，太原：山西人民出版社，2001 年，第 49～58 頁。

活、崇尚尋常的藝術追求。

　　　　尋常而鮮活的女人，必定是淳美的；尋常而鮮活的女人，必定
　　是不完美的；尋常而鮮活的女人，又往往有著某種模糊性；尋常而
　　鮮活的女人，還各有各的不幸。

　　尋常而鮮活的女性世界，才是真實的世界。

（二）

　　紅樓女子，一個各美其美的尋常世界，一個因尋常而鮮活的世界。

　　尋常而鮮活的女性世界，首先是美的。花團錦簇，流光溢彩。像冰心老人所說，少了女人，就少了百分之五十的真，百分之六十的善，百分之七十的美。〔註8〕紅樓女性的形貌美、才智美、性情美以及不同年齡特有的風神美，都在綻放異彩。

　　然而，沒有一個女子是盡善盡美的。紅樓女子的美，絕不集於一身。這一點，與以往四種模式特別是「鏡花水月」模式，迥乎不同。其顯性的特徵有三。

　　特徵一：美，是散落的，不追求美的「集大成」。紅樓女性美是不偏不倚地散落在多數女子特別是少女少婦身上的。每個年輕女子都擁有某種或多種單項優勢，卻沒有全能冠軍，是一種各美其美、美美與共的態勢。

　　特徵二：美，又是有分寸的、適度的，不追求美的絕倫超群。就像作者借石頭之口所宣告的，他書中的女子沒有班姑蔡女之類的樣板，而是一群「小才、微善」、「或情或癡」的尋常「異樣女子」。各有一份兒智慧，各有一份兒善良，各有一份兒真性情，是古往今來凡身心健康之女子人人擁有的普泛的基礎的美。

　　特徵三：紅樓女子的美，又是有個別性、互補性的。「小才」，有種種；「微善」，有種種；真性情，更有種種。單以真性情而論，可謂千姿百態、光怪陸離，呈現出中國文化人所喜愛的種種文化人格。有些女子，在不同程度上以不同方式展示著任情之美，而另一些女子則在不同程度上以不同方式展示著中和之美。少有重合，少有雷同。

　　尤為重要的是，不同文化人格的女子之間，是一種正襯的互補的排列組合，而不是反襯的逆向的排列組合。用俞平伯先生的話說，是此美與彼美的「兩

────────────

〔註8〕冰心《關於女人·序》，北京：開明出版社，1992年。

峰並峙，雙水分流」，而不存在什麼抑此揚彼的「九品人表」。〔註9〕

任情美的性格核心是較多地推重個性，較多地推重自我。像李贄《焚書》（卷二）中所說，「不必矯情，不必逆性，不必昧心，不必抑志，直心而動」。這種女子或活得灑脫（如史湘雲、芳官等），或心智銳敏（如林黛玉、齡官及賈探春的某些側面等），或性子剛烈（如直面戕害時的鴛鴦、尤三姐等），是古已有之的「不謅」、「不趨」、「不愓」的人文精神的自知承傳與任意流淌。

中和美的性格核心則是珍重自己、體恤他人，是對儒家「修己安人」、「和而不流」等積極內涵的認同與實踐。這種女子大都活得安詳（如邢岫煙、李紈、麝月等），待人寬容（如薛寶釵、花襲人等），且品性堅韌（首推平兒，還有薛寶釵、賈探春的某些側面等），是古已有之的「不矜」、「不伐」、「不卑不亢」的人文精神的自知承傳與清醒高揚。

（三）

紅樓女子，一個各有「陋處」的世界，不完美的世界。

尋常而鮮活的女性世界，必定是不完美的。用脂硯齋的話說：「真正美人方有一陋處」（庚辰本第二十回雙行批註）。這些陋處，在形貌、才智、性情諸方面，都被自然、本真、原汁原味地透露了出來。

常言道，金無足赤，人無完人。《紅樓夢》作者在標榜與崇尚「小才微善」而非大賢大能的同時，已經為女性世界的「陋處」做了鋪墊。紅樓十二釵正冊、副冊、又副冊中的數十名年輕女子，正是帶著各自的缺憾，各美其美、美美與共地生存在大觀園內外，形成一道道自然和諧的亮麗景觀。

以形貌論，《紅樓夢》揚棄了盡善盡美，不打造絕代美女群。形貌「兼美」的女子微乎其微；兩個女主人公的肖像描寫亦重在氣質風神，絕無沉魚落雁、閉月羞花、傾國傾城之嫌；至於多數女子，只是形貌清秀、可愛、不俗罷了；部分年輕女子（有小姐也有丫頭）甚至相貌平平，乏善可陳，與國色天香風馬牛。這才是寫實主義大師的藝術追求。

以才智論，《紅樓夢》也揚棄了盡善盡美，不打造絕代才女群。如前所說，年輕女子可能擁有的各種門類各種層面上的才情智慧，不偏不倚地散落在各個女子的身上。黛、釵、湘、妙、琴以詩才勝；釵、琴、岫（煙）、妙更以學問勝；探、鳳（及紈、釵某一側面）以長於管理勝；惜春以畫勝；鴛兒以編藝

〔註9〕俞平伯《紅樓夢研究》，上海：棠棣出版社，1952年，第121、122頁。

勝；晴雯以針黹（補裘）勝；鳳姐、小紅還有麝月以口才勝；鳳、平以識人
勝；秦、探以居安思危、近憂遠慮勝，等等。

沒有一位如同山黛、水冰心那樣全知全能的女子。

以性情論，《紅樓夢》與盡善盡美的女性王國尤為絕緣，這部大書不打造
絕代賢女群。性情，是人們與生俱來的自然屬性與後天養成的社會屬性的融
合。龍生九子，不盡相同；金無足赤，人無完人。崇尚自然、本真、原汁原味
的寫實大師不相信有什麼天生聖人和道德完人。

脂硯齋說曹雪芹寫女人有「至理至情」之妙。比如尤氏，「論德比阿鳳高
十倍，惜乎不能諫夫治家，所謂人各有當也」，「最恨近之野史中惡則無往不
惡，美則無往不美，何不近情理之如是耶！」（庚辰本第四十三回雙行批註）

魯迅說《紅樓夢》寫人「其要點在敢於如實描寫，並無諱飾，和從前的小
說敘好人完全是好，壞人完全是壞的，大不相同，所以其中所敘的人物，都是
真的人物」〔註10〕。

俞平伯說：「十二釵都有才有貌，但卻沒有一個是三從四德的女子；並且
此短彼長，竟無從下一個滿意的比較褒貶。」〔註11〕

以上解讀，可謂貼近了作者，貼近了文本，貼近了紅樓女性世界。

林黛玉，無疑是任情美之最。其性情中的清標之氣，其戀情中的清純之
氣，其詩魂中的清奇之氣，牽動著歷代讀者的心。她還是古今一脈相承的種種
悲劇意蘊的集大成者。即便如此精緻的藝術品，其精神內涵也有顯見的「陋
處」：其「小性子，行動愛惱人」（史湘雲語）的自戀型人格，讓疼愛她、欣賞
她、敬畏她的人們，經受了許許多多雞零狗碎的折磨，更為她自己帶來無窮無
盡的煩惱。林黛玉過早地夭折了，她的死是當時的大小社會環境、大小文化氛
圍的罪過，但從某種意義上說，她的性格弱點又何嘗不是催化這一人生悲劇的
內因？難怪賈母不選擇她為寶玉妻；難怪錢鍾書《談藝錄》中說「當知木石姻
緣徼幸成就，喜將變憂，佳偶始者或以怨偶終」〔註12〕；難怪許葉芬遺憾地說
「死黛玉者黛玉也」〔註13〕。

薛寶釵，無疑是中和美之最。其男人觀中的務實風神（見第四十二回與黛

〔註10〕魯迅《中國小說的歷史的變遷》，《魯迅全集》第 8 卷，北京：人民文學出版
　　　　社，1957 年，第 350 頁。
〔註11〕俞平伯《紅樓夢研究》，上海：棠棣出版社，1952 年，第 121、122 頁。
〔註12〕錢鍾書《談藝錄》，北京：中華書局，1984 年，第 349 頁。
〔註13〕一粟《紅樓夢卷》第 1 冊，北京：中華書局，1963 年，第 228 頁。

玉對話），人際交往中的寬和風神，直面不幸婚姻的凝重風神，詩詞魂魄中的蘊藉風神，無不揮發著恒久的魅力與親和力。然而，這小小女孩為人處世的圓熟與自控能力的超常，卻讓人不適、有隔膜感。她至少在七八個場合中（如猜元春燈謎、論金釧死由、詆芸紅隱私、責寶琴詩題、謔黛玉婚事以及對尤三姐之死的過分寡情、對綠玉綠蠟之辨的過分熱衷等）都大可不必如此這般地說話行事和做人。小小年紀，竟如此世事洞明，人情練達，進退矩步，明哲自保，真讓人大開眼界。這說明主流文化強化於女人的價值期待扼殺著自發自然的天性，使薛寶釵的充沛活力被抑制了不少。

其他，如迎春過於懦弱，被視為「二木頭」、「有氣的死人」；惜春過於孤僻，用尤氏的話說，「心冷口冷心狠意狠」；探春是四姐妹中最為才清志高超塵脫俗者，然在面對趙姨娘和賈環的劣跡時，亦有受制於宗法觀念而不盡人情之處；至於妙玉的乖張、秦可卿之死的蹊蹺，特別是王熙鳳的貪欲、權欲以及由此激發的某種犯罪激情等，更為多數讀者所共識。

要之，不完美的女性世界，才是真實和諧的人的世界。

（四）

紅樓女子，像尋常人一樣多有模糊朦朧色彩。

尋常而鮮活的女人，其性格構成必有某種模糊性。一種說不得善惡，說不得美醜，說不得正邪，說不得智愚的朦朧色彩。借用脂硯齋的說法，是「囫圇不解」狀態。

模糊性，是《紅樓夢》觀察與表現女人愈益深邃愈益靈動的又一重要表徵。有些女性在整體上具有模糊性；有些女性的某一性格子系統具有模糊性；還有些女性雖則在整體上和主要性格側面上都較透明，但諸多言談行止卻讓人掰扯不清。模糊性又增重了紅樓女子的魅力。

妙玉，是在整體上被賦予朦朧色彩的女孩兒。她身世有謎，性情有謎，歸宿也有謎。

妙玉的身世，有兩點是清楚的。第一，她是「蘇州人氏，祖上也是讀書仕宦之家」，「如今父母俱已亡故」，師父也「於去冬圓寂了」，「身邊只有兩個老嬤嬤，一個小丫頭伏侍」。第二，她是「帶髮修行」的，「才十八歲」，出家為尼的原因是「自小多病，買了許多替身皆不中用」直到「親自入了空門，方才好了」。第三，她「文墨也極通」「模樣兒又極好」。第四，「五年前」她曾「在玄墓蟠香寺住著」，和邢岫煙「做過十年的鄰居」，「因不合時宜，權勢不容，

竟投到這裡來」。第一點是背景簡介，第二、第三、第四點是人物簡介。也可
謂言簡意賅了。

可依然多有撲朔迷離之處。比如，她「祖上」的「仕宦」閱歷與規模究竟
如何？當今是否已經敗落？其父母亡故後可還有親人健在？她在茶道與茶具
方面均大有壓倒寧榮二府之勢，是否與其曾經顯赫的家世身世相關？等等。要
之，妙玉的故事中是否深隱著另一個大家族走向衰微的悲劇？凡此，雖多有蛛
絲馬蹟，卻無不迷霧重重。著名作家劉心武在《紅樓三釵之謎》〔註14〕中，力
圖揭開妙玉身世的霧幔，其藝術想像力也果真讓人歎服，但這種努力畢竟有刻
意求深畫蛇添足之嫌，客觀上也破壞與消解了因朦朧模糊而帶來的那種莫可
名狀的美。

性情之謎。妙玉的乖張，人所共知，但對這種乖張的解讀卻生發出不盡相
同的興奮點。究其原因，與其乖張行為自身的模糊性有關。例一，櫳翠庵品茶
時，妙玉遞給釵黛的茶杯是兩種「古玩奇珍」，遞給寶玉的卻是「自己常日吃
茶的那只綠玉斗」，這表明她對寶玉並不著意疏遠或排拒，然而緊接著卻「正
色」道：「你這遭吃茶是託他兩個福，獨你來了，我是不給你吃的。」寶玉笑
道：「我深知道的，我也不領你的情，只謝他二人便是了。」例二，李紈見櫳
翠庵紅梅有趣，想折一枝插瓶，可她「厭妙玉為人」，「不理她」，所以趁寶玉
聯詩落第，罰他去討一枝，並「命人好好跟著」，黛玉忙攔說：「不必，有了人
反不得了。」不久，寶玉便笑吟吟地擎來一枝「二尺來高，旁有一橫枝而出，
約有五六尺長」的奇麗無比的紅梅，姐妹們「各各稱賞」。例三，寶玉生日那
天，妙玉打發人送來賀卡，上面寫著「檻外人妙玉恭肅遙叩芳辰」，用邢岫煙
的話說，此舉「放誕詭僻」，「僧不僧，俗不俗，女不女，男不男，成什麼道理」。
第八十七回中有一段「坐禪寂走火入邪魔」的文字，把妙玉寫淺薄了，模糊性
也受到了傷害。

前八十回中的妙玉，不時生發出一種難以揣摩、難以一言論定的朦朧色
彩，透露了一位身在空門、心在紅塵的異樣女子孤寂、落寞、躁動、失衡的心
理軌跡。這一切都是不能也不宜落實的，只可意會，不可言傳。如果一定要把
妙玉的這種情懷加以挑明，那不僅褻瀆了這位高標傲世的女子，也褻瀆了《紅
樓夢》觀察人與表現人的朦朧美。

結局之謎。妙玉的結局，在第五回中雖有明示（「可歎金玉質，終陷淖泥

〔註14〕劉心武《紅樓三釵之謎》，北京：華藝出版社，1999年。

中」），然這「淖泥」將以什麼形態出現？妙玉又怎樣與之較量？渺若煙雲。後四十回作者讓妙玉被一夥歹徒用「悶香薰住」「掇弄了」「奔南海而去」的遭際，是否想像力過分愚鈍並過於殘忍？

朦朧模糊的美感在林黛玉性格中也有部分展現，即某一性格子系統的混沌狀態。比如，其人生價值取向就存在一種不自覺、不恒定狀態，有較明顯的隨意性、可變性，從而難以給她下一個認同還是背離主流文化的結論。

小說中從未正面表現過林黛玉在男人或女人價值取向上的見解，也從未讓她正面發表過背離或維護主流文化之價值期待的話語。那麼，為什麼賈寶玉在眾多姐妹中偏偏視林黛玉為知己？那只是因為林黛玉從不曾勸他去走什麼仕途經濟學問之路，對他的「無事忙」與「富貴閒人」的生存方式不問不聞聽之任之的緣故。換言之，賈寶玉在林黛玉面前，儘管小兒女的情感糾葛不斷，但在如何做男人這一點上，卻沒有壓迫感。她帶給他一種寬鬆的氣氛。當那些對賈寶玉至親至愛的人們總是以孟母和樂羊子妻的方式去關心他、督促他，甚至施之以斥責的時候，林黛玉無可無不可的寬鬆態度，就特別珍貴了（見第三十二、三十六回）。

然而，還有另外一些事實。一些自知或不自知地契合傳統女德，維護主流教養的言談行止。我們有必要從事實的全部總和與相互聯繫中去思索問題。

事實一：第九回寶玉為了與秦鍾親近而重人家塾時，曾特意向黛玉道別，黛玉笑道：「好，這一去可定是要蟾宮折桂去了。」從口吻看，她的話是有不確定性的，既可理解為善意的調侃，也可理解為亦莊亦諧的祝願，但她畢竟把上學讀書和蟾宮折桂掛上了鉤。這不能不啟發人們提出一種假設：假如寶玉此去，果真或半真半假地寒窗苦讀起來，果真或遊戲人生似地弄個舉人進士當當，黛玉就從此與他離心離德分道揚鑣了嗎？細讀全書與全人，讀不出這種可能。

事實二：第三十四回寶玉挨打之後，黛玉紅腫著雙眼去探視的時候，二人有過一段對話。如果說，第九回的祝願純屬幽默與調侃，那麼，在直面他父子二人兩種價值取向的劇烈衝突之後，黛玉對寶玉的叮嚀與囑咐，就是語重心長擲地有聲的了：「你從此可都改了吧！」話語極簡短，包孕極豐厚，傾注了對寶玉今後如何生存的價值期待。這種期待中雖說混合著許多呵護許多無奈，但其導向卻並不含糊。它明確傳達了她對他現存生活方式的懷疑，她期盼他從此換一個活法，即勸導他不再依然故我，勸導他由此改弦更張。寶玉的回答則是

「別說這樣話。就為這些人死了，也是情願的。」二玉價值取向上的差異，是毋庸諱言的了。

事實三：第四十二回黛玉因行酒令時引用了《西廂記》、《牡丹亭》的典故，被寶釵召去個別談話、善意訓導時，她竟一味懺悔「失於檢點」，「羞得滿臉飛紅，滿口央告」，「心下暗服」，「只有答應『是』的一個字」。

事實四：第四十九回，寶玉、湘雲在蘆雪庵燒烤享用鹿肉，是雪地裏一道淳美亮麗的人文景觀。探春、平兒、寶琴、鳳姐等都參與得歡快執著，寶釵雖不曾投入，但鼓勵寶琴去同吃同樂。在放浪形骸的野炊中，唯一冷眼旁觀並誚語評點的，便是黛玉。她說，「那裏找這一群花子去！罷了，罷了，今日蘆雪庵遭劫，生生被雲丫頭作踐了。我為蘆雪庵一大哭！」或以為這又是黛玉高潔幽默性情之流淌，不然。作者並沒有保護或欣賞黛玉肆意譏誚的興致，相反，他當即讓湘雲以「冷笑」與冷言冷語給黛玉以無情反擊：「你知道什麼！是真名士自風流！你們都是假清高，最可厭的！我們這會子腥膻大吃大嚼，回來卻是錦心繡口。」

事實五：第六十三回怡紅夜宴，是小兒女們的一大創造，一次灑脫酣暢的集體亮相。在其樂融融的夜宴中發出的唯一不和諧音，正是黛玉的惶惑與警示：「你們日日說人夜聚飲博，今兒我們自己也如此，以後怎麼說人？」

以上種種，與她直面賈寶玉「潦倒」「愚頑」「偏僻」「乖張」的寬鬆態度互為映襯，展現了林黛玉應對主流文化價值期待的不確定性，一種既說不上背離又說不上認同的不自覺不恆定的狀態。這種狀態，是很難「一言以蔽之」的。這種狀態，恰恰是林黛玉得以鮮活、得以永恆的又一小小支撐點。

尋常、鮮活的女人群體，還各有各的不幸。對此，作者、文本、讀者（含評家）之間，存在較多的默契。可仔細體味第五回與全書，不贅。

三、簡短的結語

與以往甚至以後的古代小說相比較，《紅樓夢》觀察與表現女性的視角有了大的轉換。女人已不再是男人某種政治行為輿論行為或傳宗接代行為的工具，已不再是男人成功路上的災星或禍水，已不再是男人皮膚濫淫的性對象，已不再是不得志男人鏡花水月般的精神補償。紅樓女子已構成斑斕多彩瑕瑜互見的人的世界。

《紅樓夢》觀察與表現女人的範疇也有了大的拓展與突破。它不再拘泥於在婚戀故事、傳奇故事、三從四德故事中衡估或賞鑒女人，而是在更加普泛的

生存狀態中，像發現男人一樣去發現女人的真善美才學識以及自然本真生存狀態的被壓抑、被扭曲、被剝奪與被毀滅的種種遭際。

《紅樓夢》觀察與表現女人的興奮點尤有大的變化與超越。它不熱衷於構建什麼德、才、貌三絕的女人王國，它癡迷地描摹並鄭重地托出一個「小才微善」的、「耳鬢廝磨」的、「親見親聞」的、原汁原味的姐姐妹妹世界。

由此，《紅樓夢》對女人的觀照已遠遠超出女性問題圈。它將穿著女裝的「人」的人生困惑，展示給人們看，從而，激起一代又一代讀者對諸如性格、命運，主體意志、客觀法則、自我價值、社會責任……及其相互關係的種種思考。

《紅樓夢》男性世界還原考察

一、祖輩與晚輩的巨大反差及其啟示

討論《紅樓夢》的男性觀念，不需要從文本外部尋找參照系，《紅樓夢》的男性世界原本就是在相互參照中構建起來的。

直面主流文化對男人的價值期待，直面士、農、工、商的社會角色選擇，居住在寧榮二府的男性群體大致呈現出四種類型。

其一，成功男人的象徵。即「功名貫天」的寧榮二公，還有全方位優秀的官商薛蝌。

其二，不肖子弟的載體。即賈敬、賈赦、賈珍、賈璉、賈環、賈蓉、賈薔等兩府嫡派兒孫，還有致禍敗家的官商後裔薛蟠。

其三，失敗男人的典型。即賈政，一個認同主流文化期待，但平庸無為，進退維谷的老派人物。

其四，叛逆少年的探索。即賈寶玉，一個背離主流文化期待，但卻囿於親情（順從親長）、難有作為，最終趨於「囫圇不解」狀態的異樣孩子。

對第一類男人，作者抑制不住發自內心的讚賞。這種讚賞雖多為虛寫，卻也明白無誤地傳達了作家對「修己，安人」（《論語‧憲問》）這一價值天平的正面認同。

有了寧榮二公，方有赫赫揚揚、已歷百載的「鐘鳴鼎食之家，翰墨詩書之族」（第二回）；有了寧榮二公，方有「敕造寧國府」、「敕造榮國府」的巍峨挺立（第六回），方有「白玉為堂金作馬」的民謠。

第五十三回，將寧榮二公的燦爛人生推重到極致，這種推重是在除夕祭宗

祠時借助薛寶琴的眼睛一一披露的：

> 原來寧府西邊另一個院子，黑油柵欄內五間大門，上懸一塊匾，寫著是「賈氏宗祠」四個字，旁書「衍聖公孔繼宗書」。兩旁有一副長聯，寫道是：

> 肝腦塗地，兆姓賴保育之恩；功名貫天，百代仰蒸嘗之盛。亦衍聖公所書。

> 進入院中……抱廈前上面懸一九龍金匾，寫道是：「星輝輔弼」。乃先皇御筆。兩邊一副對聯，寫道是：

> 勳業有光昭日月，功名無間及兒孫。亦是御筆。

> 五間正殿前懸一鬧龍填青匾，寫道是：「慎終追遠」。旁邊一副對聯，寫道是：

> 已後兒孫承福德，至今黎庶念榮寧。俱是御筆。

從「衍聖公所書」，到「先皇御筆」，到「御筆」，層層寫來，字字千鈞，對寧榮二公輝煌人生的定位，已無以復加。

面對第二類男人，作家則抑制不住發自內心的鄙薄。這種鄙薄頗有分寸，頗有深度，不落「高俅高衙內」俗套，卻也明白無誤地傳達了對「五世而斬」現象的清醒批判精神。

「漫言不肖皆榮出，造釁開端實在寧」。作為賈府長房，寧府現今三代男人統統是斷了脊樑的敗類。寧公嫡孫賈敬，「襲了官」，卻「一味好道，只愛煉丹煉汞」，「在都中城外和道士們胡鬧」（第二回），最終「吞金服砂，燒脹而歿」（第六十三回）。其子賈珍襲了官，「只一味高樂不了，把寧國府竟翻了過來，也沒有人敢來管他」。賈珍之子蓉兒，沒有人格底線，聚麀亂倫助紂為虐的浮浪子弟。難怪功勳老僕焦大以雷霆萬鈞之勢怒罵現今男主：「你祖宗九死一生掙下這份家業」，「到如今生下這些畜生來！每日家偷雞戲狗，爬灰的爬灰，養小叔子的養小叔子」，「我要往祠堂裏哭太爺去」！「咱們紅刀子進去，白刀子出來」！寧府被抄後，賈珍被「革去世職，派往海疆效力贖罪」，「寧國府第入官，所有財產房等並家奴等俱造冊收盡」。

榮國公嫡長孫賈赦，襲著官，卻「官兒也不好生作去，成日家和小老婆喝酒」，「如今上了年紀」，依然「左一個小老婆右一個小老婆放在屋裏」，還處心積慮、興師動眾算計著討鴛鴦作妾，直氣得賈母「渾身亂戰」（第四十六回）。更有甚者，「倚勢強索」石呆子二十把「古扇」，「弄得人坑家敗業」，自盡身亡

（第四十八、一〇七回）。榮府被抄後，被「發往臺站效力贖罪」，「所有賈赦名下男婦人等造冊入官」。其子賈璉，「捐了同知，也是不肯讀書」（第二回），被賈母斥為「下流東西」，「成日家偷雞摸狗，髒的臭的，都拉了屋裏去」（第四十四回）。抄家後，被「革去職銜」，「歷年積聚的東西並鳳姐的體己」，「一朝而盡」。至於賈環（賈政與趙姨娘之子），雖尚未成年，卻已心術不端，深諳告密誣陷伎倆。用王熙鳳的話說，「是個燎毛的小凍貓子，只等有熱火灶坑讓他鑽去罷」。

餘不一一。

第四回末尾兩段文字十分辛辣。說薛姨媽原以為寄居賈府，「方可拘緊些兒子，若另住在外，又恐他縱性惹禍」，誰知薛蟠在賈府「住了不上一個月的光景，賈宅族中凡有的子侄，俱已認熟了一半，凡那些紈絝習氣者，莫不喜與他來往，今日會酒，明日觀花，甚至聚賭嫖娼，漸漸無所不至，引誘的薛蟠比當日更壞了十倍」。可真是始料不及的了。聯想第九回的家塾風波，再聯想第七十五回賈珍居喪期間，「以習射為由」，「賭勝於射」，乃至「公然鬥葉擲骰，放頭開局」的齷齪光景，兩府兒孫的種種不肖，已大致收於眼底。

難怪脂硯齋讀到第四回便慨歎道：「作者淚痕同我淚，燕山依舊竇公無！」〔註15〕他認定現今的賈府大男人中間，已全然不存在像燕山竇公那樣教子有方的人物了。這正應了寧榮二公之靈對警幻仙子所說的「子孫雖多，竟無可以繼業」；百年望族的「運終數盡，不可挽回」，便成定局。

二、賈政，別一種不肖子弟

賈政是第三種男人。作家對第三種男人的認知態度較前兩種複雜。

作家對賈政的定位是：一方面，他是寧榮二公現存成年兒孫中唯一的正經男人；但另一方面，卻全然不是寧榮二公眼中心中「可以繼業」的正宗傳人。

說賈政是正經男人，是有依據的。在抽象衡估與表層敘述中，作家不吝惜褒揚他的語詞，諸如，說他「自幼酷愛讀書，祖父最疼」（第二回），「謙恭厚道，大有祖父遺風」（第三回），「訓子有方，治家有法」（第四回），「人品端方，風聲清肅」（第三十七回），等等。

然而，對具體的情節場面認真梳理之後卻發現，賈政其實並不是主流文化所期待的成功男人。

〔註15〕見戚序本第四回回前批語。燕山竇公，指竇禹鈞，五代周人，其五個兒子相繼登科。《三字經》：「竇燕山，有義方，教五子，名俱揚。」

　　寧榮二公所做出的「子孫雖多，竟無可以繼業」的論斷中，顯然包含了賈政在內。薛寶釵所說的「男人們讀書明理，輔國安民，這便是好了。只是如今並不聽見有這樣的人了」，顯然也把賈政排斥在好男人之外。

　　這是因為，儘管賈政認同「修、齊、治、平」的價值準則，卻並不恪守它。無論教子、治家，還是輔國、安民，他都缺乏主流文化所高揚的那種責任心與使命感。他缺乏篤行精神。

　　他是名副其實的庸才、失敗者、無所作為之輩。而且，愈到後來，這個平庸男人的價值天平愈加發生了傾斜。在如何做父親和如何做清官的問題上，他陷入了重重困擾，並選擇了鴕鳥政策。

　　首先，賈政不是主流文化所期待的好父親。〔註16〕在與「異樣孩子」賈寶玉的較量中，他是雙向失敗者。其失敗的標誌有二：前期，表現為絕望情緒；後期，則表現為妥協傾向。這樣的父親，何止不符合儒家一貫的教育理念，而且，也與寧榮二公對賈寶玉的期待與引導手段大相徑庭（見第五回）。

　　讓人不解的是，其絕望情緒竟然是從「抓周」事件開始的。面對一個周歲男嬰不抓書墨紙硯刀槍劍戟而只抓「脂粉釵環」這一趣事，便「大怒」，便斷言「將來酒色之徒耳」，便「大不喜歡」（第二回）。望子成龍的過分偏執，扭曲異化了父子親情。在一段相當長的歲月中，他對寶玉的疏淡、呵斥、嘲諷、謾罵，已成常態，即使偶而萌生憐愛之情，也總是「斷喝一聲」：「作孽的畜牲！」「無知的孽障！」「又出去！」等等。

　　這種絕望情緒在第九回有一次病態大發作。寶玉為方便與秦鍾交遊，萌發了相約秦鍾同入家塾的念頭（這一背景賈政並不掌握）。當寶玉把「上學」的決定稟報賈政的時候，賈政竟「冷笑道：你如果再提上學兩個字，連我也羞死了。依我的話，你竟頑你的去是正理。仔細站髒了我這地，靠髒了我的門！」如此絕情絕義、氣極敗壞的心態，說明賈政的精神隧道中已經積澱了無盡的失敗，他的教子信心已經喪失殆盡，他決意放棄教育的責任。

　　絕望情緒膨脹到頂點，便爆發了那一場「笞撻」。這時的寶玉，已不止於不讀書不科舉不仕進等日常性劣跡，而且遭遇了忠順王府和賈環的雙重誣陷，平白增添了兩大罪狀——「在外流蕩優伶」、「在家淫辱母婢」，皆屬於「無法無天」、禍及父祖的醜聞。於是，賈政下了「堵起嘴來，著實打死」的毒手。

─────────────

〔註16〕劉敬圻《賈政與賈寶玉關係還原批評》，《學習與探索》，2005 年第 2 期。

具有諷刺意味的是，在這次大打出手的全過程中，儘管賈政自己「氣的目瞪口呆」、「面如金紙」、「喘吁吁直挺挺」、「眼都紅紫了」，甚至「一腳踢開掌板的」小廝、奪過大板、「咬著牙狠命蓋了三四十下」、越打越「火上澆油一般」、「那板子越發下去的又狠又快」、直打得寶玉「動彈不得」、「面白氣弱」、「由臀至脛」皮開肉綻、「竟無一點好處」、「小衣下皆是血漬」、不得不用長凳抬回怡紅院去……即使如此，也始終沒令寶玉有哪怕隻言片語的悔意，也始終不見任何一星半點兒的成效。正像寶玉對前來探視的黛玉所說的，「就便為這些人死了，也是情願的！」這便是賈政絕望到極致並大動干戈之後的反饋信息。他的全部震怒、苦痛、勞心和勞力，都白搭了工（第三十三、三十四回）。

從第三十四回到第七十七回，賈政對寶玉的絕望情緒逐漸淡化。或許絕望到極致便是「心死」，或許賈政性情中原本有「瀟灑」、「放誕」的底色（見第四回、十七回、七十八回），更或許「因年事漸老」、「名利大灰」、「一應大小事物一概益發付於度外」（第七十一回、七十八回），總之，賈政對賈寶玉的價值期待發生了重大轉折。其標誌是，對寶玉當下的生存狀態，他竟不再厭惡，不再苛求，甚至委婉地予以認同了。

第七十七回有一段文字：

> （天亮時，王夫人房裏小丫頭傳王夫人的話）「『即時叫起寶玉，快洗臉，換了衣裳快來，因今兒有人請老爺尋秋賞桂花，老爺因喜歡他前兒作得詩好，故此要帶他們去。』……老爺在上屋裏還等他吃麵茶呢。……」寶玉此時亦無法，只得忙忙的前來。果然賈政在那裏吃茶，十分喜悅。……賈政命坐吃茶，向環蘭二人道：「寶玉讀書不如你兩個，論題聯和詩這種聰明，你們皆不及他。今日此去，未免強你們做詩，寶玉須聽便助他們兩個。」

第七十八回更有一段文字，續寫上文：

> 賈政命他們看了題目。……那寶玉雖不算是個讀書人，然虧他天性聰敏，且素喜好些雜書……每見一題，不拘難易，他便毫無費力之處，……近日賈政年邁，名利大灰，然起初天性也是個詩酒放誕之人，……近見寶玉雖不讀書，竟頗能解此，細評起來，也還不算十分玷辱了祖宗。就思及祖宗們，各各亦皆如此，雖有深精舉業的，也不曾發跡過一個，看來此亦賈門之數。況母親溺愛，遂也不

　　強以舉業逼他了。……又要環蘭二人舉業之餘，怎得亦同寶玉才
　　好……

　　以上兩處文字提供了以下動態：第一，賈政肯定了寶玉題聯作詩之優長；第二，這種優長與他「天性聰敏」並「喜好些雜書」頗有關聯；第三，寶玉的「這種聰明」遠在賈環、賈蘭之上；第四，「這種聰明」也並不玷辱祖宗；第五，祖宗中雖有「精深舉業」者，但卻無人靠舉業發跡，看來也是「賈門之數」；第六，遂不再以舉業之路規誡寶玉了；第七，不僅如此，還奢望「環蘭二人在舉業之餘」，也能擁有寶玉題聯作詩之才智，等等。

　　由此可見，父子二人長期較量的結果，是以父親的妥協告終的。換言之，父親放棄了對兒子的傳統期待、對兒子的良性不肖狀態給予了認同，這是經過了長期考較和痛苦思索之後的認同。這是又一種失敗，是儒家正統教育理念及其價值取向的失敗。

　　平心而論，作家對賈政直面寶玉時的絕望情緒與妥協趨向並沒有採取鮮明暴露或嘲弄的立場，相反，作家對賈政的失敗是既有所理解，又有所欣賞的。理解他望子成龍的苦心，欣賞他作為一個有血有肉的父親本應具有的那份尋常父愛的復蘇和流淌（見第七十八回賈政欣欣然為寶玉記錄《姽嫿詞》的全過程）。這一現象，說明作家在「如何做父親」的問題上，其價值觀念是多元的、矛盾的，甚至也存在莫可名狀的困惑。

　　可惜後四十回續書中，賈政對寶玉的政策又來了個莫名其妙的逆轉。他心血來潮，逼迫寶玉重入家塾，研讀並撰寫八股文；他出爾反爾，宣布從今往後，不許寶玉作詩；赴江西上任之前，他還特意叮囑王夫人，「明年鄉試，務必叫他下場」，等等。如此不合邏輯的逆轉，不知是賈政還是續書人的神經出了毛病。

　　其次，賈政也不是一個善於「治家」的好家長。與賈敬、賈赦、賈珍、賈璉、賈蓉輩相比較，賈政雖無聲色犬馬方面的劣跡，還算律己較嚴的一個男人（有兩個姨娘很正常，不宜斥之為假正經），但依然不是寧榮二公所期盼的家族的脊樑。第四回中說他「教子有方，治家有法」，全然是虛晃一招。就在這一回，在涉及賈政的那一大段文字中，顯然有兩個重心。其一是說，薛蟠入住賈府後，賈府子弟與之沆瀣一氣，「今日會酒，明日觀花，甚至聚賭嫖娼，漸漸無所不至，引誘的薛蟠比當日更壞了十倍」。其二是說，賈政對這種局面所採取的態度竟然是推聾作啞，文過飾非，睜一隻眼閉一隻眼。作家是這樣為他

定位的：

> 一則族大人多，照管不到這些；二則現任族長乃是賈珍，彼乃寧府長孫，又現襲職，凡族中事，自有他掌管；三則公私冗雜，且素性瀟灑，不以俗務為要，每公暇之時，不過看書著棋而已，餘事多不介意。況且這梨香院（注：薛蟠居處）相隔兩層房舍，又有街門另開，任意可以出入，所以這些子弟們竟可以放意暢懷的……

唯一「大有祖父遺風」的賈政，卻不能夠或不願意「照管」「族中」關乎子侄輩教養這樣的頭等大事，不能夠或不願意對「族中」成年或未成年男人們施加修齊治平的影響。這不能不讓作家深深遺憾。脂硯齋在這一點上與作家心有靈犀。第四回脂批說：「作者淚痕同我淚，燕山仍舊竇公無。」看來，在關係到家族興亡的頭等大事上，作家與脂硯齋是同聲同氣的。

再次，除了做父親、做家長的失敗之外，賈政也算不上一個好官員。第八十回以前，他是個平庸的清官。沒有政績，或不曾被強調有過什麼政績，徒有「端方」、「清肅」的虛名。而八十回以後，他則演化為平庸的昏官。

續書者描寫賈政出任江西糧道的情節場面，竟然有點異乎尋常的精彩。儘管稍有「鬧劇」之嫌，卻也歪打正著，顯示了寫實精神的某種銳利與深刻。

第八十八回是隻眼。是從平庸清官走向平庸昏官的轉捩點。這一回說「賈政自從在工部掌印，家人中盡有發財的」。第九十六回，賈政被委派了江西糧道，一個有實權的差使。於是，誘惑了京城一批家人，也誘惑了當地一批書吏衙役。兩股勢力由敵視到默契，聯手逼迫賈政就範，讓他依照他們的意願，在糧道任上貪贓枉法、敲骨吸髓。

賈政起初還堅持著做他的平庸清官，嚴禁屬下貪污受賄。結果，未能中飽私囊的當地「長隨」們，便「紛紛告假」，「怨聲載道而去」；京城裏跟來的家人們，也密謀策劃，聯合罷了工。以至於讓這位糧道大人四面受敵，孤立無援，沒人為之「打鼓」，沒人為之「喝道」，沒人為之「放炮」，沒人為之「吹號」，沒人為之「抬轎」，事事處處周轉不靈，一方朝廷大員成了名副其實的孤家寡人。於是，便有了賈政與李十兒的一段「精彩」對話。

跟班李十兒氣焰囂張、鞭辟入裏地開導賈政說：第一，「那些書吏衙役都是花了錢買著糧道的衙門，那個不想發財？」你把你手下的人全得罪了。第二，「收糧的時候」，「那些鄉民心裏願意花幾個錢早早了事」，老爺不讓收錢，「那些人不說老爺好，反說不諳民情」，你把老百姓全得罪了。第三，如今「帶

來的銀兩早使沒了」，而俸銀還沒影兒，可「節度衙門這幾天有生日，別的府道老爺都上千上萬的送了，我們到底送多少呢？」要知道，「這裡的事，都是節度一人給皇上報信，他說好，便好；他說不好，便吃不住」；你要是連節度也給得罪了，還能指望「烈烈轟轟的做官」？

賈政由此而開了竅。他請教李十兒說，「依你，怎麼做才好？」李十兒說出至關緊要的兩句話：「民也要顧，官也要顧」，這是大的原則。具體法則是：老爺只管維護外面的清名，「裏頭的委曲，只要奴才辦去」。

在賈政半推半就的默許和半是清醒半是糊塗的掩護下，李十兒內外勾聯，作威作福，「哄著賈政辦事」，賈政反倒「覺得事事周到，件件隨心」了。即便有幾處揭發舉報的，上邊見「賈政古樸忠厚，也不察查」，李十兒們便愈益猖獗。倒是從京中跟去的「幕友」們每每實話實說，「用言規諫」，「無奈賈政不信」。到此時，平庸的清官向平庸的昏官的過渡，便得以完成。

昏庸，卻標榜清廉；清廉，卻掩飾著罪惡。這正是賈政出任糧道的故事。連王夫人也嗅到其中的一些氣味十分異常，按捺不住對賈璉說：「你瞧，那些跟老爺去的人，在外頭不多幾時，那些小老婆子們都金頭銀面的妝扮起來……你叔叔就由著他們鬧去？」到第一〇八回，賈政終因「失察屬員，重徵糧米，苛虐百姓」受到彈劾，只「虧得皇上的恩典」，「姑念初膺外任，不諳吏治，被屬員蒙蔽，著降三級，加恩仍以工部員外上行走」了事。

以上可見，賈政頭上原有的幾頂帽子，諸如封建正統派、封建衛道者、封建階級的孝子賢孫之類，都不大合適。他是以平庸無為、養癰成患為特徵的別一種不肖子弟。寧榮二公白疼他了。

還有第三種不肖，賈寶玉。他是一種良性不肖，正邪兩賦之人，一種由認同傳統價值到背離傳統價值的偉大過渡。參見拙文《賈寶玉生存價值的還原批評》〔註17〕，不贅。

三、薛寶釵代作者立言

曹雪芹的諸多精當新銳見解，往往借助薛寶釵之口，直白地發表出來，如高屋建瓴的畫論，為柳絮翻案的詩論，以小寓大的詠蟹絕唱等。而分量最重的莫過於對同時代男人的冷靜觀察與整體評估，這項使命，他在第四十二回，借助薛寶釵的「蘭言」，讓她在與林黛玉肝膽相照的對話中，輕描淡寫地

〔註17〕劉敬圻《賈寶玉生存價值還原批評》，《紅樓夢學刊》，1997年第1期。

宣告出來：

> 男人們讀書明理，輔國安民，這便好了。只是如今並不聽見有
> 這樣的人，讀了書倒更壞了。這是書誤了他，可惜他也把書糟蹋了。
> 所以竟不如耕種買賣，倒沒有什麼大害處。（第四十二回）

這段話，夠狠的。它傳達出三層意思。一，重申主流價值觀的主流地位。二，對當下男人們的生存狀態發出整體性的質疑，不，是否定。三，所以，竟不如讓男人們為農為商，倒也不致於禍國殃民。這是薛寶釵（也是曹雪芹）男人觀的三個理性支點，任何一點都不可忽略不計。

四、簡短的結語

《紅樓夢》衡估男人的價值天平是二元的。對賈寶玉之外的兩府子弟的衡估，沒有超越主流文化的警戒線。好男人依然要遵照「讀書明理，輔國安民」的八字方針，在「修、齊、治、平」的價值追求中，找到自己的歷史位置。從文本對寧榮二公往日輝煌的鄭重追憶中，可以準確地捕捉到作家測量賈、薛、王、史後世子孫那把傳統的價值尺度。此其一。

《紅樓夢》冷峻地展現了名門望族「五世而斬」的嚴酷現實。兩府「子孫雖多，竟無一可以繼業」，更不見有「讀書明理，輔國安民」的好男人了。秦鍾臨危之際的懺悔，甄寶玉的改弦更張，以及後四十回關於「蘭桂齊芳」的那點兒預言，絲毫不能淡化紅樓男人們「忽喇喇似大廈傾，昏慘慘似燈將盡」的整體印象。《紅樓夢》的現存男人除賈蘭與賈琮尚未定性外，餘皆各就各位，分別成為或荒唐混濁或庸碌昏聵或偏僻乖張的三種不肖子弟，而與諸葛亮（《三國演義》）、鐵中玉（《好逑傳》）、文素臣（《野叟曝言》）、安驥（《兒女英雄傳》）們絕緣。此其二。

《紅樓夢》中大批量的不肖子弟，如敬、赦、珍、璉、環、蓉之輩，主要是以「沒落」為特質的。其興奮點是聲色犬馬、醉生夢死，與高俅、高衙內父子（《水滸傳》）的搶男霸女、草菅人命有所不同。這樣的「度」，使紅樓男子的痼疾更具普泛性，更具傳染性，更具頑固性，從而也更具深邃性。此其三。

《紅樓夢》對賈政型的以平庸為特質的不肖子弟的塑立，是頗有震撼力的。它提供了一種讓人關注、啟人深思的現象：平庸，即使是道貌岸然的平庸，原來也是很可怕的，它是縱容反叛、滋生腐敗、釀製罪惡的溫床。無論是面對家庭，還是面對社會，都具有隱形的、慢性的、不自知的殺傷力和破壞

性。對這樣的男人萬萬不可誤讀，不可被其表象迷惑了眼睛。此其四。

《紅樓夢》中具有全方位脊樑性質的人物，是賈寶玉。這是一個背離了主流文化和寧榮二公價值期待的「異樣孩子」。賈寶玉不等於曹雪芹。曹雪芹大於賈寶玉。但曹雪芹關於如何做男人的種種思考、種種探索、種種新銳與前衛的智慧火花以及面對種種文化傳統的無盡困惑與艱難選擇，似乎都傾注到了賈寶玉性格之中了。於是，便有了賈寶玉的「囫圇不解」，便有了「可解處又說不出理數」，便有了那十一種「說不得」，便有了「古今未有之一人」的定評。〔註18〕

從文化承傳看，賈寶玉是個雜家。典籍文化與習俗文化、精英文化與市井文化、主流文化與非主流文化，借助於種種傳播渠道，共同薰染、養育了他。

從價值取向看，賈寶玉又是難以一語論定之人。如果一定要把這種難以一語論定的狀態加以道破，則可稱之為：一個對列祖列宗的價值期待既有背離又有認同，但背離大於認同，積極背離又大於消極背離的良性不肖子弟。

從小說史角度考察，賈寶玉無疑是一個偉大的過渡，是從《三國演義》中的諸葛亮（一個實現傳統價值達到極致的藝術載體）到魯迅筆下的狂人（一個懷疑傳統價值達到極致的藝術載體）之間的一座炫人眼目的橋樑。〔註19〕此其五。

原載《紅樓夢十五講》，北京大學出版社，2007年第1版

〔註18〕 見庚辰本第十九回批語：「說不得賢，說不得愚，說不得不肖，說不得善，說不得惡，說不得正大光明，說不得混帳惡賴，說不得聰明才俊，說不得庸俗平凡，說不得好色好淫，說不得情癡情種……」

〔註19〕 參見拙稿《賈寶玉生存價值還原批評》，《紅樓夢學刊》，1997年第1期。

從李娃到薛寶釵：
「停機德」模式的流變與式微

　　十多年前，我簡約梳理過說部長篇名著中的女性模式[註1]。其興奮點在於說明，《紅樓夢》對女人的觀察與表現是非模式化的，《紅樓夢》的女人世界是對以往女性模式的顛覆。

　　這裡，補說長短篇名著中極其罕見的另一女性模式：「停機德」模式，或曰「樂妻」模式。

　　樂羊子妻名列《後漢書》十七個樣板女子之中，緣於她明淨堅實的勖夫佐夫品質[註2]。樂妻以停機斷織的嚴重後果為例，勸諫夫婿勵志向學，萬勿中途而返，前功盡棄。這是主流文化對成年女人的首要期待，是賢妻的首要性格元素。

　　主流典籍的主流意識，總要滲透到通俗文學中去。從「有意為小說」的唐傳奇開始，「停機德」女性模式便高調登場了。此後，在白話短篇與文言短篇中，或濃或淡，留下了一個延伸、變異、式微的演化軌跡。

李娃，停機德模式的發軔與傳奇化

　　《李娃傳》已不是當下的對話熱點。這一精品，已被前輩與時賢置放到時空鏈條中全方位地捃來捃去縱剖橫剖極盡審視推敲之功力了。下面，只想從《李娃傳》後半部切入，梳理一下文本中活躍著的主流文化對女人的期盼，即

〔註1〕 拙文《紅樓夢與女性話題》，見《明清小說研究》，2003 年第 4 期；收入自選
　　　　集《明清小說補論》，三聯書店，2004 年。
〔註2〕 《後漢書·列女傳·樂羊子妻》。

對「停機德」精神的承傳、堅持與高揚。

有必要申明一點：為了敘述的方便，這裡不追究李娃「前傳」「後傳」的藝術處理（如情節的轉換，性格的轉變）是否合乎邏輯，而主要關注其「後傳」中呈現的強勁的主流與非主流文化元素。

在《李娃傳》後半部中，李娃已不是聽命於「姥」的乖乖女，她被賦予了善良與堅韌的品質。從文本給予的種種神秘鋪墊中推斷，這一精神脊樑，無疑是多種文化元素共同構建的。它一方面透發著市井女子與江湖義士的性格張力，另一方面也吸納了儒家文化對女人的價值期待。市井文化、江湖文化的積極內核可以賦予她豪爽仗義的色彩，而儒家文化的感染則可以鍛造出一個心志高遠、行止堅定的「停機德」樣板。

當然，文本並沒有明確交代李娃所受教育的途徑。李娃的「停機德」品性，並不是直接從儒家經典中汲取的，她沒有系統接受正宗儒學教育的機會。她的身份與閱歷，讓她有可能通過多種渠道兼收並蓄著主流文化與非主流文化的多種積極元素，其中，不排除「姥」對其調教的多元性，不排除從說唱文學、舞臺藝術中接受主流文化傳播的可能性，更不排除集體無意識的習俗文化所蘊含的主流意識對她的薰陶。在多種文化渠道的共同作用下，家喻戶曉婦孺皆知的孟母教子、樂妻勸夫的故事，也會被她熟知並潛移默化到血液中去。

蕪雜的文化承傳決定了她價值取向的混融狀態。在不同外部因素的誘導與刺激下，她的價值選擇有可能朝著不同的文化歸屬傾斜。

「傳」之前半部的李娃，不再論說。「傳」的後半部是從偶遇瀕臨絕境的滎陽生開始的。滎陽生的「枯瘠疥厲，殆非人狀」，激發出李娃的未泯良知。這種良知，可能是市井文化、江湖文化、儒道釋文化的積極內核共同給予的。然而，自從完成了對超級浪子的病理性療救之後，李娃的興奮點，李娃的價值取向，則開始堅定、執著、癡迷地向著儒家期待靠攏。既依照儒家對書生的期待去打造滎陽生，也依照儒家對賢妻的期待來規範自己。

滎陽生淪落得太久太遠了。他的生理性疾病得到療治以後，還必須有一個心理上的康復過程。李娃，正是一個鍥而不捨的心理醫生，監護著他一步一個印痕地回歸到正宗儒生成功之路上去。這一結論，是從文本中得出來的。是文本提供的情節場面告訴我們的。一切靠材料說話。

材料一：李娃，一個堅韌的導引者。導引著滎陽生回歸到覓購典籍、讀書入仕、「修己安人」的老路上去：

娃謂生曰：「體已康矣，志已壯矣，淵思寂慮，默想囊昔之藝業，可溫習乎？」

得到「十得二三」的回答之後：

娃命車出遊，生騎而從。至旗亭南偏門鬻墳典之肆，令生揀而市之，計費百金，盡載以歸。

材料二：李娃，一個堅韌的督學。身體力行，孜孜矻矻，充當著科舉（備考）全過程的教父：

（娃）因令生斥百慮以志學，俾夜作晝，孜孜矻矻。

娃常偶坐，宵分乃寐。伺其疲倦，即諭之綴詩賦。

二歲而業大就。海內文籍，莫不該覽。

材料三：督學兩載，滎陽生遍覽海內文籍之後，李娃又轉換了身份，成為一個鍛造人格、磨礪意志、強化毅力的心靈導師。誓把滎陽生鍛造成一名善於拒絕浮躁拒驕矜拒絕急功近利的自律自尊自重人格：

生謂娃曰：「可策名試藝矣」。娃曰：「未也，且令精熟，以俟百戰」。

更一年，曰：「可行矣」。於是遂一上登甲科，聲振禮闈。雖前輩見其文，罔不斂衽敬羨，願友之，而不可得。

（娃及時提醒滎陽生）娃曰：「子行穢跡鄙，不侔於他士。當礱淬利器，以求再捷。方可連衡多士，爭霸群英」。

生由是益自勤苦，聲價彌甚。

其年，遇大比，詔徵四方之雋，生應直言極諫科，策名第一，授成都府參軍。

材料四：滎陽生赴任前夕，李娃決意回歸「姥」家，為「姥」養老：

娃謂生曰：「今之復子本軀，某不相負也。願以殘年，歸養小姥。君當結媛鼎族，以奉蒸嘗。」生泣曰：「子若棄我，當自剄以就死。」娃固辭不從，生勤請彌懇。

至此，李娃依舊是主流文化和非主流文化雜糅的良知、道義、獨立、尊嚴等傳統美德的虔誠信徒。

尾聲。作家以「特別說出來」的方式，借助宗法婚姻制度和君主誥封制度，把這位傳奇女子載入主流文化史冊，讓她以汧國夫人的盛譽，佇立在樂妻鑄造的「勖夫成才」的金字塔上。

趙春兒，停機德模式的平民化與寫實走向

　　明代擬話本的文化內涵與藝術品位嚴重參差不齊。有精品，有非精品，更有低俗粗劣品。在非精品系列中有一篇《趙春兒重旺曹家莊》(《警世通言》第三十一回) 很值得一讀，它為李娃傳奇注入了諸多新的元素。

　　文本開宗明義，宣稱自己的故事是長安名妓李亞仙故事的平民敘寫。可貴的是，趙春兒不是李娃的簡單翻版，她有她的不可替代性。趙春兒故事是李娃傳奇的低調講述，呈現出濃濃的平民化寫實化色調。

　　首先是人物身份的平民化趨向。趙春兒，揚州歌妓。男主人公曹某，揚州城外普通大戶人家獨苗，一個徒有「監生」資歷卻愚不可及的敗家子，人稱「曹呆子」。與《李娃傳》相比，男女主人的身份都做了低調處理。趙春兒不似李娃神秘，曹某的蒙昧頑劣卻又在滎陽生之上。由此，趙春兒勖夫事業的傳奇性被淡化了，它沒有了大落與大起，卻具有了一種更普泛、更民俗、更撕肝裂肺的艱辛。這種艱辛是李娃故事中的空白。李娃救贖滎陽生的過程相當艱辛，但救贖對象卻相當配合，幾乎是言聽計從。而趙春兒救贖曹呆子的過程卻十分糾結，十分痛楚。那是一個付出，失敗，再付出，再失敗，繼續付出，繼續失敗，不斷付出，不斷失敗的極盡折騰的過程。她在企望絕望心死心碎之間掙扎，但絕不放棄。她頑強、堅韌、智慧的堅持著，直到朽木吐出新芽。心碎趙春兒的魅力正是她義無反顧的堅持，以及在堅持過程中的單純明淨、心無旁騖和永不拋棄。這是平民百姓耳聞目睹甚至可能正在身體力行耗心耗力的事業，是趙春兒對李娃傳奇的延伸，是兩個故事不大不小的差異。

　　其次，趙春兒的勖夫目標也較諸李娃低調。她不奢望曹某敲開上流社會之門，她只期盼著曹某收心斂性，贖田立業，做回一個居家過日子的健全男人。一種質樸的務實的平民願望。低調的目標，源於她對曹呆子品性素質的洞察。她清醒地認定，與她山盟海誓的這個男人不是一顆讀書入仕修齊治平的良種。她目睹了他犯盡低級錯誤、屢屢被騙、傾家蕩產、流落墳場、衣食無著、苟延殘喘的尷尬狀況。她可以有情有義自行贖身與這個身無分文的地癩子式的男人風雨同舟相濡以沫，卻從不指望他浪子回頭，寒門苦讀，春風得意，平步青雲。求溫飽，求安定，求小康，求尊嚴，而不奢求輝煌。這是趙春兒故事與李娃故事的差異之二。

　　其三，趙春兒故事的結局不俗。朽木發芽之後，為了重新揀回曾經是「監生」的感覺，更為了重新揀回健全男人的尊嚴，在趙春兒苦心經營，諄諄誘

導，傾囊相助之下，曹呆子捐得一個小小前程。然而，「三任為牧民官」「位至六品」之後，趙春兒便當頭棒喝：「太學生至此，足矣。常言知足不辱。」力勸「官人宜急流勇退」。曹某當即聽妻勸諫「託病辭官」返鄉。離任之日，「百姓攀轅臥轍者數千人」（似有溢美之嫌）。文本收尾，讓一對平民夫妻「贖取舊日田產房屋，重在曹家莊興旺」。這是趙春兒故事與李娃故事的差異之三。

反覆閱讀這個並不十分精緻的擬話本，發現它在藝術手法上確有亮點。比如，在敘寫一個千部一腔的浪子回頭故事的時候相當生活化鄰里化，相當細微，相當揪人心肺。時至今日，女主人公難以言說的艱辛依然鮮活著，依然歷歷在目，依然震撼著、砥礪著心地善良卻所託非人的女性讀者。

曹妙哥，李娃傳奇的變異

曹妙哥故事見《西湖二集》第二十，篇名是《曹妙哥佐夫成名》。故事背景設置在南宋高宗紹興年間，秦檜當政時段。曹妙哥，西湖名妓，出場時已二十五歲，淪落風塵逾十二年。她和趙春兒一樣，都是李娃傳奇的仰慕者，但格調與心智卻大相徑庭。擬話本讚賞趙春兒的興奮點是「在千辛萬苦中熬煉過來」的善良與堅韌。而曹妙哥追隨李娃的興奮點卻是欽羨她「真有手段」：

> （妙哥）道：「這李亞仙真有手段。……果是有智女人勝如男子。……我若明日學她，也不枉了做人一場。」自此之後，常存此念。

興奮點不同，故事的品位與色調就有了質的差異。趙春兒故事是樂妻精神的正宗延伸，曹妙哥故事卻背離了樂妻軌道。整篇故事，只是曹妙哥為了「汴國夫人」這一目標，費盡心機選擇男人、打造男人的種種卑俗「手段」的裸寫與實錄。

曹妙哥選中的男人不是榮陽生之類的名家子弟，也不是曹呆子之類的癡情浪子，而是來自汴京的臨安太學生吳爾知，一個平庸得近乎「腦殘」的書生。他與曹妙哥的親密關係，全然是被動的，在任何階段上都不存在任何意義上的情感互動與互補。他只是一顆被曹妙哥刻意收放的棋子。換言之，曹妙哥選擇他僅僅是讓他充當實現自己夢寐以求的李娃目標的馬前卒。她需要的不是一個心儀的男人和一椿祥和的婚姻，也不曾透露過一絲一毫做良家婦女的樸素願望。她需要的只是一個聽命於她、配合著她、瘋狂進行豪賭的夥伴。在二人關係中，她的強勢和專權是絕對極致的，吳爾知的常態性反映只是八個字：「精

哉此計」「依計而行」。一種「莊家」與「御用賭徒」之間的關係，沒有女人與男人之間的相互吸引與情感牽絆。

這樣的二人關係，讓曹妙哥佐夫故事的發生、延續、結局都背離了主流文化與民俗文化對女人的積極訴求，也失去了李娃趙春兒勸夫佐夫的溫暖和正氣。這是曹妙哥故事與李娃趙春兒故事質的不同之一。

更讓人陌生甚至恐怖的是曹妙哥的佐夫「手段」。她欣賞李娃的興奮點原本只在於「手段」，而她的「手段」卻與李娃的「手段」全然風馬牛。李娃對滎陽生的規勸與引導，依然不游離療救浪子讓其回頭的古老風範，不游離先聖先賢「誠意正心」「修己安人」的傳統軌道。即使保守，即使淺俗，即使落了老套，可總是飄灑著以正驅邪，改惡從善，化腐朽為健全的陽光與亮色。曹妙哥的「手段」則不同。

她是一個十分聰明卻又十分可怕的女人。十二年的不幸閱歷，讓她對臨安政界、世風、人情、科舉弊端等洞若觀火，對齷齪卑俗的人際關係和遊戲規則也深惡痛絕。在歷數當下環境之種種罪惡的時候，她清醒，犀利，像個憤青；然而，當她為追逐「李娃目標」而打造吳爾知的時候，她的價值理念與倫理觀念就變得十分可怕了。其「佐夫」手段的核心，是以惡制惡。在制惡的過程中，她完成了自我蛻變，由一個不幸的名妓蛻變成一個陰狠歹毒的教唆犯。她把官場、商場、風月場以及江湖上的爾虞我詐都運用到「佐夫成材」過程之中。她教唆吳爾知「成材」的三大計策〔註3〕，給人冷嗖嗖的恐懼感，在脊背發涼之間又有扼腕之痛。這是曹妙哥故事與李娃趙春兒故事質的不同之二。

故事結尾處，作者讓曹妙哥導演了一齣「玩失蹤」的遊戲。她突發性地攜吳爾知「埋名隱姓，匿於他州外府，如范蠡載西子泛舟五湖之上，不知去向」。這一結局，表面上似與趙春兒結局異曲同工，但究其誘因，品其格調，卻大有清濁之辨，形似而質異。趙春兒是在夫婿政績清明民心擁戴的氛圍中勸其知足自斂激流勇退的。曹妙哥則是在政局突變、秦檜勢力瀕臨危亡的背景上攜

〔註3〕曹妙哥的三大計策是：一設賭場，「做圈套」「勾引少年財主子弟」「貪官污吏」「衙門中人」和「飛天光棍」入局，為日後謀求功名賄賂當道積攢資金。二「打牆腳」。即請才子代做詩文，求名人寫序「稱之贊之表之揚之」，然後「刻板印將出去，或送人，或發賣」，呈「天下有名之人」和「戴烏紗帽官人」，把「素無文名」的吳爾知炮製成「文理大通之人」。三結交權貴。借助資深嫖客的引薦，結識「知臨安府」的秦檜門客，「於烏紗象簡，勢官顯宦之處摑臀捧屁，無所不至」。終乃與秦檜之子與姪兒成了「同榜進士」，混入仕途。

夫婿棄官逃遁以求自保的。秦檜死亡，她的靠山均被誅連，惟「失蹤」了的吳爾知幸免。這是一種渺小猥瑣卑劣甚至愚鈍的計謀。不僅與范蠡泛舟毫無可比之點，而且也難望趙春兒項背。這是曹妙哥故事與李娃趙春兒故事質的不同之三。

要之，曹妙哥誤讀了「汧國夫人傳」。她的「佐夫」故事背離了李娃傳奇的樂羊子妻精神，也背離了中國老百姓喜聞樂見的、兼融多種文化元素的、淳樸敦厚的「相夫佐夫」風習。不過，從她對李娃的誤讀和背離中，可以嗅到一種信息：宋明以降，主流文化對女人的價值期待如「出嫁從夫」「夫為妻綱」「夫者天也」「男以彊為貴，女以弱為美」〔註4〕等綱領性女德信條，已遭遇到來自多種文化元素或正面或負面的明晃晃的干擾，褻瀆，甚至挑戰。說部中出現的女人們的男人觀，也亂了套。

鳳仙，停機德模式的式微

樂羊子妻是正史中的樣板女子。李娃和趙春兒是傳奇（或話本）中的風塵女子。社會身份不同，文化含量不同，卻都自知地承傳與實踐著主流文化對女人的價值期待，也不自知地融匯了民間文學與民俗文化中生生不息的「賢妻」夢。

令人困惑的是，「停機德」女性模式在明清小說名著中被淡出了，沒有形成蓬勃發展的氣候。明代四大奇書，明清之際的才子佳人小說，清代一、二流巨製中，無不構建著虛虛實實的女人世界。她們或被讚賞，充當成功男人進行政治較量的工具；或被詛咒，視之為不得志男人受挫罹難的禍水；或被褻瀆，扭曲成性變態男人的醜齪夥伴；或被夢幻化，成為落拓書生自我慰藉的精神冷飲。一個又一個光怪陸離的女人圈。清前期的《醒世姻緣傳》《歧路燈》《儒林外史》中曾經大筆濃墨摹寫了望子成龍歷盡艱辛可敬可悲的老中青母親形象。可是，罕見「停機德」女子的身影。

這種身影，在短篇名著中，在二品以下浩如煙海的世情小說家庭小說中，或偶而掠過。其中，最經典而又最鮮活的是《聊齋誌異·鳳仙》中的女主人公。

《聊齋誌異》若干篇章或濃或淡地透發著勖夫色調。如《顏氏》中的顏氏，《仙人島》中的芳雲，《辛十四娘》中的辛十四娘，《翩翩》中的翩翩等。

〔註4〕《後漢書·列女傳·曹世叔妻·女誡三》。

但最完整最獨特而且較為正宗的莫過《鳳仙》。

女主人公鳳仙雖說是個狐女，但狐女血統對「停機德」風範並無毫髮損傷。李娃、趙春兒的頑強堅韌在鳳仙身上有著十分別致的延續，而其鮮活的勸夫由頭與鮮活的女人韻味卻又是對李娃趙春兒淑女格調的絕妙補充。

《鳳仙》的框架像極了街談巷議的「窮女婿富女婿」故事。大女婿是鳳仙全家總管，二女婿是大戶子弟亦頗得岳父青睞，唯小女兒鳳仙之婿「父母雙亡」「家不中資」而倍遭冷落。幸虧這位窮女婿曾經「少年穎秀」有過「十五入郡庠」的風光小史。鳳仙於憤懣不平之間奮然撐起「停機德」這面古老陳舊卻又永不褪色的旗，激勵夫婿勵志苦讀「為床頭人吐氣」。至此，故事框架仍無創意，依舊是以往勸夫故事的舊調新彈。

不過，鳳仙勸夫的過程及其獨特呈現方式，卻有了嶄新亮色。既不同於傳統淑女的「敬慎」「敬順之道」〔註5〕，又不同於市井刁鑽女子的強勢與專權，它營造出一種鳳仙式的入情入理情理交糅氣象。這就是那面擬人化的鏡子。鏡中的鳳仙，喜怒樂哀無不與夫婿的勵志狀態和攻讀效率息息相通。

鏡子，滿載著一個情深意切百伶百俐女子的勸夫智慧，把女人的嬌媚和嬌嗔這兩種武器合而為一，於是，其魅力便被發揮到極致了。

鏡子，是故事的眼。有鏡子擔當督學之職，鳳仙隱遁了，自我放逐了。她「伏處岩穴」「不曾歸家」達兩年之久。自我放逐之舉，更激勵了夫婿的自強不息。「如此二年，一舉而捷」，又「明春，及第」。

如此智慧，如此韻味，給勸夫故事增添了俏皮活潑奇麗靈動的風采。蒲松齡對這位「鏡影悲笑」的「好勝佳人」十分仰視。他在「異史氏曰」中發出呼喚，呼喚鳳仙一樣的女子多多降臨到困頓書生身邊：「恒河沙數仙人，並遣嬌女婚嫁人間，則貧窮海中，少苦眾生矣。」

可惜，風仙的靈怪血統和靈異寶鏡，或多或少讓她故事的經典性打了一點折扣。然即使如此，鳳仙的登場，依然是「停機德」模式在明清名著中正宗而美麗的閃現。

薛寶釵，停機德理念的尷尬與裂變

說到「停機德」，自然聯想到《紅樓夢》第五回那首判詞，一首把林與薛合而為一的判詞。判詞第一句便是「可歎停機德」，寥寥五字，就把剛剛出場

〔註5〕《後漢書・列女傳・曹世叔妻・女誡三》。

的薛寶釵和「停機德」摻在一起了。這顯然是曹雪芹為薛寶釵所設計的座標之一，就像「堪憐詠絮才」套牢了林黛玉一樣。從語氣看，作家對「停機德」是讚賞的，毫無諷刺或調侃之意，但卻又發出慨歎，慨歎薛寶釵徒有這種品質。這就是說，在曹雪芹的設計中，薛寶釵擁有的那份停機德，必將徒勞無功。在勸導男孩或男人方面，她必將遭遇失落失敗的尷尬困境。對此，多數讀者評家，應該是沒有爭議的。

需要補說的是，薛寶釵的失敗，不僅僅因為她所面對的男孩或男人的冥頑不化，也不僅僅因為她的淑女身份限制了她的活力和張力，其深層原因還在於，她的那一份停機德原本衰微，原本不夠正統，不夠純粹，也不夠執著。她性格中的停機德色彩，只夠把她與林黛玉區別開來，卻遠不足以與樂羊子妻相抗衡，甚至難望李娃、趙春兒、鳳仙的項背。

要之，薛寶釵的男人觀已呈出現多元趨向（見第四十二回，第七十回），她對男人的價值評估已湧動著兼容並包、士農工商並重的務實情懷。她並不死死抱住「讀書明理，輔國安民」這一棵老樹。她的理念，她的實踐（即言行），出現了薛寶釵式的通脫、淡定與妥協現象。回味以下數字及其提供的情節場面吧。

梳理一百二十回《紅樓夢》，涉及薛寶釵男人觀的有二十五處，分別從四個角度切入。

其一，由敘述人或書中人物客觀評說或轉述的。這種敘述或轉述，有十一處，前八十回有五處。最引入矚目並經常被引用的是第三十六回、第三十二回兩處〔註6〕。這兩處文字，借旁觀者目光，驗證了薛寶釵那份「停機德」的柔弱與尷尬。簡言之，作家借助敘述人的口吻告訴讀者，薛寶釵傳承的那一份「停機德」理念及其柔弱勸導，招致了賈寶玉的強烈反抗，認定她「也學的釣名沽譽，入了國賊祿鬼之流」（其實，賈寶玉對薛寶釵誤讀了。爬梳全書，尤其第四十二回，就知道賈寶玉的誤讀是多麼偏頗與可笑了）。

其二，旁敲側擊式的提醒。這是薛寶釵與賈寶玉直面對話中最常見的方式。全書有七處，均發生在前八十回。其中，第十七、十八回，第三十七回，

〔註6〕第三十六回：「寶釵輩有時相機勸導，寶玉反生起氣來，只說好好一個清淨潔白的女兒，也學的釣名沽譽，入了國賊祿鬼之流……。」第三十二回，寫湘雲勸導寶玉去「會會這些為官做宰的人們，談談講講些仕途經濟的學問」，被寶玉下了逐客令，花襲人從中調解時說起「上回也是寶姑娘也說過一回」而遭寶玉冷遇的事兒。

第四十八回，尤引人矚目。旁敲側擊，是寶釵那份停機德不自知的流淌方式，不自知的行為慣性。如，調侃寶玉不知「綠蠟」之典；半是幽默半是嘲諷地為寶玉設計「無事忙」「富貴閒人」別號；以香菱苦吟為由頭激勵寶玉用心攻讀等。凡此言行，是林妹妹和親妹妹探春都不曾有過的，她們不具有「勸諫」寶玉勵志苦讀的思維定勢。旁敲側擊，又是寶釵對寶玉的一種特別的關懷方式，可惜對方並不領情。對方的回應總是「不答」，無反響，推聾作啞，王顧左右（只有「綠蠟」「綠玉」之辨是個例外）。一句話：旁敲側擊中透露出薛寶釵對賈寶玉的幾分關切，幾分希冀，換回的卻是十分冷淡，十分排拒。另一種尷尬。

其三，直面勸諫的殷切與失落。共五處，前八十回卻只有一處。見第三十四回。它發生在賈寶玉挨打之後。這是曹雪芹留下的唯一一處讓薛寶釵直面勸諫文字。這次直面勸諫，十分真誠，痛惜之情也毫不掩飾的流淌。

最有分量的話語是，「早聽人一句話，也不至今日」；

最坦蕩的批評是，「到底寶兄弟素日不正」；

最殷切的期盼是「你既這樣用心，何不在外頭大事上做工夫，老爺也喜歡了，也不能吃這樣虧。」

這是一次坦蕩直白卻依然柔弱迂迴的正面勸導，結果依然徒勞無益，虛擲苦心，甚至還正打歪著，招致了賈寶玉的心猿意馬〔註7〕。

薛寶釵對以上種種失敗有充分的承受力。其承受力既來源於寬厚豁達的性情，也來源於她通脫多元的男人價值觀。

其四，正面坦陳薛寶釵「男人觀」的文字。有兩處對話，均發生在前八十回。這些文字，是曹雪芹賦予薛寶釵的一種特別超前的清醒與睿智，也可以視之為曹雪芹自己的理性精神和男性學說即男人觀。可惜，它們往往被大多讀者忽略，或者被某些評家有意冷落，就像冷落薛寶釵那首鋒芒四溢的「詠螃蟹詩」一樣。兩處對話中最理性最經典的一段表述，發生在薛寶釵與林黛玉肝膽相照的交流之中：

> 男人們讀書明理，輔國安民，這便好了。只是如今並不聽見有

〔註7〕（寶玉）心中自思：「我不過捱了幾下打，他們一個個就有這些憐惜悲感之態露出，令人可玩可觀，可憐可敬。假如我一時竟遭殃橫死，他們還不知是何等悲戚呢。既是他們這樣，我便一時死了，得他們如此，一生事業縱然盡付東流，亦無足歎惜，冥冥之中若不怡自然自得，亦可謂糊塗鬼祟矣。」（《紅樓夢》第三十四回）

這樣的人，讀了書倒更壞了。這是書誤了他，可惜他也把書糟蹋了。

所以竟不如耕種買賣，倒沒有什麼大害處。（第四十二回）

這段話，夠狠的。它傳達出三層意思。一，重申主流價值觀的主流地位。二，對當下男人們的生存狀態發出整體性的質疑。三，所以，竟不如讓男人們為農為商，倒也不致於禍國殃民。這是薛寶釵也是曹雪芹男人觀的三個理性支點，任何一點都不可忽略不計。

由此，聯想到另一個現象。薛寶釵從來不曾以任何方式勸諫她親哥哥「讀書明理，輔國安民」，即使是旁敲側擊也沒有發生過。看來，她已經認定薛蟠壓根兒不是「輔國安民」的材料，壓根兒上不了主流文化的天平。即使勸母親放手讓哥跟著別人學做買賣，也不寄予任何期盼，也不過是「豁上千八百銀子」，讓他「試一試」罷了。用她的話說，即使連「耕種買賣」也做不成，卻不致於釀成大禍。作為親人，只不過死馬當作活馬醫，「盡人力，聽天命」罷了。

「盡人力，聽天命」，是薛寶釵男人觀中又一種元素。可稱之為其男人觀的第四個支撐點。她不固執，不勉強自己，不死乞白賴，不乞求一定改變一個男人的生存狀態。這種心緒，這一理念，在與薛姨媽的一次對話中有過很通透的表述：

他（指薛蟠）若是真改了，是他一生的福。若不改，也不能有

別的法了。一半盡人力，一半聽天命罷了。

這是一種觀念上的妥協，但也是一種務實態度，客觀上還含有對「外因是變化的條件，內因是變化的根據」這一樸素哲理的不自知的認同。

男人觀的多元性，必然消解著停機德的堅韌與純粹，也是薛寶釵勸諫無力的內在的深層原因。更有趣的是，她不僅僅在理念上多元了，妥協了，而且，在實踐中，在必要關頭，她甚至還可以與姐妹們聯手，為賈寶玉荒廢學業的劣跡打打掩護。第七十回就有明目張膽為賈寶玉的厭學文過飾非的記錄。聽到賈政不日返京消息，寶玉慌了手腳，連忙「理書」「理字」。賈母也憂心忡忡。

探春寶釵等都笑著說：「老太太不用急。書雖替他不得，字卻替得的。我們每日臨一篇給他，搪塞過這一步就完了……」賈母聽說，喜之不盡。

在為賈寶玉打掩護這一點上，薛寶釵與賈母呀、花襲人呀幾乎處在同一

個戰壕中了，具有不可置疑的聯盟性質。不同的是，賈母是一味溺愛，底線只是「見了外人，必是要行出正經禮數來」；花襲人是癡心渴望賈寶玉「務正」的，但又包容他的「不務正」，只求他在賈政面前有個正經模樣不吃眼前虧就是了；薛寶釵參與打掩護卻並非常態性的，她只是一天天看透了賈寶玉的不中用，一天天加劇了對他的深層失望之後的無奈，妥協，還有淡定罷了。

淡定，十分寶貴。是對尷尬與失落的積極回應。它也浸透在第二十二回寶釵所製的燈謎中。「焦首朝朝還暮暮，煎心日日復年年」。是淒苦的讖語？是命運的定位？但又何嘗不是一種堅韌，一種安祥，一種大氣與淡定呢。

再回到第五回判詞中吧。曹雪芹十四首判詞的第一首第一句，正是為薛寶釵「定位」的「可歎停機德」。這個句子的頭兩個字是「可歎」。是不是原本想說：樂羊子這等「聞過則喜」「讀書明理」的男人，已經成為歷史了，如今已罕見這樣的好男人了。當整整一代男人的多數都變了味兒，或輕或重變成「八旗子弟」或「異樣孩子」的時候，樂羊子妻的後繼者們也必定心灰意懶，無力回天，陷入失敗的尷尬境地。更何況，隨著多數男人的變味兒，女人們的理念和天平也在發生著裂變與動盪呢。

薛寶釵的「可歎」，有望揭開停機德模式何以式微、樂妻精神何以後繼乏人之奧秘？

2013 年春

原載《哈爾濱工業大學學報》，2013 年第 6 期

《紅樓夢》主題多義性論綱

「《紅樓夢》簡直是一個碰不得的題目，只要一碰到它就不可避免地要惹出筆墨官司。」〔註1〕不少紅學家這麼說。我們之所以不知深淺，觸及這部大書中一個古老而敏感的議題，主要依仗著我們不是專門家。

文貴豐贍，何必稱善如一口乎〔註2〕

每碰到上面的話，就不免聯想起《紅樓夢》。

如同中外古今一切偉大作品一樣，《紅樓夢》的主題也不具有簡單明瞭、可以一語道破的性質。這是作者、作品、讀者（批評家）自身矛盾及其相互關係中的複雜情態所決定的。

遠的姑且不說。1978 年以來，有關主題的討論不是已經取得某種突破性進展了嗎？一些帶有明顯歷史局限的論斷不是已經逐漸銷聲匿跡了嗎？人們的認識不是已經在實質性問題上開始靠攏了嗎？但是，可爭議的東西依然馬拉松式地持續著。

看來，任何人試圖套用流行公式，在一個哪怕是長長的複句之中，準確精當地表述《紅樓夢》的主題，都是困難的。

正是基於這種狀況，越來越多的研究者開始厭倦關於主題的論爭，甚至出現了「取消主義」。這一趨向不僅是可以理解的，而且，從批評觀念的變革上看，還具有某種挑戰意味。

有趣的是，與研究領域相反，整個社會對《紅樓夢》主題的興致，卻有增

〔註1〕 余英時《紅樓夢的兩個世界》，臺北聯經出版事業公司，1980 年，第 71 頁。
〔註2〕 葛洪《抱朴子・辭義》外篇第四十一卷，上海古籍出版社，1990 年，第 299 頁。

無減。這裡有一個最能說明問題的例子：1985 年第 1 期《紅樓夢學刊》上刊登了一篇題名為《關於〈紅樓夢〉主題的爭鳴現狀》的報導，這篇報導引起全國許多報刊的注意。除《文摘報》摘轉外，其他一些報刊也紛紛在「文摘」欄目內作了介紹，並冠之以《紅樓夢主題八說》之類的醒目標題。這一現象，恐怕不能簡單地歸之於編輯們的獵奇心理。順便說一句，上面提到的那篇報導對《紅樓夢》主題爭鳴現狀的總估量雖然相當客觀公允，但對各種主要論點的歸納則有不盡嚴密之處；「八說」之間有的並不構成平面並列關係。儘管如此，它仍然受到廣泛歡迎，引起較強烈反響，這愈益證明了《紅樓夢》及其主題的討論，至少在普及的意義上，仍有必要繼續進行下去。

目前的分歧，其癥結究竟在哪裏？

《關於〈紅樓夢〉主題的爭鳴現狀》一文認為，1978 年以來「集中探討《紅樓夢》主題的專論性文章」中，有一個「大前提」是一致的，即《紅樓夢》「是一部反封建小說，作者通過人物形象的塑造，故事情節的展示，深刻地批判了封建貴族階級和封建制度」〔註 3〕「論者對這個大前提似均無異辭」。問題在於，「《紅樓夢》所含蘊的反封建的內容非常廣泛豐富，究竟它是圍繞著一個什麼現實問題來生動、具體地揭示、突出這個高度概括了的大前提」的？對此，則見仁見智，言人人殊，眾說紛呈，各有其妙了。這一估量，是平實而中肯的。

目前的分歧，主要不在於這部大書究竟「展示」和「批判」了什麼（儘管在這方面也存在著程度呀、分寸呀等等差異），而在於它究竟是「通過」或「圍繞著」什麼問題來表現和揭示出那一切一切的。事實的確如此。請看，一些研究者不是正在努力尋求和捕捉最能夠恰切透闢地表現其反封建傾向的那一個現實問題嗎？不是試圖通過對這一個現實問題的深入發掘將《紅樓夢》全書的價值，提綱挈領，疏而不漏地把握住嗎？這種努力，當然不是徒勞無益的。它推動著人們從不同角度朝著《紅樓夢》主題之謎，深深地開掘了下去。二百多年來，紅學界對主題之謎的探求，從未像今天這樣接近客觀真理，而且各種論斷之間還取得了空前相類的近似值。目前影響最大的「青年女子普遍悲劇說」（姑且借用這一習慣用語，下同），「以賈府為代表的封建家族衰亡史說」（「子孫不肖，後繼無人說」可併入此說），「透過社會病情和生活夢想的描寫、提煉

〔註 3〕拙文所涉「封建」「反封建」詞語，是沿襲數十年以來習慣性用語，與史學界關於「封建制」的探討，無內在關連。

人生哲理和探尋生活真諦說」，以及最近出現的「新舊兩種事物及其代表人物的雙重悲劇說」等等，正是這種努力的可貴成果。

然而，這種現狀畢竟還有令人困惑之處。為什麼認定了這部內容浩瀚的巨著必須單單是（或主要是）「圍繞著一個現實問題」在作文章呢？為什麼在把握主題的時候，必定是非此即彼，魚與熊掌不可得兼呢？為什麼各種真知灼見之間，不可以相互吸收，相互融合，各以所稟，共為佳好呢？

眾所周知，把握大作品的主題是一件特別麻煩的事。作家與作品間，作品與讀者間，讀者與讀者間的距離和差異，是永遠不可能消除的。用當今流行的說法，即大作品都是「一種多層面的複合組織」，更何況還會出現什麼「意圖迷誤」和「感受迷誤」呢。

其實，對這一類現象，對闡釋過程中可能出現的複雜情況，我們的老祖宗早有過精闢論述。比如劉勰就曾經說過：「夫篇章雜沓，質文交加。知多偏好，人莫圓賅。慷慨者逆聲而擊節，醞藉者見密而高蹈，浮慧者觀綺而躍心，愛奇者聞詭而驚聽。會己則嗟諷，異我則沮棄，各執一隅之解，欲擬萬端之變。所謂東向而望，不見西牆也」（《文心雕龍・知音》）。越是大作品，其內在的潛能越豐富，與不同讀者和讀者群之間的關係就越複雜，越多樣。

此外，一部大作品的主題，還存在著永恆與流動的對立統一。正是不變中的變，構成了動態平衡，使作品獲得了永恆的魅力。別林斯基在論及普希金的價值時說：「每一個時代都要對這些現象發表自己的見解，不管這個時代把這些現象理解得多麼正確，總要留給下一個時代說一些新的、更正確的話，並且任何一個時代都不會把一切話說完……」〔註4〕

無論從橫向關係還是從縱向關係而論，《紅樓夢》的主題都具有多義性。在這類龐然大物面前，「不是單獨的個人，而是社會上各種人作為一個群體才能認清它們的層次和系統」〔註5〕。

從這個意義上說，任何單獨的個人試圖對《紅樓夢》的主題作出盡合文本原意的、能夠得到多數讀者認可的、超越歷史性限制的、絕對權威性論斷，都是不可能的。

這樣談論主題，絕不是宣揚取消主義，更不意味著可以縱容隨心所欲。對

〔註4〕《一八四一年的俄國文學》，《別林斯基選集》（第三卷），上海譯文出版社，1980年，第276頁。

〔註5〕雷・韋勒克、奧・沃倫《文學理論》，三聯書店，1984年，第278頁。

文學作品的解釋，如同哲學上的認識過程一樣，也是以具體對象的客觀性為基礎，為根柢的。儘管文學作品是所謂開放性結構，儘管它留下許多供讀者填充的空白，但是，它的客觀內容本身，就標誌著一種「度」。凡是思維正常的、具有一定條件的讀者，總是能夠被這種特定的「度」指引到大體合乎情理的渠道上去。換句話說，讀者的接受或批評家的闡釋，必定要受到作品本身的制約，即受到作品構思及其客觀內容的制約。否則，「接受」就不成其為接受，「闡釋」也不成其為闡釋，而變成讀者和批評家一廂情願的再創造了。

從這個意義上說，對《紅樓夢》主題的探究，又必須是有其規定性的。應該是對作品中確實存在著的東西的整體感受、綜合提煉和簡明概括；應該是以作品的主觀命意和客觀內容的統一性為著眼點的；應該不宜將那些任意生發、別出心裁的「再創造」囊括進去。在這個問題上，尊重作品，尊重作品本身所提供的第一手材料，就顯得特別必要了。用克羅齊的話說：

> 如果某乙要判斷某甲的表現品，決定它是美還是醜，他就必須把自己擺在某甲的觀點上，借助某甲所提供給他的物理符號（即見諸文字的作品——引用者注），循某甲的原來的程序再走一過〔註6〕。

苦悶的多重性與「書之本旨」的多義性

《紅樓夢》主題的多義性不僅呈現在讀者與作家的聯繫之中，而且還潛存於作品的內部結構之中。正是「書之本旨」的複雜傾向，為各種相對忠實的闡釋和接受提供了根據。

籠統地說，《紅樓夢》也不外乎是「嚴肅而沉痛的人間苦的象徵」〔註7〕。哲人的頭腦，學人的淵博和詩人的激情，使曹雪芹比之那些與他有著同樣遭遇的人更敏感，更善於思考，對人間苦的體驗也更加深切。當他奔騰不息的生命力受到壓抑，當他瑩徹透明的心靈負了重傷、流著血、苦悶著、悲哀著、然而又放不下、忘不掉的時候，就會發出詛咒、激憤、讚歎、企慕、歡呼的聲音，那就是《紅樓夢》。

問題在於，作家的苦悶主要緣何而發？可惜，除了《紅樓夢》之外，這位天才作家沒有留下任何可以說明他自己和他的作品的著述。

值得慶幸的是，《紅樓夢》本身畢竟還有一個匠心獨運、帶有某種「自序」

〔註6〕 克羅齊《美學原理》第 16 章，作家出版社，1958 年。

〔註7〕 廚川白村《苦悶的象徵》，人民文學出版社，1988 年，第 21～39 頁。

性質的前五回。在這五回書中，作家從不同角度，以不同口吻，不厭其煩地反覆申明自己的創作主旨，從而為後人留下了理解作家、闡釋作品的最可寶貴的第一手材料。

誠然，創作主旨（意圖）與創作實踐（作品）之間的關係十分複雜。作家的實踐遠遠低於意圖或大大超越意圖的現象，是大量存在的。而且，作家在表述創作意圖的時候，還可能受到同時代批評風氣和批評標準的影響，這就又一次削弱了意圖宣言的準確性。僅僅拘泥於意圖的探尋的人，將會誤入歧途的。

儘管如此，我們仍然特別看重《紅樓夢》前五回中關於「書之本旨」的一系列「宣言」。我們不準備在意圖上兜圈子，但不能不指出，前五回中的「宣言」與全書內容之間的同一性，是驚人的。這些「宣言」的表述方式雖也受到當時批評風氣和時代氛圍的影響，但其基調仍然是坦誠的，不應把它們簡單地視之為打馬虎眼的煙幕彈。

一、前五回提醒人們，「書之本旨」之一是為一個異樣孩子作傳，即描寫一個貴族青年不被世俗社會所理解，與世俗社會格格不入的精神悲劇。這一意圖，在全書內部結構中得到最充分、最完美的體現。

不少論者曾對賈寶玉在《紅樓夢》的位置做出了精闢論析，指出，從某種意義上說，《紅樓夢》無異於一部「怡紅公子傳」〔註8〕。這裡必須著重補充的是，為這樣一類異樣孩子作傳，是作家蓄積已久、不可遏止的創作宗旨之一；這一宗旨是超越婚戀悲劇、女子悲劇、家族悲劇等等而獨立存在的。換言之，怡紅公子絕不僅僅是洞察女子悲劇的主觀鏡頭，更不僅僅是標誌家族衰亡的重要徵兆，他的價值主要存在於他的精神悲劇本身。

內證之一：第一回回目，「夢幻識通靈」。「夢幻識通靈」與「風塵懷閨秀」一樣都是雙關語式。它除了實指甄士隱與通靈寶玉的一面之緣外，主要承擔著開宗明義的使命。意思是說，經歷過一番夢幻之後，作者將借助一部大書，對賈寶玉這一類異樣孩子的人生價值作面面觀。

內證之二：第一回作者「自又云」一段。它以半是自謙半是調侃的口吻，明白無誤地宣稱：要為一個「背父兄教育之恩，負師友規勸之德」的「不肖」子弟寫傳，對他「一技無成，半生潦倒」的人生道路進行回顧與反思。

〔註 8〕 張錦池《也談〈紅樓夢〉的主線》，《紅樓十二論》，百花文藝出版社，1982 年，第 126 頁。

內證之三：第二回賈雨村論「正邪兩賦而來之人」一段。

內證之四：第五回警幻仙子論「意淫」一段。

以上「內證三」與「內證四」兩處文字，均是代作者立言。賈雨村和警幻仙子對異樣孩子的偏僻行為和乖張性情作了超塵脫俗的解釋。與賈政「酒色之徒」論，王夫人的「孽根禍胎，混世魔王」論，賈敏的「頑劣異常，內幃廝混」論，賈母的「孽障，冤家」論等等世俗之見成強烈反照。為一場圍繞著異樣孩子而展開的自覺或不自覺的思辨，增添了某種哲理色彩。

此外還有一個旁證：甲戌本第一回「無材可去補蒼天」兩個詩句旁邊的那條脂批：「書之本旨」。這裡，不管「補天」的含義究竟如何，也不論作家是否贊同「補天」，有一點是毋庸置疑的，即：作家的確想為一個似乎虛度年華的異樣孩子畫像，把他的人生足跡描摹給世人看。而這一點，也是「書之本旨」。

第三回的兩首《西江月》，是《紅樓夢》的一組極其重要的主題歌。前一首，是為異樣孩子畫像，後一首是對異樣孩子作價值衡估。它凝聚了賈寶玉型的精神悲劇的主要外延與內涵。

賈寶玉型的精神悲劇是很新鮮的。在這一人物的思想歷程中，已不存在傳統的懷才不遇、壯志難酬的憂憤，也不會出現什麼身在山野、心在魏闕式的矛盾，它滿溢著新的煩惱。一是摒棄了傳統的以建功立業為內核的人生價值觀念之後，卻找不到比較恰當的人生位置而產生的苦悶；一是褻瀆了（而不是背叛了）現存的以三綱五常為法典的人與人關係準則之後，卻找不到真正和諧的立足之境而產生的苦悶。在兩種苦悶之間，還遊弋著一種「大無可如何」的失落感和幻滅情緒。以上述特質為魂靈的悲劇性格是前所未有的〔註9〕。

賈寶玉型的精神悲劇還具有一定的普泛性。在這個以作家自身及其親友為模特兒的人物身上，融匯了那些重個性、重良知、輕名分、輕機遇的文人士子的追求和鬱悶，把這一類人的卓異與凡俗、堅毅與孱弱、可贊與可歎，揭示到一個前所未有的深度。它是古已有之的某些民主主義精神和吳敬梓、曹雪芹時代出現的某種人文主義情緒的融合體。正因為如此，所以，儘管這一性格的某些表現形式（諸如奇談怪論和乖張行徑等等）是獨特的，充分個性化的，而這一性格的基本內涵（諸如兩種精神苦悶和失落感幻滅感等），卻能覆蓋一個較大的面，引起不少人的共鳴。一個成功的藝術形象的質的特異性，絕不排斥

〔註9〕 參見拙文《賈寶玉生存價值的還原批評》，《紅樓夢學刊》，1997 年第1期。

或削弱它的「共名」效果。凡是不甘於重複舊人物的老路，卻又尋求不到新的人生真諦的人們，凡是不甘願隨波逐流，卻又到頭來一事無成的人們，都可能產生賈寶玉式的複雜、深切而又莫可名狀的人生體驗。

要之，為異樣孩子作傳的主旨是特立獨行的；異樣孩子的審美價值不是愛情婚姻悲劇、青年女子的普遍悲劇和公侯家族衰微的歷史悲劇所能夠包容得了的。

二、前五回還提醒人們，「書之本旨」之二是為一群青年女子作傳，即「使閨閣昭傳」，描寫一群「小才微善」「或情或癡」的「異樣女子」，在各自不同的遭際中被摧殘、被扭曲、被毀滅的人生悲劇。

最早發現這一命意的是俞平伯先生。他在早年的《紅樓夢辨》中就提出了「為十二釵作本傳」的說法；1963 年他為《文學評論》（第 4 期）所寫的十二釵專論中，又完善了他的論點。但在當時的歷史條件下，這一發現不可能引起普遍注意。直到 1980 年舒蕪的《誰解其中味》〔註10〕發表後，獨樹一幟、令人耳目一新的「青年女子普遍悲劇說」才脫穎而出。

這裡需要澄清一個問題：對青年女子命運的揭示，不能包容到公侯家族衰亡歷史中去嗎？回答是否定的。這是因為，在專制社會中，青年女子的命運與寧榮二府的興亡是兩個雖有聯繫卻又大有區別的社會問題，不論寧榮二府處於興盛還是處於衰亡的階段中，女人的普遍命運是不會有根本差異的。而且，在《紅樓夢》一書中，儘管青年女子的不幸與家族的衰微有這樣或那樣的關連，但書中洋溢著的對女性的崇尚，對寄存在青年女子身上的真善美和才學識的尊敬，對制約著女子命運的文化意識和社會習俗的深刻透視，都是家族衰亡史無論如何膨脹也無法全面包容得了的。

《紅樓夢》題名的變遷過程也告訴人們，作家最初的也是最主要的創作衝動，正是由於「金陵十二釵」們的存在才被激發出來的。讚賞與痛悼她們的美好與不幸，是作家夢繞魂牽的創作宗旨之一。對此，作家有一種莊嚴的使命感，不吐不快，不寫不能瞑目。正是這種使命感的不斷迸湧，壓迫著他的神經，催促他拿起筆來。第一回的回目「風塵懷閨秀」；第一回作者的「自又云」（「忽念及當日所有之女子」一段）；第一回空空道人與石頭的對話（「其中不過幾個異樣女子」一段）；第五回太虛幻境中的判詞、紅樓十四支曲以及「千紅一窟（哭）」「萬豔同杯（悲）」的氛圍等等，都是這一「本旨」的鑿實

〔註10〕舒蕪《說夢錄》，上海古籍出版社，1982 年，第 3～49 頁。

內證。

作家沒有讓我們失望。在漫長的創作過程中，在他有意識或無意識的藝術創造中，從來沒有偏離過他的目標。在我國，迄今為止，《紅樓夢》在表現青年女子的價值、尊嚴和悲劇美方面所做出的貢獻，仍然是不可企及的。

第五回的十四首判詞和「紅樓十四支曲」無愧為《紅樓夢》的第二組主題歌。

還有一個現象很值得注意。認定或否定這一「本旨」的存在，不僅與把握主題有關，而且更重要的是，它對理解《紅樓夢》塑造人物的審美原則也會產生重要影響。比如，倘認為作家確有表現青年女子普遍悲劇的命意，並對「當日所有之女子」均懷有程度不同、意蘊不同的敬重、悲憫和惋惜情緒，那麼，在評述青年女子群像的時候，就能夠注意到作家在生活經驗和審美意識上已經發生的突變，就可能淡化營壘觀念，就不會「求深反淺」地炮製「九品人表」〔註11〕，也不至於動輒拋出「培植親信」「發展黨羽」「翦除異己」等駭人聽聞的術語了。

「社會上最喜歡有相反的對照⋯⋯雪芹先生於是狠狠地對他們開了一個頑笑。十二釵有才有貌，但卻沒有一個是三從四德的女子；並且此短彼長，竟無從下一個滿意的比較褒貶。」〔註12〕細想一下，這正是《紅樓夢》作者的卓爾不群、超塵脫俗之處。

三、前五回還提醒人們，「書之本旨」之三是為一個趨於衰敗的名門望族作傳，即描寫以賈府為代表的某些貴族之家由於坐吃山空、箕裘頹墮而日漸蕭疏的歷史悲劇。

對此，專論性文章夠多的了；該說的話，甚至已經說過了頭。這裡著重補說以下三點：

（一）作家對名門望族興亡盛衰現象的思考，同樣是自知的，清醒的，強意識的。他所提供的種種令人嗟歎的衰敗跡象和經濟細節，都不是無意隨手之筆。第一回甄士隱的好了歌注；第二回冷子興的演說榮府；第四回的脂批（「請君著眼護官符」詩）；第五回賈探春、王熙鳳、惜春、巧姐等人的判詞以及整個「紅樓十四支曲」中透露出來的末世氣氛；還有寧榮二公在與警幻仙子對話中所透露的關於「運終數盡」的預言等等，都是這一思考的本證與旁證。

〔註11〕俞平伯《紅樓夢辨》，人民文學出版社，1973年，第84頁。
〔註12〕俞平伯《紅樓夢辨》，人民文學出版社，1973年，第97～98頁。

（二）作家對這一社會現象的思考，帶著濃重的理論色彩，而且，毫不誇張地說，已形成了包含著某種荒謬成分和某種客觀真理在內的興衰觀。

由於眾所周知的歷史的、現實的、主觀的、客觀的原因，作家對名門望族興亡盛衰現象的宏觀探討，其結論不能不帶有荒謬性質。他陷入了「月滿則虧」「水滿則溢」「登高必跌重」「樂極悲生」「否極泰來」「榮辱自古周而復始」「亂紛紛你方唱罷我登場」的歷史循環論的泥淖。

然而，當他對某個具體家族進行透析的時候，情形就完全不同了。文學家的銳敏觸覺，歷史學家的實證精神和哲學家的思辨才能都被充分調動了起來。從而，做出了一系列令人讚歎的科學判斷。冷子興對賈府弊端的剖析（第二回）；王熙鳳對寧府弊端的剖析（第十三回）；賈探春對榮府弊端的剖析（第五十五、五十六、七十四、七十五回）等等，都具有高屋建瓴，見微知著，要言不煩，一語道破的特點。這足以說明，作家對個別公侯家族衰敗原因的探討，不僅體現在藝術形象中，而且完成了由感性體驗到理性思辨的昇華。他對這一類社會現象已經琢磨得夠「透」的了。他超越了「當局者」的限制，以「旁觀者」的冷靜目光，觀察並描摹了一幅公侯家族的末世生相圖。

（三）作家筆下的末世景象又畢竟是有限度的。《紅樓夢》文本中至少四次出現過「末世」這一字眼，然而，作家在使用這一字眼的時候，總是十分明確地針對某個家族而言，實在看不出有影射或囊括整個末代王朝的意圖（如第一回介紹賈雨村身世的文字，第四回賈探春和王熙鳳的判詞等）。至於脂批中對「末世」二字的理解，更是直截了當，明白無誤，僅僅把寧榮二府的蕭疏現狀作為其特定內涵（如第二回「寧榮兩門，也都蕭疏」旁的批語：「記清此句。可知書中之榮府，已是末世了」「此已是賈府之末世了」。同一回，寫到賈敬「一味好道」時，又一批語：「亦是大族末世常有之事。歎歎！」第十八回寫到舊有學唱女人今已皤然老嫗時，有一批語：「又補出當時寧榮在世之事，所謂此是末世之時也」。有一次，當薛寶釵說到夷齊原生於殷商末世時，亦有一批：「榮府已是末世」。等等）。

儘管如此，《紅樓夢》的「末世」氛圍依然咄咄逼人。這種氛圍，連同那窮通有命、盛衰無常的幻滅情緒在內，都凝聚成強有力的壓迫感，大有「書不盡言，言不盡意」的氣勢。從而，為讀者提供了進行想像和思索的廣闊空間。

四、除上述三大「本旨」外，《紅樓夢》還可能存在著第四種、第五種或其他種種命意和內涵。即使是對同一命意和內涵的把握，也可以從不同角度進

行提煉、歸納和概括。比如，寶黛釵愛情婚姻悲劇這一重要情節，就既可以融匯到一、二兩大主旨之內，又可以獨樹一幟，自成一說，等等。

說到頭，《紅樓夢》的主觀命意絕非唯一的一；《紅樓夢》的客觀內容更沒有把一切都統一於一。我們不必心眼兒太死。

「寓雜多於整一」的合力

綜上所述，《紅樓夢》至少描寫了三種悲劇。即一個具有叛逆思想的貴族青年不被世俗社會理解，與世俗社會格格不入的精神悲劇；一群小才微善的青少年女子，在各自不同的人生遭際中被摧殘被扭曲被毀滅的人生悲劇；一個赫赫揚揚的百年望族由於坐吃山空、箕裘頹墮而漸趨衰敗的歷史悲劇。三種主要悲劇在作品中不能相互包孕，相互取代，但卻相互依存，相互滲透，共同構成一個自然渾成、天衣無縫的藝術整體。正像三個人的「合力」必定強於三個人的分力的「相加」一樣，三種（或三種以上的）悲劇構架，只能使《紅樓夢》的主題更豐厚，更深邃，更永恆。

三種（或三種以上的）悲劇構架，體現了藝術上「寓雜多於整一」的基本原理。異樣孩子的出現既是貴族之家趨於衰亡的重要徵兆，又使青少年女子的悲劇獲得了實實在在的見證；青少年女子的不幸既是百年望族風流雲散的必然苦果，又是異樣孩子精神鬱悶的重要誘因；而寧榮兩府的運終數盡既催發了異樣孩子的逆反心理，又加速著青少年女子趨於毀滅的悲劇歷程……每一部分都與整體息息相通，都受到整體的制約，都因為融於整體之中而充分發揮出它們的全部創造潛能。

三種（或三種以上的）悲劇構架，使《紅樓夢》中的社會生活具有立體化狀態和綜合性情勢，從而在前所未有的廣度和深度上，揭開了名門望族的內幕；暴露了專制制度（如教育制度、婚姻制度、奴婢制度、納妾制度、嬪妃制度、等級制度、世襲制度等）、占主流地位的正統思想、道德倫理規範的種種不合理性；提出了朦朧的具有人文主義傾向的人性學說和人際關係理想；譜寫了一曲真善美、才學識的讚歌。全書還有意無意地透發出濃重的末世氛圍，流露著到頭一夢、萬境歸空的虛無感傷情緒。凡此種種，都是當時錯綜複雜的社會矛盾，光怪陸離的現實生活以及相互撞擊著的新舊思潮在作家頭腦中能動的、藝術的反映的產物。

三種（或三種以上的）悲劇構架，還使《紅樓夢》獲得一種一氣貫注的生

命。博大豐厚複雜的內容，被這一氣貫注的生命化成「單整」。這生命就是對個性的尊崇，對才能的尊崇，對所有耳聞目睹的真的、善的、美的事物的尊崇。這讓我們聯想起前人說過的一句話：「無論藝術中可能包含多少悲觀主義成分，偉大的藝術本身絕不可能是悲觀的。」〔註13〕

以上，是我們對《紅樓夢》主題所作的粗略思考。

一明一暗兩條主線的妙用

說到主題，不可避免地要被捲入主線之爭。

《紅樓夢》的主線，至少有五種以上的說法。主要有：寶黛釵愛情婚姻悲劇為主線說，賈寶玉或異樣孩子叛逆之路為主線說，以賈府為代表的貴族之家衰亡史為主線說，王熙鳳理家史為主線說，以及賈府衰亡悲劇與愛情婚姻悲劇雙重主線說等。

自出現「主線」之爭以來，憑著直感，我選擇了寶黛釵愛情婚姻悲劇說，對此，至今仍無動搖。但又察覺到，問題似乎並不這麼簡單。這是因為，在傳統小說中，一直很講究主題、人物、情節的不可分割性，人們的欣賞習慣又是很難以改變的，把一部內容浩瀚的大書的主線僅僅解釋為愛情婚姻故事，就可能出現意想不到的漏洞，以至受到不少論者的責難。如，有的論者曾經指出：「不管你認為《紅樓夢》的主題有著多麼深廣的意義，只要你承認《紅樓夢》的中心情節和主要線索是愛情悲劇，那麼在客觀上就是承認《紅樓夢》的思想意義主要就是通過愛情悲劇來實現的。而這恰恰是持愛情主線說的同道主觀上所想避免的。」〔註14〕

可事實上，寶黛釵愛情婚姻悲劇又的確是全書的一條主線。在一般讀者心目中，這悲劇幾乎是《紅樓夢》同義詞，至少是最大亮點和興奮點。任何時代，任何階層中的任何讀者，不論其對《紅樓夢》的總體估量如何不同，都無一例外地注意到了這一愛情婚姻故事的存在。這種社會效果的出現，除了讀者方面的原因之外，還足以證明，這一悲劇在全書中的位置不容低估。

然而，別人的責難也並非全無道理可言。這就提出了一個問題：《紅樓夢》有存在兩條主線的可能性嗎？回答是肯定的。有些璀璨奪目的偉大作品，如《戰爭與和平》《雙城記》《紅與黑》等，都似乎存在兩條主線。一條以主要

〔註13〕轉引自朱光潛《悲劇心理學》，人民文學出版社，1983 年，第 167 頁。
〔註14〕孫遜《以賈府為代表的封建家族衰亡史》，《紅樓夢研究集刊》第 5 輯。

人物的愛情婚姻糾葛為鏈條的明線，一條以主要人物的性格與命運為脈絡的暗線。《紅樓夢》的主線論爭也啟發了我們，這部大書似乎也存在著一明一暗兩條主線。明線，無疑是寶黛釵愛情婚姻悲劇；暗線，卻不一定歸結為賈府的衰亡歷史，而應給予批評家們以較大的自由選擇空間。

通常說來，一部大書下筆前，總要構思一個趣味性強、富有懸念、引人入勝而又易於把握的故事，用它去承擔穿針引線的使命。作家選擇了「木石前盟」和「金玉良緣」。這是一條最適合大多數讀者欣賞能力、最適於串聯千頭萬緒的線索。

顧名思義，主線並不等於主題。主線，可能是表現主題的不可或缺的成分，但並不等於是全書中容量最大、分量最重的事件或衝突。主線的功能，主要是像穿梭一樣把大大小小的矛盾衝突順理成章地勾連到一起。中外古今許多名著雄辯地說明，選擇愛情婚姻故事做主線，也完全能夠承擔起表現宏偉主題的藝術使命。《戰爭與和平》中娜塔莎與保里斯、安德來、阿那托爾、彼埃爾之間的故事；《紅與黑》中于連與德‧瑞那夫人、德‧拉‧木爾小姐之間的故事；《雙城記》中路茜與代爾那、卡爾登之間的故事以及《桃花扇》中「借離合之情，寫興亡之感」的結構方式等，不就提供了令人信服的藝術經驗嗎？

寶黛釵的感情糾葛線索具有許多得天獨厚的條件，其主線位置是不容置疑的。

從創作者角度看，這條線索具有舒卷自如的特點。幾位當事人的特殊身份地位，使它與全書各種重要矛盾衝突之間，與各種重要人物之間，存在著天然的內在聯繫。無論是橫向發展還是縱向延伸，它都可以機變靈活，大開大闔，時隱時現，虛實相生。從而，順水推舟、遊刃有餘地勾出各類角色，推拉出各種場景和鏡頭。

從欣賞者角度看，這條線索具有雅俗共賞的特點。對大多數讀者說來，愛情婚姻故事是最易於把握、最令人牽腸掛肚的情節；發現並記牢這樣的情節，是不需要特別給予提示的。《紅樓夢》中，除了這一線索之外，其他重要情節線索都不具有如此廣泛的可接受性。那些線索，如賈寶玉叛逆性格成長史，賈府衰亡史，王熙鳳理家史等，只有文化素養較高，藝術鑒賞能力較強的讀者，經過認真辨析之後才能昇華出來，才有可能領悟到。

從改編者的角度看，寶黛釵的感情糾葛線索又是最具有穩定感和可移植

性的。各種門類的藝術實踐已經說明，哪怕是最為簡單粗疏膽大包天的改編者和移植者，只要其作品以《紅樓夢》命名，就不可能將這一線索一斧砍掉。無論戲曲、電影、舞蹈，還是紀念郵票（小型張），都無一例外。越劇《紅樓夢》抽掉了那麼厚重深邃舉足輕重的情節之後，之所以還能差強人意，就是一個力證。反之，倘出現一部抽掉寶黛釵愛情婚姻故事，卻還以《紅樓夢》命名的影劇，那倒是不能不令人瞠目結舌、啼笑皆非的了。

要之，寶黛釵愛情婚姻悲劇是串連千頭萬緒的一條主線，亦即「明線」。

那麼，《紅樓夢》的另一條主線，亦即暗線又是什麼呢？竊似為，對這一深層線索的探尋和表述，可以如同對主題的把握一樣，給生活經驗和藝術趣味不同但又是相對忠實於作品的批評家們，留下較大的自由選擇的空間。不過，就一般情況而論，在這一類大作品中，男主人公的人生道路和個人命運問題，往往構成那條潛在的、深層次的、與作品主題有著更密切關聯的「暗線」。《紅樓夢》似乎也是這樣。

1986 年夏

原載《紅樓夢學刊》，1986 年第 4 期

「淡淡寫來」及其他：
《紅樓夢》的敘事格調

　　探討文學藝術的民族性、民族化，本來是一個老題目了，老題目近來重新引起創作界、理論界的共同關注，並在報刊上進行深入討論，足見這一問題的重要性，也足見它本身所具有的難度。多少年來，或者由於社會思潮的影響，或者由於人們自身條件的差異，對這一問題的理解總是見仁見智，眾說紛呈。人們經常發現這樣的情形，每當論及我國小說的民族傳統時，在作家和作家之間，作家和批評家之間，潛在已久的認識上的裂痕，便清晰可辨地展示出來了。

　　本文無意參與這一討論，只是想從《紅樓夢》的一個側面（即描述大事件大波瀾藝術經驗）入手，為這場討論提供一個例證。旨在說明，我國小說的傳統表現方法，並不存在永恆不變的僵化模式，也不像某些文章所嘲弄的那麼單調和老套兒。古典小說中一系列卓有成效的藝術經驗，對於反映我們當前的複雜世態、複雜人物性格以及複雜而又複雜的一切，並不見得已經過時。

「淡淡寫來」「淡淡帶出」

　　《三國演義》和《水滸傳》的重要章節，隨你順手拈來，便可改編成評書和戲劇，這是人所共知的歷史現實了。而《紅樓夢》卻不能。即使霍四究再世，想把《紅樓夢》的大事件大波瀾演說出來，並且忠於原作，恐怕也是困難的。以往的藝術實踐已經證明，《紅樓夢》中的任何一個重大事件，都很難單獨處理成「戲」。這原因之一，恐怕就與風格有關。《紅樓夢》描述大事大波的筆法，

它的情節運動方式，以及與之相關的完成性格的手段等等，都太排斥大起大落、大「奇」與大「巧」了。它簡直不露奇巧的痕跡。常言道，「無巧不成書」。說書演戲，通常總是靠一點出人意外的奇巧來引人入勝的，《紅樓夢》的魅力卻不在出奇制勝這一著上面。它寫大事件大波瀾，與寫日常細微末節的小事一樣，老是那麼「淡淡寫來」（第五回、十二回脂批），「淡淡帶出」（第二回，甲戌本眉批），一切韻味幾乎全部浸沉在這種淡淡的描述之中。換句話說，一切濃鬱的，冷漠的，熱烈的，苦痛的，高尚的，卑劣的，健康的，畸形的氣氛和情緒，大都是借助於淡淡的筆調，以一種淡淡的格調，深沉完美地呈現出來的。這是《紅樓夢》有別於其他古典名著的一個特色。

古往今來，凡聽書的人，一般不習慣邊聽邊尋味，他們更希望從出人意外的奇巧故事中獲得快感。《紅樓夢》卻不追求這種刺激效應，它從整體構思到語言風格都與「說話」藝術絕了緣。它是純粹的書面文學。不止於此，作為書面文學，它甚至不能像《三國》《水滸》那樣贏得各階層讀者的賞識。對於相當數量的讀者說來，《紅樓夢》並不特別具有吸引力。一位近年來多次獲過全國小說獎的年輕小說作者竟然說，他曾「硬著頭皮讀《紅樓夢》，可是硬是讀不下去」。他說他生活的「任何一個村子裏的波瀾，都比《紅樓夢》裏複雜得多」。可見，連如此有文學細胞的人，也沒有理解《紅樓夢》。這原因恐怕主要不在於內容，而在於藝術格調。透過浩浩無涯的淡淡的筆法，領略《紅樓夢》特有的韻味，似乎需要某種素養，閱歷，甚至年紀。我們自己就有切身體會。在《紅樓夢》《三國》《水滸》爭執不休的問題面前，我們至今仍有一種把握不住、琢磨不透的惶恐。

還是回到題目中來吧。

比曹雪芹晚了一百多年的莫泊桑說：「企圖把生活的準確面貌描繪給我們的小說家，應該小心避免一切顯得特殊的一連串的事件。」〔註1〕「他的布局的巧妙決不在於有激動力或者可愛，決不在於引人入勝的開端或者驚心動魄的收煞，而在於那些表現作品明確意義的可信的小事的巧妙組合。」〔註2〕曹雪芹在莫泊桑講這話的一個多世紀以前，就這樣做了。他用「淡淡寫來」的筆調，把生活的準確面貌描繪給世人看，「令世人換新眼目」（第一回）。這是很

〔註1〕 莫泊桑《「小說」》，見伍蠡甫、胡經之《西方文藝理論名著選編（中卷）》，北京大學出版社，1986年，第265頁。
〔註2〕 莫泊桑《「小說」》，見伍蠡甫、胡經之《西方文藝理論名著選編（中卷）》，北京大學出版社，1986年，第266頁。

了不起的手筆和藝術追求。

　　生活細事自不必說。即便是那些包含著諸多矛盾的大事件大波瀾，《紅樓夢》也不以奇巧怪異、變化莫測為長，而是象生活本身一樣，寫得自然、質樸、恬淡、含蓄。用今天的話說，它們是非常生活化的。作家以「淡淡寫來」的筆調，把生活的準確面貌描繪給世人看。人們需要透過浩浩無涯的淡淡筆法，去領會它們那百味俱全的魅力。

　　就以這些故事的「來龍」與「去脈」為例吧，全書除「寶玉挨打」（和後四十回的「寶釵出嫁」）外，幾乎尋不見那種為吸引讀者而精心設計、精心安排的軌跡。一概從平平常常的生活現象入手，猶如潺潺溪水，緩緩而來，並不著意渲染山雨欲來之勢；然後，又從平平常常的生活現象結住，仍如潺潺流水，悄悄逝去，在人們不知不覺之中，拉開生活的新場景，大有暗中偷換的意趣。

　　試看「茗煙鬧學」。一個不大不小的波瀾

　　這是披露賈府教子無方以及古老的教育制度教育理念為何失敗的重要情節之一。正如脂評所說：「……學乃大眾之規範，人倫之根本，首先悖亂以至於此極，其賈家之氣數即此可知。」這場重要衝突從何寫起？從寶玉秦鍾相約入學、好事少年閒言淡語寫起。無非是紈絝間並不罕見的嬉戲口角。之後，就如生活中常見的那樣，盛氣少年相爭，愈演愈烈，加上無知小廝受人蠱惑，挺身相助，於是乎，釀出一場小小武鬥。之後，又以婆子女人間閒言碎語、家常寒暄結住。其中，璜大奶奶進寧府一段描寫，淡淡幾筆，漫不經心似的，既了結了「茗煙鬧學」，又不動聲色地實現了情節的轉換，揭開了秦可卿事件的序幕。簡言之，「茗煙鬧學」事件，淡淡地開了頭，而又淡淡地結住。結住的地方，又是另一事件淡淡的開頭。

　　「趙姨娘鬧怡紅」的風波，也是以同樣的筆調描摹出來的。這是反映嫡庶矛盾、婆子丫頭糾紛的重要衝突之一。衝突的起因、發展與終結，都是在「淡淡寫來」的瑣屑細事中釀就的。事件的起因，無非是從一個小丫頭託另一個小丫頭捎點擦臉用的薔薇硝給第三個小丫頭開始的。這麼一件極不起眼的瑣事，引出了賈環要硝，芳官投以茉莉粉，趙姨娘藉此尋釁鬧事，夏婆子乘機點火煽風等一連串雞毛蒜皮、婆婆媽媽，卻又潛藏已久、大有深意的糾葛，終於釀成一場交織著多重矛盾的、轟動整個大觀園的風波。正像脂評說的：「不意驚嗔燕怒，逗起波濤」「婆子長舌，丫環碎語，群相聚訟」。

就是這樣,在尋常事件的自然運動中,完成著一次又一次重大衝突。「淡淡寫來」,復又淡淡寫去,不刻意追求奇巧驚愕和大起大落。這種格調,無疑是對傳統寫法的一種補充,一種發展,一種突破。

我國小說的流傳,一開始就與志怪、傳奇有不解之緣;白話小說的產生,又與「故事性」特強的「說話藝術」密不可分。結果,受當時的社會環境和由此形成的人們的審美心理的制約,相當多數的作家,把心血花在情節的奇巧上;相當多數的讀者,也能夠從奇巧故事中獲得滿足。因此,首尾完整、可驚可愕、引人入勝的故事情節,大筆濃墨、大起大落、奪魂儷魄的風格,便成為我國小說傳統的尋常可見的藝術特色之一了。平心而論,這一傳統特色是立了功勳的,時至今日,它仍有旺盛的生命力,仍能使許多階層(包括知識階層)的讀者們賞心悅目,繼續給人們以審美心理上的某種滿足。

然而,事情的發展總是有另外的一面。在小說興旺發達的明清兩代,刻意追求情節奇巧而流於淺陋和公式化的作品率,遠比成功率高。明明寫現實中人,卻離人們準確鮮活的生活面貌越來越遠;筆法的老一套,更是敗壞著讀者的口味。其實,古代讀者的欣賞口味也不是那麼簡單劃一的。隨著時間的推進,一些階層的讀者已不滿足於傳奇故事給予的快感,他們更希望從似曾相識的人物關係和矛盾衝突中,去思索人生。《紅樓夢》正適應了審美心理不斷發展的要求,給了人們不同於大奇大巧的新的美感享受。

至此,似乎有兩個問題需要澄清。

「淡淡寫來」絕不意味著平淡乏味,令人昏昏欲睡。恰恰相反,這些大事大波越是描繪出生活的準確面貌,就越是同生活一樣,透出鮮亮的個性光澤,具有獨特個性所特有的魅力。魯迅說:「正因寫實,轉成新鮮。」是全然不錯的。

上面提到的「趙姨娘鬧怡紅」便足以說明這一點。本來,尋釁鬧事現象,在禮崩樂壞的賈府並不罕見,但鬧法卻各不相同。趙姨娘的鬧怡紅,由於受到事件性質和趙姨娘本人身份、才智的限制,自不可與鳳姐之鬧寧府相比擬,即使與那些身份相近的人物的鬧事(如李嬤嬤鬧怡紅,司棋鬧廚房等)相比,也有它自己不可替代的獨特的個性。它是一個被「淡淡寫來」的具有濃鬱個性的情節。李嬤嬤依仗著她的特殊身份,可以倚老賣老,指名道姓地排揎襲人,指責寶玉,但她畢竟是地道的奴僕,而且有一定的尊榮,她有她的具體的規定性,絕不可以太失體統而大打出手。因此,她的鬧,有她的「度」。對這種人

物的不軟不硬的鬧事，襲人只能哭，不能辯；寶玉雖能辯，卻不宜過分；寶釵等人也只可寒暄式地勸慰，實際無濟於事。解決李嬤嬤的「鬧」，只有讓鳳辣子用哄捧勸拽方式，一陣風撮去了事。至於司棋，她依仗著二等首席丫頭身份，加上外婆是邢夫人陪房（這一點，我們是後來才知道的，但司棋本人心中有數），也不免恃強凌弱，出口不遜，甚至率兵遣將，到後廚房動了武。但她畢竟是未出閣的女兒，她的鬧，一是君子動口而不親自動手，二是一旦有人出面勸解，便趁勢偃旗息鼓。趙姨娘的「鬧」則不同。她氣質比前兩人陰損，智慧又比尋常人低下，她自恃是半個主子，別人卻看她是半個奴才。因此，她的鬧事，既沒有李嬤嬤的那一種氣派，也沒有司棋的那一點自尊，更不具有鳳姐那排山倒海般的聰明才智和萬里挑一的伶牙俐齒。她的鬧事只能是長舌碎語，潑婦罵巷，採用老拳橫舞，抓撓滾爬方式。這是《紅樓夢》所寫鬧事情節中最不堪入目的一種了。然而，烏鴉肚子裏畢竟飛出過鳳凰，管事的人出於「投鼠忌器」的考慮，都不能插手趙姨娘挑起的糾紛。於是，當她的「鬧」達到不可收場的地步時，只能搬出從她「腸子裏爬出來」的鎮山太歲，用半安撫、半彈壓的辦法，結束了這場難堪的醜劇。以鬧劇的形式開始，而以體面的方式結束，這便是特定身份、特定性格的趙姨娘大鬧怡紅事件的個性特徵。可見，「淡淡寫來」，並不意味著淡而無味。相反，由於準確地描摹出生活的本來面貌，就象生活一樣地富有個性，富有魅力。這是要澄清的第一點。

再一點。「淡淡寫來」也絕不意味著浮泛散漫，有頭無緒。恰恰相反，《紅樓夢》的大事大波，雖然象生活本身一樣自然，但藝術化了的事件，卻遠比生活更集中，更凝練。曹雪芹完全懂得，文學作品中的情節，即或是大事大波也好，總不可能與生活本身在廣度與深度上進行競賽。人們眼前可以植滿著各式各樣的生活之花，然而，有才能有識見的作家，卻只是選擇最必要的那幾枝。

且以省親為例。省親無論從哪一角度上說，都是一椿重大事件了，在全書中它佔了整整兩回的篇幅。這個事件，是極難處理的，寫詳了，則成流水帳簿；寫略了，又難以盡情表現這一重大事件在賈府上下、賈府內外所引起的震動。看得出，作家在這裡很是花了一番腦筋。但是，這一重大事件總的格調，仍是「淡淡寫來」的。僅僅再現了幾個尋常的生活場面，就把這一不尋常事件的不尋常氣氛渲染出來了，而且渲染得十分濃鬱。「趙嫗討情」就是其中淡淡勾出的一隻「眼」。從脂硯齋到許多專家都特別注意到它，因為它圓滿地完成

了窺豹一斑,由小及大,引出通部脈絡的藝術使命。這個場面,不要看作是家庭宴席間尋常閒聊,先後五個人物之間那些看來無拘無束的體己話,都不是為消遣才來磨牙的。這個場面,恰如其分地烘托出省親事件在賈府上下內外的反響是如何之強烈:它牽動著主子、僕奴和一應沾親帶故的人們的神經,許多人都不免為此奔波,許多人都企望從中撈到好處。這一類場面,雄辯地說明了「淡淡寫來」的格調與精心選材、精心構思之間的一致性。它告訴我們,淡淡寫出的場面,也是苦心孤詣、篩選安插來的。不過,由於得自然之氣,有自然之理,並能達到天然之境,一般讀者就不容易發現它們曾經被人工穿鑿扭捏過的痕跡了。它們保有生活本來的自然美,又把一種經過作家感覺過的,思考過的,比尋常生活更簡潔凝練的「第二自然」奉還給自然了。

《紅樓夢》的大事件大波瀾大都是這麼「淡淡寫來」的。明明是再現生活中的不尋常事件,再現矛盾的交叉點,卻不煞有介事地去寫,不「山雨欲來風滿樓」地去寫;象生活本身一樣的自然,一樣的有個性,卻比生活簡潔凝練。這種筆法,與《三國》《水滸》的奪魂攝魄、明快獷放的格調相比,顯然有所不同。作為敘事文學的《紅樓夢》,不像有些古典小說那樣,有那麼濃重的傳統戲劇的風味(這當然不意味著它缺少戲劇性)。就它的風韻和格調而言,更接近傳統的抒情散文和詩。

高潮蜿蜒而來,又透迤而去

我們說《紅樓夢》不在情節的奇巧與否上下工夫,並不等於說它容忍沉悶與板滯。恰恰相反,它所描述的生活,也是很富有節奏感,層次感,並充滿著難以言說的矛盾。那些似乎平淡得膩人的現象後面,同樣不間斷地積聚和釀造著各種衝突的交叉點和爆發點。這些「點」,前後簇擁連貫,便造成了如脂批所說的「文勢跳躍」「無數曲折漸漸逼來」「如山陰道令人應接不暇」的氣勢。書中的大事大波,不正是從比較緊張、比較飽和的程度上,再現生活的節奏感、層次感和盤根錯節的矛盾的嗎?這些都是毋庸置疑的。

問題在於,《紅樓夢》在描述衝突交叉點和爆發點的時候,採取了一種與眾不同的方式。它的跳勢,它的曲折,它的高潮,也大都「淡淡寫來」,寓濃於淡,帶著淡中見濃,濃濃相間的色調。在這方面,它的經驗,是很值得引起注意的。它善於發掘平淡尋常現象中的不尋常性質,而在表現這類現象的時候,卻又往往賦予它們貌似尋常平淡的形式,即一種最足以襯托出矛盾自身所

固有的斑斕色彩的、樸素淡雅的外衣。

眾所周知，與《三國》《水滸》相比較，《紅樓夢》的各種矛盾激化得比較緩慢，它們以不惹人注意的姿態平穩發展著，類似「寶玉挨打」「抄檢大觀園」那樣來之迅猛的事件，並不是經常出現的。這就需要作家具有一種特別的才能，即在看來平靜得有點膩味人的生活中，發現、把握、擷取一切突然顯現的耐人尋味的東西，使之突出出來，描述出來，不間斷地為作品組織高潮。《紅樓夢》正是這樣做了。

從整體上看，作家「慣起波瀾」的才能，集中地表現為善於化淡為濃。在尋常生活中發現並攝取一連串突發性事件，為全書架起脊樑。曹雪芹「懂得在無數日常瑣事中，把對他無用的東西統統刪掉，並且以一種特殊的方式突出表現那些被遲鈍的觀察者所忽視的、然而對作品卻有重要意義和整體價值的一切」〔註3〕。在百無聊賴的貴族生活中，一切突然出現的有「整體價值」的喜慶、災變和亦喜亦悲、不喜不悲的事件，都被作家攝取了來，描述得有滋有味，成了全書脊樑中不可或缺的環節，在全書情節運動中，在全書的開端、發展、逆轉、終結或尾聲中，起著不可或缺的作用。除了最醒目的「協理寧國府」「元妃省親」「寶玉挨打」「探春理家」和「抄檢大觀園」等提挈全書的「大過節、大關鍵」外，「茗煙鬧學堂」「姊弟逢五鬼」「清虛觀打醮」「秋爽齋結社」「兩宴大觀園」「鳳姐潑醋」「鴛鴦抗婚」「除夕祭宗祠」「趙姨娘鬧怡紅」「群芳開夜宴」「獨豔理喪」「鳳姐鬧寧府」以及一些關係全局的過生日場面等等，也都是拽之牽動全書的事件和波瀾。一部大書，正是以一連串「漸漸逼來」的重要事件為脊樑，以小兒女之間呢喃細語和「相見爭嘔之事」為筋肉，構成了一個濃淡相間、博厚綺麗的藝術實體。試想，假定沒有這些較大的事件作脊樑，無論小兒女的感情波濤怎樣洶湧起落，也難以產生「文勢跳躍」（第一回，回末總批）、「百川匯海」（眷秋《小說雜評》）的氣概，那會教人膩味得受不了的。

然而，這還不是特別值得注意的方面。最值得一提的是，《紅樓夢》在描述重大事件和重要波瀾的時候，善於寓濃於淡。整體設計如此，通部脈絡如此，就某一事件而言，也可以發現作家善於寓濃於淡的才能。這主要表現在善於組織漸起漸落、節奏舒緩、層次分明、餘韻雋永的高潮，卻又不露精心組織

〔註3〕莫泊桑《「小說」》，見伍蠡甫、胡經之《西方文藝理論名著選編（中卷）》，北京大學出版社，1986年，第266頁。

的痕跡。

這部書的大事大波，多數不是飛來之峰，突兀而起，而是蜿蜒而來，又逶迤而去，像一帶起伏連綿的丘陵。一個較大的高潮，一般總是由幾個小的波瀾簇擁而成的；高潮過後，也不是一落千丈，一瀉無餘。我們不引證那些眾口交贊的事件，如協理寧府，寶玉挨打，抄檢大觀園等，而只說說鴛鴦抗婚。

「鴛鴦抗婚」的高潮顯然是鴛鴦哭訴和賈母震怒。這一高潮也並非天外飛來，兔起鶻落式的。在此之前，已有四個小小波瀾為它作「引橋」，在此之後，還有層層漣漪。

鳳姐就賈赦欲討鴛鴦一事，直白地頂撞邢夫人，是高潮到來之前的第一個小波瀾。邢鳳關係一向疏淡，隔膜。此刻，如依照鳳姐素日的性情心機，本可花言巧語敷衍搪塞過去，以求落得一身乾淨了事。可她竟然直言不諱，把其中利害明白無誤地說給婆母聽，對赦邢二人的此種打算公然非議，成了賈府晚輩中唯一當面褻瀆尊長、冒犯親權的人物。這一小小衝突，乍看去似乎出人意外，細想一下，仍在情理之中。鳳姐，不就是賈母肚子裏的蛔蟲嗎？她自然深知鴛鴦對賈母的價值，也深知賈母對赦邢夫婦的厭棄，因而，不需要思索，便可斷定赦邢二人的這一行動，比「拿草棍兒戳老虎的鼻子眼兒」還要荒唐。她之所以敢於如此銳利率直地非議公婆，恰恰說明了，即將發生的這一場較量的雙方，在實力上是多麼懸殊。這一段描述，正是為賈母的震怒作鋪墊的，預告了赦邢的失利已屬勢不可免。

鴛鴦頂撞邢夫人，是第二個小波瀾。這一段描寫中，鴛鴦並邢夫人的言談舉止，也都失去了常態：「太太這回子不早不晚的過來做什麼？」多麼奇特的口氣，這哪裏是一個丫頭迎接大太太的用語。用如此口氣與邢夫人寒暄的丫頭，闔府上下也難找出第二個。掂量一下這口氣，便可掂量出鴛鴦在賈府的分量，也可掂量出邢夫人在賈府的位置。接下去，是邢夫人的一篇勸導的辭令。這篇勸導竟然也異乎尋常。異乎尋常的有水平，異乎尋常的「得體」。統觀全書，邢夫人那點有限的聰明才智幾乎全部集中地發揮在這裡面了。再下邊，寫鴛鴦的反映，竟然是令人難堪的沉默，石頭般的沉默。任憑主人百般蠱惑，就是不言不動。這大概也可以叫做「於無聲處聽驚雷」吧。

鴛鴦頂撞平、襲二人，是第三個小波瀾。借三個大丫頭間的嗔惱嬉戲，透露出鴛鴦不落塵埃的心志：非但不與賈府老爺少爺做妾，就是大太太這會子死了，老爺「三媒六證」地娶她作大老婆，她「也不能去」！心志是寧折不屈的，

但客觀上的依恃卻主要是賈母。賈母將如何處置？又向高潮逼進一步。

鴛鴦頂撞兄嫂，是第四個小波瀾。兄嫂雖無足輕重，但其嫂受邢夫人指派，頂撞其嫂，便是繼續與邢夫人抗爭；其兄又是賈赦指派，頂撞其兄，便是與賈赦作對頭。當一個世代為奴的家生子兒，義無反顧地頂撞兄嫂那一對下流種子的時候，不是恰好表明她已把生死置之度外了麼？她不畏懼大老爺的磨牙吮血。

以後，便是論者和讀者們極為讚賞的高潮場面了。鴛鴦的哭訴與罵誓，賈母的震怒與庇護。於是赦邢預謀破了產，鴛鴦又暫且做穩了賈母的奴婢。然而，故事並沒有就此終結。正像高潮的出現不是異軍突起一樣，高潮過後，也還有層層餘波，象生活一樣的漸息漸落，直到又恢復了比較平和、舒緩的尋常節奏。

賈母的遷怒於人，是高潮出現之後的第一層餘波。赦邢惹禍，殃及池魚。賈母震怒之中，不分青紅皂白，遷怒於王夫人。乍看起來，似乎在擴大矛盾，加劇緊張氣氛，其實不然。這是一個十分高超的轉折。試想，當賈母震怒之際，主犯從犯恰恰都不在場（也不能安排他們上場，此是「避難法」），繼續震怒下去，也實在大煞風景。於是，作家便借助於一個急促、利落的急轉彎，不露聲色地收攏住這一場「缺席審判」。表面上看，由於賈母的遷怒，「風馬牛不相及」的王夫人不幸受了株連，在場的大小人等都屏聲斂氣退出了現場，空氣似乎愈見緊張了，其實，這種「緊張」，正是為了「舒緩」，是舒緩氣氛的轉捩點。沒有這一轉捩點出現，真不知如何使那一大群僵立在賈母身邊的人物重新動作起來，更不知故事將如何進展下去。幸虧作家順手拈來了「遷怒」。有了這層波瀾，不僅故事有了新的開拓，賈母形象也變得更深厚豐滿了。值得指出的是，「遷怒」的場面也很有生活氣息，並不是臆想捏造出來的。作家準確地把握了一個極有身份的老年人的自尊而又多疑、精明而又混沌的氣質和心理狀態，語氣逼真，很有概括性，時至今日，仍能勾起我們對類似情景、類似性格的聯想。簡言之，「遷怒」這一小小波瀾，轉換得恰到好處，與當時的氣氛，與賈母的身份地位和派頭，都極吻合。有它的出現，便可引出清明女兒探春的直言敢諫，便可引出賈母的恍然穎悟和連連自責，繼而引出寶玉的解頤，鳳姐的調侃，薛姨媽的捧場，等等。瞬息間，令人窒息的那種空氣，便霧消雲散了。這樣寫，避免了情節的直線發展，造成有張有弛舒卷自如的節奏感。

邢夫人受申斥，被冷落，是高潮過後的第二餘波。倘在鴛鴦哭訴，賈母震

怒之際，邢夫人闖進門來，將不知作家如何處置。天才作家迴避了這種寫法，他把邢夫人的出場放在賈母息怒之後。此時，由於鳳姐別開生面的曲意逢迎，賈母心情已趨平和，對邢夫人做出合乎身份、有理有節、恩威並施的訓導，已成為可能。有意思的是，申斥過後，邢夫人便被冷落擱置在一邊，作家便繼續描寫賈母等人的玩牌解悶場面去了。玩牌一段，又進一層證明了鴛鴦的須臾不可取代，同時，也出現一個新的懸念：邢夫人被不尷不尬地冷落在一旁，將如何收拾？於是，又有了賈璉的登場。

賈璉的被奚落是第三餘波，也是尾聲。鴛鴦抗婚事件，由赦之妻被頂撞開始，以赦之子被嘲弄而終結。整個故事，整個衝突，是由一串小小波瀾簇擁而成的，給讀者帶來的不是大起大落的追魂懾魄的刺激，而是被層層揭開、步步深化的人物關係之謎。

這種丘陵狀、層疊式、漸起漸落的波瀾，正是《紅樓夢》矛盾運動的主要形式。

在觀察生活的時候，善於從「淡」中發掘出「濃」；在表現生活的時候，又善於寓「濃」於「淡」之中。把握這一藝術特色，對於理解《紅樓夢》的藝術格調，是有意義的。

照應，在「無意隨手」之間

照應，其實就是一種聯繫作用。文學作品中的情節場面，和實際生活中的事物一樣，也是相輔相成或相反相成的。照應，就是把前後情節場面聯繫起來，以收到相輔相成或相反相成的效果。

《紅樓夢》很注意前後文的照應。這一特點，與《三國》《水滸》沒有什麼不同，只是《紅樓夢》的照應，比較起來，更加繁複細密而已。至於照應的手法，當然是多樣化的，但主要的則是伏線，穿插，映帶。凡是最能說明這類問題的例子，已多被脂硯齋一一點出，並被二百年來《紅樓夢》愛好者們如數家珍般地爛記於心了。

儘管如此，也還有值得進一步琢磨、進一步探討的問題。總觀《紅樓夢》的照應，並不像有的評點家理解的那麼淺露，或故作深奧，以至於處處埋伏著機關。不是的。《紅樓夢》的前後文照應，一般說來，也帶著一種「淡淡寫來」「淡淡帶出」的韻味，而不著意作出「照應」的姿態。伏線也好，穿插也好，映帶也好，大都完成於「無意隨手」之間，儘量不給人留下精心設計、巧於安

排的印象（夢幻場面另當別論）。這樣進行照應，自然分外渾厚，有伸展性，能打破時空的限制，能經得起細細咀嚼回味，能給讀者以馳騁想像的餘地。

就說「清虛觀打醮」吧。這是以女眷為主體的一次規模宏大的府外活動，雖然只占半回篇幅，但在全書前後文起伏照應中的作用卻不容忽略。其中，除繼續穿插寶黛湘等人物的感情糾葛外，主要筆墨用於渲染榮府女眷外出活動的赫赫揚揚氣派，從而，令人不由自主地聯想起秦可卿出喪、元妃省親時的奢華穠縟景象。參與此項活動的，僅是點名道姓的，就近六十人。從喜歡熱鬧「沒事來逛逛」的老祖宗，到「天天出不得門檻子」的大小丫頭，「連上各房的老嬤嬤奶娘並跟出門的家人媳婦子」，都興奮得不得了。事先的籌備工作怎麼花工費力姑且不論，只是出門那日，榮府門前竟「車輛紛紛、人馬簇簇」「烏壓壓的佔了一街的車」「賈母等已經坐轎子去了多遠，這門前尚未坐完」。加上丫頭僕婦們「咭咭呱呱，說笑不絕」，引動得滿「街上人都站在兩邊」觀看。清虛觀裏裏外外，清了場，戒了嚴。賈母的轎子將至觀前，「鐘鳴鼓響」，早有法官「執香披衣，帶領眾道士在路旁迎接」。而當「寶釵等下車」之際，「眾婆娘媳婦」更「圍隨的風雨不透」。事情還不止於此。賈府老太君的雅興，驚動了豪門望族，「一應遠親近友，世家相與」都紛紛前來致意，「豬羊香燭茶銀之類」，源源送到清虛觀來，以至打擾得賈母興致盡消，「懶得去了」完事。這是賈府「死而不僵」的又一次表演。它與前後文的聯繫，主要不在於伏線，不在於穿插，而是依靠場景與場景之間的遙相映照。它令人回想起省親時的儀仗，甚至回想起秦氏喪事中「一帶擺三四里遠」的「大小車輛」和「浩浩蕩蕩、壓地銀山一般從北而至」的隊伍。從而，再次驗證了賈府「外面的架子」畢竟沒倒。這樣的效果，並不需要作家特別地揭示，他只管「淡淡寫來」，讀者自然能夠從那些相似或相異的場景中，去體會作家的苦心孤詣。此外，「打醮」中還「淡淡帶出」神前拈戲的細節，在氣勢猶盛的時候，掠過徵示敗落預言衰頹的陰影，與後來的「除夕祭宗祠」「中秋節家宴」等蕭索冷落場面遙遙相對。「打醮」和前後場面間的先後照應，是比較內向的，潛在的，不易察覺的。所謂「無意隨手，伏脈千里」（十九回脂評）。也唯有如此，才在更加廣博深厚的程度上，顯現出作家「胸中大有丘壑」的構思才能。

除場景與場景間的遙相映照外，在大事大波之間，借助淡淡一語，便首尾貫通的現象，也俯拾即是。比如，賈珍父子與烏進孝之間關於榮府的幾句漫不經心的閒話，便把讀者的思路由「除夕祭宗祠」之前的拮据情景牽引到當年「元

妃省親」時的奢汰場面中去了。花襲人關於賈寶玉的「素色扇套兒」的一星半
點的回憶，不費吹灰之力，把「獨豔理喪」和「協理寧府」兩椿重大喪事銜接
到了一塊兒，使人不由得不進行一番比較。諸如此類，所在多有。

　　當然，照應並非大事大波間獨有的。在大事大波與瑣事微瀾間，在瑣事與
瑣事、微瀾與微瀾間，同樣地存在著千姿百態的照應關係。在數不勝數的照應
之中，就其手法而論，有些比較顯豁明快，但多數則比較隱約委婉，即主要依
靠相似或相異的情節場面，有意無意的穿插映帶，勾動人們的思緒，啟發出人
們的聯翩浮想。作家的深意，照應的魅力，就往往滲透在這種淡淡的、內在的
聯繫之中。對《紅樓夢》的照應手法，做過分淺俗或過分深奧的解釋，都難以
反映作品的本來面貌。

性格，貴在多層次皴染

　　《紅樓夢》在描摹人物時，技法是多樣化的。有速寫，有素描，有工筆，
有精雕……但從總的格調看，卻更接近水墨畫法。它的重要人物，大都是被淡
淡的，或濃淡相宜的筆墨，皴染出來的。有的人物，甚至要經過「千皴萬染」。
即便是次要角色，也盡可能充分利用有限的筆墨，給予多層次的描繪。

　　我們的題目是放在大事大波這個範疇之內的，自然還要從大事大波談起。

　　古往今來，如果不是無知，如果沒有門戶之見，如果不是藝術追求上的
故意疏淡，絕大多數作家都把刻畫人物當作頭等重要的事。情節，不過是人物
性格的成長史。《紅樓夢》的經驗又一次明確無誤地證實了：在比較重要的事
件與波瀾中展示眾多人物性格，是一種最經濟最見成效的手段。各種人物獨
有的、純個性的、有典型意義的特徵，在他們的相互吸引、相互比較、相互衝
撞中，得到了最有生氣的展現。「甚至人的形體風度，也只有通過在行動中對
於其他人的相互關係，通過對這些人的影響，才能在作品中變得生動起來。」
〔註4〕天才作家曹雪芹最懂得充分利用大事大波這樣絕妙的背景，不拘一格
地，揮灑自如地塑造著、完成著他的人物系統。關於這一點，論者已多所闡
發，勿需贅述。下面，僅從刻畫人物的筆法和格調方面，補說一二。

　　（一）某些重要人物的某種潛在的性格質素，有時會在大事大波中「淡淡
帶出」。如「鴛鴦抗赦」的尾聲中，對賈母「聞過則喜」勇於自責氣度的點染，
便有以一當十的力度。

〔註4〕《盧卡契文學論文集》（第一卷），中國社會科學出版社，1980年，第68頁。

　　（二）某些次要人物或過場人物的性格全貌，有時會在大事大波中得到多層次的點染，從而能夠一次完成。如「茗煙鬧學」尾聲中，賈璜之妻急衝衝奔入寧府，在尤氏面前前倨後恭的恰切表演，便使其性格得以一次性完成了。

　　（三）作品的主人公，比如異樣孩子賈寶玉以及其他重要角色的性格，則有條件在一系列大事大波中「千皴萬染」，從而成為真正鮮活的、立體的、多色彩的又囫圇不解的藝術典型。

　　歌德在論及理想的人物性格時，要求具備「豐富性」「明確性」「堅定性」三個特徵。對於中外古典作家說來，讓他們的人物具有「明確性」（即「應該有一個主要方面作為統治的方面」）並不困難；讓他們的人物具有「堅定性」（即「始終如一地」「忠實於它自己的情致」）也是容易辦得到的。比較麻煩的，是在明確性與堅定性的基礎上，讓人物性格豐富起來，讓「每一個人都是一個豐滿的有生氣的人，而不是某種孤立的性格特徵的宣言式的抽象品」。讓主要人物「本身就是一個世界」。而要達到這樣的境地，對中外古典作家說來，則不是很容易做到的。《紅樓夢》的許多人物卻毫不困難地達到了這一境地。賈寶玉、薛寶釵、賈探春、花襲人、平兒乃至賈母、劉姥姥、王熙鳳等，都是難以用幾個條條就能夠說清楚的豐滿生動的立體化人物。他們性格的各個側面，除了在日常生活瑣事中得到精心描繪外，在一系列大事大波中也都得到反覆皴染和出其不意的突然展現。這裡只說賈母。

　　賈母形象的內涵是很不簡單的。似乎不是什麼「封建宗法家族的寶塔頂」「吃人宴筵上的主客」等可以概括得了的。這位老太君既安富尊榮，縱情享用，寵子溺孫，同時又惜老憐貧，識多見廣，樂天達命，在知人論事時還常常發表一些並不迂腐的見解。僅此一端，賈母這一形象就已經夠飽滿的了。誰知，除此之外，這位貴族之家老太君的性格中，竟然還潛在著一種罕見的閃光質素，一種唯有創業者才具有的聞過則喜和勇於自責的雍容磊落的氣度。在「鳳姐潑醋」，尤其是在「鴛鴦抗婚」中，不是曾經反覆閃現皴染過這種質素嗎？

　　「鳳姐潑醋」那一攪擾賈府的重要時刻，平兒無辜遭受璉鳳的凌辱，賈母也偏聽了鳳姐情急中的誣告，誤認為平兒是「背地裏使壞」之人。經尤氏等說明真相，點明賈母判斷的失誤後，賈母當即落實了改正措施，「叫琥珀來：『你出去告訴平兒，就說我的話，我知道她受了委屈，明兒我叫鳳姐兒給她賠不是。』」次日，果然當著眾人的面，「命鳳姐兒和賈璉兩個安慰平兒」。賈璉當

眾作了揖，「霸王似的」鳳姐也「愧悔」「心酸」，甚至「落下淚來」。最能體現賈母心胸氣度的，是「鴛鴦抗婚」這一衝突中連連自責的那一段描述。一個本來慣於頤指氣使的老祖宗，在盛怒之際，犯了遷怒於無辜的過失之後，一旦被提醒，便幡然悔悟，當著薛姨媽和孫男弟女，用毫不含混的透亮語言，再三向兒媳和薛姨媽致歉：「可是我老糊塗了，姨太太別笑話我」「寶玉，我錯怪了你娘，你怎麼也不提醒我，看著你娘受委屈」「快給你娘跪下，你說，太太別委屈了，老太太有年紀了，看著寶玉吧」，等等。一個年事已高、仍然實權在握的貴族老太君，能這樣清醒過人，表裏澄澈，說明她身上原有的創業者的性格，還沒有完全泯滅。有了這一類質素的閃現，賈母形象的「豐富性」無疑又增強了。看來，不讀完全書，不透過一層層濃淡相間的色彩，就不能把握這個重要人物的全貌。

人物的某種潛在性格質素，在平和緩慢的生活流中，往往不易展露，可在某一突發事件中，卻往往被漫不經心似地「帶」了出來。這應該說是大事大波對刻畫人物性格的一種獨特貢獻。

再者，在比較重要的事件和波瀾中，某些次要人物，也有機會被置於人物關係的矛盾交叉點上，有可能借助廣闊的背景，對他們進行多層次的點染，使他們較迅速、較充分地顯現出特有的品質，從而留下最有個性特點的剪影。在這種場合下，作家對這一人物的塑造，有時可以以少勝多、事半功倍甚至於收到「畢其功於一役」的成效。

比如金榮。這是一個著墨不多的過場人物，他前無蹤跡，後無影響，完全是在「茗煙鬧學」中被招之即來，一次塑成的。他在全書中的分量微乎其微，然而，在披露賈府家學內幕的衝突中，他卻是主要角色之一。這個可惡而又可歡的小潑皮兼小孱頭形象，正是在這一次衝突中被多層次地勾畫出來，賦予他以生命的。

比如夏婆子。五十八回藕官燒紙時，她雖然出現過，但身份姓氏並不清楚。到六十回「趙姨娘鬧怡紅」事件醞釀過程中，她的身份姓氏一下子得到明白的交代，她那慣於搖唇鼓舌、撥弄是非、唯恐天下不亂的長舌婦性格，也被「一次性的」充分地展現出來，得到了完成。其他，如性格較鮮明、較有個性的王善保家、馬道婆、鴛鴦嫂子、吳新登媳婦、傻大姐兒以及前面涉及過的璜大奶奶等，也都是被放置到某一事件或波瀾的矛盾漩渦裏，用最經濟的筆墨，一次性點染出來的。

　　再比如,上面提及的璜大奶奶。仔細琢磨一下「茗煙鬧學」收尾中關於璜大奶奶那一段文字,不能不令人歎為觀止。淡淡幾筆,情景場面,人心世態,宛在眼前,圓滿地完成了璜大奶奶這個小人物的塑造。一個地位卑微、性情驕戾、善於隨機應變的勢利小人形象,被描摹得那麼準確、精當、活靈活現。

　　此外,統觀全書,凡是大事件大波瀾出現時(鳳姐鬧寧府除外),作家都不忘皴染核心人物賈寶玉性格。如前所說,無論以何人何事為描述中心,都要或順或逆,甚至此呼彼應地將賈寶玉貫穿其間。賈寶玉無往不在,無時不有。在不同場面中,從不同角度,對他進行濃淡相宜的點染。

　　協理寧府中,寫他路謁北靜王,並鋪開他與秦鍾的交遊。

　　元妃省親中,先寫他置若罔聞,繼寫他才華橫溢,又寫他虛懷若谷,還多次透露出他對君權禮法的異樣態度。

　　清虛觀打醮中,出現了張道士提親,以及因金麒麟引出的小兒女感情糾葛。

　　兩宴大觀園中,有「雪中抽柴」和「櫳翠庵品茶」的種種典故。

　　鳳姐潑醋中,先有他祭奠金釧,後有他為平兒理妝。

　　鴛鴦抗婚中,寫他的同情、軟弱和愛莫能助。

　　獨豔理喪中,詳寫他與黛玉的神交默契,以與賈珍父子兄弟的聚麀亂倫形成強烈對照。

　　在茗煙鬧學、姐弟逢五鬼、秋爽齋結社、趙姨娘鬧怡紅、群芳開夜宴、抄檢大觀園中,他更是被多側面地反覆點染,是不可須臾忽略的中心人物了。

　　看來,作家有個明確的意圖,這就是,把他的核心主人公盡可能放到一切重要事件中去「千皴萬染」。賈寶玉之所以成為一個難以用套話概括的、與自然本身一樣豐富複雜而且天然渾成的藝術典型,與作家的這種努力是分不開的。

　　以上種種,是否可以說明,我國小說的傳統表現方法,原本是繁複開放的。古代小說家們的藝術個性與詩人們一樣,也是絢麗多彩的。他們用不同的藝術個性,共同表現著我們這個偉大古老民族的歷史,風俗,性格和心理。

　　「古人的性格描繪在我們的時代裏是不夠用的。」有位思想家這麼說過。我們琢磨《紅樓夢》的藝術經驗,絕沒有故步自封的意圖,也不意味著拒絕吸收借鑒外來文化及其表現手法。文學藝術的發展歷史早已證明「拿來主義」全然不錯,發展民族文化,與「世界識見之廣博」程度是成正比的。然而,關鍵

的問題在於「化」。食古不化者，固然要受到奚落，倘「仿外」而不化，其情形恐怕更糟，也更難以被我們這個有著燦爛文化傳統的偉大民族所容忍了。在吸取藝術經驗的問題上，要門戶開放，外為我用，但首先，要把根基深深扎入中華民族肥沃而廣袤的土壤中。近來，有些理論工作者重申了這樣的見解：越是有民族性的精神產品，才越能受到國際輿論的尊重。這是真理，一個被中外古今文學史、藝術史反覆證明過，並正在繼續證明著的真理。

多麼希望某些有才華的中青年作家，硬著頭皮，仔細琢磨一下《紅樓夢》啊。這琢磨的工夫，不僅不是一種「浪費」，而且，肯定地說，會有益處的。

1982 年 10 月

原載《紅樓夢學刊》，1984 年第 2 輯

胡晴採訪劉敬圻：對話筆錄

胡：劉先生您好，非常感謝您能接受我們的採訪。因為您既是非常成功的研究者，也是首屆國家級教學名師。我們的採訪從哪個問題開始呢，《紅樓夢》的研究還是《紅樓夢》的教學？

劉：還是先談談教學吧。從教學開始聊，可以更輕鬆。還有一個原由，我與那些專注於研究《紅樓夢》的學者們不同。我只是《紅樓夢》的忠實讀者，是和歷屆學生一起品讀《紅樓夢》的教書人。我在教學上投入的時間和精力比寫文章多得多。

胡：好的。您在教學方面是非常有經驗的。正好，《紅樓夢》教學也是很重要的一個傳播方式。請您結合多年的教學實踐，談一談您是怎樣在文學史教學中涉及和引導學生讀《紅樓夢》的，又是怎樣講授《紅樓夢》專題的。

劉：我做了整整20年助教。做助教的第一年就被逼上講臺了。作為一個正規的綜合大學，這是不正常的，但又是無奈的。黑龍江大學中文系是我第一個教學崗位，也是我退休前的最後一個崗位。我報到的那年9月，她剛剛從哈爾濱外國語學院改制創辦為地方性綜合大學。一個歷史悠久的哈外院濃縮為一個強大堅實的俄語系（後來又有了幾個小語系）。所有綜合大學的基礎學科，如文史哲數理化等，都是剛剛組建的。我所在的中文系古代文學教研組，除一名原哈外院語文教研室的老助教外，其他都是剛出校門的北大山大吉大應屆畢業生。

被逼上講臺的時候，眼前總是湧現自己在母校階梯教室聽課的情景：前三排一律空著，主講教授（游國恩先生楊晦先生王力先生魏建功先生浦江清先生林庚先生周祖謨先生……）走進教室之前，助教們研究生們一湧而進，紛紛落

座於前三排，打開自己的筆記本（不是今日之電腦）。在吸納知識的路途上，他們是多麼優渥而幸運。

我是助教了，卻並無教授或講師可助。我多麼想做中老年教授的或講師的助手啊，多麼想在聽他們講課和協助他們處理教學事務中，學習如何做一個人品學品合格的助教啊。可歎可悲的是當年沒有這樣的運氣。

本來，我們報到不久，吉林大學支持了兩名中年教師，其中一位完全可以做我們的學術領路人。他擁有南京中央大學古代文學研究生學歷和上海聖約翰大學和東北人民大學（前吉林大學）教齡，是講師資歷。可惜五七年反右中被吉大錯劃為右派。調入黑大後，即使身為講師，學識淵博，也被排除教師隊伍之外，在置錐之地的中文系資料室虛度光陰，直至「往生」。

我作為助教上講臺，包括講《紅樓夢》，其實就是一名一絲不苟的資料員和謙恭篤行的解說員。大學的文學史筆記，館藏的文學史著作，有影響力的相關專著論文等，都是我的導師，是我書寫一本本一摞摞講稿時的親切依靠。那時還沒有教育部推薦的兩部文學史，我自己獨具個性的學術見解也遠沒有形成。唯一開心的是，教學時間充裕從容。文革前的教育路線整體上偏左，但在我們這個偏遠的地方，厚今薄古思潮始終沒有膨脹起來。文學史的課時相當寬鬆，每週 6 學時，每學期 120 學時，四個學期，480 學時。在點、面、線互補的體系中，《紅樓夢》是重要亮點之一，可以佔用兩到三周的課時。新時期以後，文學史總課時縮減了，但延伸出的專題選修課「紅樓夢」，卻享有 36 學時，中文新聞廣告電編等所有相近專業都可以自主選修。最興旺的一年有近三百名學生選修《紅樓夢》專題，即便安排在寬敞的階梯教室，也得分兩撥授課。專題課考核環節中有一篇小論文，而且需要「查重（chong）」的，選修《紅樓夢》的學生統統不懂查重，喜歡用論文形式抒寫自己閱讀曹雪芹的感動。

胡：從你們校報省報還有教育報光明日報得知，學生們說聽您講課是一種享受，但又說選您的課是自討苦吃。怎麼一回兒事呢？

劉：我心理素質比較脆弱。站了五十多年講臺，一直誠惶誠恐，總像第一次上講臺那麼緊張，很當一回事兒，永遠第一次的感覺，用個好聽的詞兒，認真。認真對待每一節課，認真對待每一個教學環節，認真對待學生的每一篇課程論文和畢業論文。所以學習認真的學生感到有點累，甚至很累。當年本科生裏流傳著一句善意調侃話，說誰想自討苦吃，就選劉老師的專題，選劉老師指導畢業論文吧。他們甚至歸納出一個數據，說選劉老師指導論文，你得付出七

倍的時間精力呢。七倍，是個粗略的推算，就是說我要求的環節太多，一環又一環的，從選題，到大綱，到初稿，修訂稿，答辯提綱，試答辯。不過是個本科論文麼，麻煩事挺多的。好在他們有「磨」的精神準備，磨得大都較細，不少本科生真的還磨出了寶貴的見解與發現。

1990 年我請四位本科應屆畢業生和我一道參加省紅學研討會，會議主持人鼓勵他們到會上宣讀論文。來自《紅樓夢學刊》的一位副主編和一位資深編輯當即拿走了其中的兩篇本科畢業論文，並全文發表在 1991 年《紅樓夢學刊》第 1 輯上。其中一篇的題目是《女性傳統價值的失落與裂變：王熙鳳、李紈、尤氏比較談》，另一篇的題目是《試論〈紅樓夢〉奴婢中的媳婦婆子世界》。當年《紅樓夢學刊》扶植青年作者的胸襟氣度挺讓人震撼的。

再回來說教學。課上課下，我和我的學生有個共同的興奮點，也可以稱之為第一興奮點，就是依靠材料說話。細讀文本。每一個結論，每一種見解都必須是從文本中發現的，是有來歷的。即使是親老師、大名家、權威前輩的見解，也要恭敬嚴謹地從文本中找到依據。此其一。

第二個興奮點是「於不疑處有疑」。「於不疑處有疑，方是進矣」（宋・張載《經學理窟》）。《紅樓夢》是一部「說不完」的大書，因為這樣或那樣的緣由，它總會留下一些讓後學有所發現的「點」，留下一些前輩時賢們還沒有來得及關注與解說的領域。在某些領域中，前輩時賢已有精闢見解，但可能因這樣那樣的原故，這些見解還沒有展開；在某些領域中，前輩時賢已有專著或論文展開論及了，但因某種占主流地位的文化觀念的干擾與牽扯，自知不自知的走向偏頗、倒退或自我反動。

凡此，都給後學留下繼續討論和試解讀空間。

第三個興奮點，讓縱剖橫剖方法，成為習慣。不贅。

第四個興奮點，讓由外向內的透視，成為習慣。不贅。

胡：您能詳細解釋某一點，或者舉個例子嗎？

劉：說說賈母的擇偶觀吧，即老太君為兒孫擇偶的觀念。這涉及到「讓材料說話」和「縱剖橫剖」的研究思路。不過，不敢說有百分百的把握。也有可能因為欣賞賈母而走火入魔。

賈母第一次正面宣告她的擇偶觀（擇孫媳觀）是在第 29 回，是在與清虛觀張道士對話中直言不諱簡明精當地表述出來的。

她說她不看重門第。「不管他根基富貴」，「便是那家子窮，不過給他幾兩

銀子罷了」。讓她興奮的重要元素是模樣和性格。「只要模樣配得上就好」,「只是模樣性格難得好的」。

她心中有一個樣板,秦可卿。第五回說,秦可卿是賈母重孫媳婦(實乃晚輩媳婦)中第一個得意之人。為什麼?秦可卿「生的嫋娜纖巧,行事又溫柔和平」,「是個極妥當的人」。這正是「模樣性格難得好的」那種樣板女子。

賈母的理念與判斷,在被正面宣告之前,作家已借助尤氏之口做了一次「預告」。那是第10回,在尤氏與璜大奶奶對話中完成的。對話中說到秦可卿病情,說到自己的煩心焦慮,說到對賈蓉的百般叮嚀和儆省:「倘或她有個好歹,你再娶這麼一個媳婦,這麼個模樣兒,這麼個性情的人兒,打著燈籠也沒地方找去。」

賈母與張道士的對話是不是虛晃一招兒?不是。不是敷衍,不是做秀,她沒有必要說假話糊弄張道士。

我對同學們說,我們不能因為賈政娶了王夫人,賈璉娶了王熙鳳,就以偏蓋全,把賈母和賈府(「文」字輩以上的和已婚「玉」字輩都在內)為兒孫擇偶的理念讀走了樣。比如:

賈珍與尤氏的婚姻。寧府是長房,賈珍雖然不成器,但畢竟是長房長孫,是現任的族長。尤氏雖說是續弦,也是名正言順的世襲朝廷命官之妻,是名門望族的族長夫人。但從她繼母轉嫁尤門的婚史中;從榮府兩個下層婆子只顧瓜分「老祖宗千秋之日」的豐盛「樂果」而不理會「東府奶奶」的「傳話」甚至口出狂言頂撞其貼身丫鬟的非常態衝突中;特別是從尤二尤三至辱至慘的悲劇遭際中;可以體悟到尤氏家族沒什麼「根基富貴」,尤氏的娘家人在賈府主僕心目中無足輕重。請注意啊,尤氏家族不行,門第不行,卻並不影響尤氏成為寧榮二府族長之妻。

秦可卿與賈蓉的婚姻。秦可卿的身世家庭,是忽略「根基富貴」之最,不贅。劉心武的「秦學」是一位聰明小說家的藝術再創造,與《紅樓夢》風馬牛。

賈赦與邢夫人的婚姻。賈母長子賈赦的結髮妻子,語焉不詳。繼室邢夫人的家族,也是談不上什麼「根基富貴」的。她娘家原本小康,如今更已落拓不堪。親生兄弟邢大舅已淪落到「家中艱難」,夫妻攜女進京投奔邢夫人,打秋風。他過高地估算了邢夫人的權勢,原指望「邢夫人與他們治房舍,幫盤纏」的,不料統統落了空。要之,赦邢婚姻也與「根基富貴」毫不相干。

薛蝌和邢岫煙的訂親,是《紅樓夢》中最純粹最美麗的姻緣故事。他們不

屬於寧榮二府，但他們的聯姻卻是賈母為代表的賈薛兩府長輩（邢夫人除外）擇偶理念的薈萃。首先是薛姨媽不俗，她一眼就看中了邢岫煙，喜歡她「生得端雅穩重」（又是模樣性情），「且家道貧寒，是個釵荊裙布的女兒」，便欲說與薛蟠為妻。只「因薛蟠素習行止浮奢，又恐遭踏了人家女兒」，方想起侄兒薛蝌，認定薛蝌邢岫煙二人「是一對天生地設的夫妻」。於是謀之於鳳姐。鳳姐儘管厭惡邢大舅夫婦並和邢夫人之間存在婆媳鴻溝，但畢竟欣賞同情呵護邢岫煙，於是便謀之於賈母。賈母當即笑逐顏開，「硬作保山」。並叮囑尤氏一定把這件事辦得妥妥的（第五十七回）。薛蝌邢岫煙與賈府賈母毫無血緣關係，賈母尚且堂堂正正「硬作保山」，赦珍蓉三代血親的婚事自當與賈母的臧否取捨息息相關。

這四樁婚事都不是孤立的，它們從不同角度證明了賈母與張道士對話中強調的「擇媳」興奮點，是真實的，慣性的，恒定的。只有「有和尚說了，這孩子命裏不該早娶」，或許有點兒敷衍張媒人的味道。

回到賈寶玉的婚事上來。我和我的學生在課上課下的閱讀中，有一個發現，至少是一種感覺，在賈寶玉的婚事上，賈母，前八十回中的賈母，明顯處於一種猶豫拖延狀態。即使相信和尚「不該早娶」的箴言，也可以揣摩，物色，商量，乃至定親嘛。可是除了第 57 回有一段偶發的模糊文字外，賈母始終懸置著這件榮府的大事，即使與王夫人，王熙鳳，也從不談及。她猶豫，她拖延，她等待。她等待那個模樣性格都難得相配的女孩兒出現。她等待一個「兩全」而不是「兩傷」的機會。或許當年對邢夫人的選擇（一個德不配位的兒媳）挫傷了她的自信？在賈寶玉的擇偶大事上，她顯示出異乎尋常的沉穩。她有一個深層的內心糾結：在釵湘黛一干「各美其美，美美與共」的女孩子中間，林黛玉無疑是她最牽掛最心疼的外孫，但卻不是她等待的那個最適合賈寶玉的配偶。至少林黛玉的性格不是她等待的最佳人選。「我這老冤家」「偏生遇見這麼兩個不省事的小冤家」，「真是俗語說的『不是冤家不聚頭』」。自己委曲抱怨得哭了。雖然這絕不影響她對外孫女無與倫比的疼愛，可是她不能選擇一個時不時鬧騰一下的小冤家做她的孫媳。她在等待一個機緣，一個既能成全賈寶玉卻又絕對並不傷害林黛玉的機緣。

後四十回續書的作者不懂得賈母，讓賈母參與了偷樑換柱的陰謀。這不僅誘發了她嫡親外孫林黛玉的猝亡，也傷害了嫡孫賈寶玉，褻瀆了無辜的「山中高士」薛寶釵。

　　寶釵早已是個客觀存在了，論模樣僅次於秦可卿，已被曹雪芹推到「群芳之冠」「任是無情也動人」的層次上去了。論性格，更是作者筆下「品格端方」「行為豁達」的大氣大度淑女，賈母也一向「喜她穩重和平」風範。假如賈母有半分貪圖富貴之心，假如她沒有那份深邃的、期盼兩全而不可得的憂患情結，何以在前八十回，始終不把這個模樣性格俱佳的女孩放在為寶玉擇媳的視野之中？

　　續書作者殘忍地誤讀和委屈了賈母，也悖逆了曹雪芹的藝術風格。用我學生的話說，曹雪芹不會設計出「釵嫁黛亡」讓紅白大事同一天甚至同一時辰發生的淺薄故事。

　　胡：是這樣的。劉先生，通過您給我們舉的一個教學設計案例，我們能夠比較明確的體會到您前面說的這四點，尤其是第一二兩點——於不疑處有疑和讓材料說話。我想，您多年的教學經驗和鮮明的例子，對我們現在仍然比較受關注的《紅樓夢》教學還是很有啟發的。

　　胡：因為您這麼多年教過的學生人數非常多，我也想通過您瞭解一下，從學生的角度來說，在閱讀《紅樓夢》的時候，有什麼非常難以接受或者難度較大的地方？他們有沒有這樣的反饋？您是怎樣跟他們一起去解決這類問題的？有沒有這方面的例子或者話題可以聊一聊的？

　　劉：您這個話題特別好。我沒有從理念上梳理過，只是明顯感覺到有兩個不同的時段。

　　我接觸到的學生都是 1958 年以後進入大學的。他們對 1958 年以前發生的大事件大都沒有親身體悟，讀書範疇也參差不齊。文革前，有相當一部分男生直言不諱說不喜歡《紅樓夢》，說就是讀不進去。這和大文化背景以及他們個人的讀書範疇身世家世有關。經歷不同，學歷不同，心緒情緒不同，審美習慣不同，影響著與《紅樓夢》交流的親疏度深淺度。

　　從上個世紀七十年代末，特別是八十年代後，再也聽不到有學生理直氣壯說「讀不進《紅樓夢》」了。黑龍江有位礦工出身的知名小說作家，曾獲全國短篇小說一等獎的，就曾公然宣稱，他生活的「任何一個村子裏的波瀾，都比《紅樓夢》複雜得多」（已見諸省作協出版物）。所幸我那些來自兵團農場農村的京津滬浙哈的知青學生，沒有發出過類似愚鈍無知的聲音。

　　但真正走近曹雪芹，走進《紅樓夢》，看懂和體悟到這部大書的豐厚性復合性，還是不容易的。不是細讀文本（甚至精讀三五遍十多遍）就可以解決

的，需要一系列古今中外學識，素養，閱歷，甚至年齡作為鋪墊。

您說的難點與困惑，所在多有，而且，直到我退出講臺前後，都沒有滿意的結論。不僅是學生，我作為教齡夠長的老師，在《紅樓夢》的老大難題目面前，仍有一種把握不住琢磨不透的惶恐。比如，都認同《紅樓夢》的豐厚性，究竟豐厚到什麼程度？都認同它的新鮮性，究竟新鮮到什麼程度？都認同它的恒久性，並為它的「永遠」而震撼，這種恒久與永遠的當代性又在哪裏？到了什麼程度？換個說法，一切濃鬱的，冷漠的，熱切的，苦痛的，高貴的，卑劣的，健康的，畸形的氛圍和情緒，大都不動聲色地呈現出來，幾乎不暴露精心設計精心編織的軌跡。我們能從容地走進去，又清醒地走出來嗎？

退休前一年，我給一個僅有 20 名學生的試驗班講專題課，曾作過如下嘗試：抽出幾段文字，有敘述語言，有人物語言，有世態，有人情，來體味曹雪芹的敘事風格，以及他獨特的豐厚，新鮮，永恆。

比如，第 42 回薛寶釵在與林黛玉對話中，漫不經心似的，發出近乎石破天驚的一種見解（在其他小說名著中沒有出現過）：

> 男人們讀書明理，輔國安民，這便好了。只是如今並不聽見有
> 這樣的人，讀了書倒更壞了。這是書誤了他，可惜他也把書糟蹋了。
> 所以竟不如耕種買賣，倒沒有什麼大害處。

這幾句話不是在鄭重場合說出發來的，但卻超越了冷子興的評說。冷子興透視了賈府這個名門望族的衰微，歷數了賈府男人的一代不如一代，薛寶釵否決的則寬泛得多，可以理解為賈府內外的所有男人「們」，即「士」這個階層，統統被質疑了，還模糊牽扯到打造這個階層的書和制度。簡言之，曹雪芹借助這個博覽群書視野開闊女孩兒的語言，傳達了他自己的三層意思。

一、重申了主流價值觀的主流地位，但僅僅是一種輕描淡寫的重申。

二、著重對當下男人的生存狀態發出整體性質疑，或曰否定。

三、以至於，自知不自知地與比較開明的明清代思想家如王陽明陳確歸莊們相呼應，建議那些無力或無意於輔國安民的男人去為農為商，「耕種買賣」。認為，做農夫，做商人，即使不能馬上直接有效地輔國安民，倒也不致於造成大的禍害。

正如前人所說，「哲學家在理念中預見到的真理，那些天才作家卻能在生活中把它握住，並把它描寫出來」。（杜勃羅留勃夫《黑暗王國的一線光明》）

順便說一句，曹雪芹筆下的薛寶釵，不是一個堅守「停機德」的樂羊子妻

式的女孩兒。曹雪芹在「停機德」三個字前面加上了「可歎」兩個字。可歎她遇不到「好男人」，更可歎她對所有男士都失去了信心。當一代男人的絕大多數都變了味兒的時候，原本可能擁有「停機德」的樂羊子妻式的女孩兒，「樂羊子妻」們，也必定心灰意懶，改弦更張。

薛寶釵這幾句漫不經心的男人觀是不是有點沉甸甸的？

另，王熙鳳協理寧府的全部精彩，都被讀者評家爛熟於心了，我提醒試驗班同學關注琢磨一下第十三回末尾一小段文字：

> 因想：頭一件是人口混雜，遺失東西；第二件，事無專執，臨期推委；第三件，需用過費，漫支冒領；第四件，任無大小，苦樂不均；第五件，家人豪縱，有臉者不服鈐束，無臉者不能上進。此五件實是寧國府中風俗⋯⋯

鳳姐治理榮府也多有「當局者迷」的弊端，而且，她對寧榮二府必然衰微的前景，也缺乏「居安思危」的憂患意識。在關乎賈府存亡盛衰的大格局中，她遠沒有秦可卿的睿智與清醒。但作為一個頭腦靈動又多有經驗的榮府管家，她對寧府當下的腐敗種種卻能旁觀者清。

更有趣的是，寧府的五大弊端，讓我們當代人十分熟悉。曹雪芹對大家族衰頹趨向的理性認知，絕不僅僅停止在「好了歌」「好了歌注」「飛鳥各投林」以及「樂極悲生」「否極泰來」「榮辱自古周而復始」等籠統抽象的表述之中。「寧府風俗」五條，正是對他那一系列籠統抽象的理性認知的絕妙補充，是貼近具象化的可以捕捉的理性判斷。這種判斷的豐厚，新銳，普泛，是和永恆性當下性緊緊綰在一起的。看到寧府五條，足以儆箴一切家族一切集團一切上層機構或宗派勢力。這也是一種恒久性警鐘吧。

另，我還被秦可卿死前的「心願」和「定見」所震撼。我也曾提醒同學們特別關注琢磨「秦可卿託夢於鳳姐」這一小段不怎麼有趣卻十分銳利的文字。

啟示一，秦可卿生命雖然短暫，但卻是賈府唯一居安思危的主子。冷子興說賈府「如今生齒日繁，事務日盛，主僕上下，安富尊榮者盡多，運籌謀畫者無一」。他的評介整體看去是確鑿無疑的，秦可卿則是男女主子中間唯一的例外。資深男僕中的林之孝，也曾為榮府當下的困窘，向賈璉出謀劃策，且關涉到用人制度精兵減政這樣重大的話題。但其視角的寬遠度，還是受到身份的限制，與秦可卿的「心願」「定見」不在一個層面上。

啟示二，秦可卿關注的不是如何防治敗落，敗落已經不可逆轉，她的「心

願」與「定見」是「於榮時籌畫下將來衰時的世業」，「便敗落下來，子孫回家讀書務農，也有個退步」。用當今的口頭禪，一是考慮生存，二是考慮發展。生存之道乃「將祖塋附近多置田莊房舍地畝」，「便是有了罪，凡物可入官，這祭祀產業連官也不入的」。總可以為子孫們留下一塊以祭祀之名而賴以糊口的田產，即生存之道。生存下來之後，就要圖謀重振門楣了，讓敗落家族的子弟有個讀書進取的機會，這便是，將家塾建於祖塋附近。

借著祖塋擴展田莊，借著祖塋建設學堂，便是秦可卿（曹雪芹）居安思危，深憂遠慮，以託夢方式提出的「常保永全」的兩大「定見」。

啟示三，可歎秦可卿的運籌謀劃從一開始吐露，就全然落空了。她選錯了叮囑對象。不，她壓根兒無人可選。在寧榮現存三代男人中，沒有人可以聽懂並踐行她的提案，甚至沒有人可能聽懂她的憂患。無奈，她選擇了王熙鳳。她誤以為這位才氣霸氣超人驚豔的媳子，較諸「文」「玉」「草」字輩三代男人「中用」呢。哪裏想到，在涉及家族命運的大話題上，媳子並不是她的知己知音。她的「敗落」警示和自救設計，統統對牛彈琴了。她是寧榮二府最清醒也是最孤獨的主子。有了這最後「定見」的不被理解和必然流產，秦可卿的悲劇性便更具有了立體全景縱橫交織的深邃。也增重了《紅樓夢》的豐厚新銳和永遠。

以上，是與本科生交流的難點和局限。

胡：現在比較受關注的是《紅樓夢》的整本書閱讀，不知道您關注了這個話題沒有，整本書閱讀其實跟您的《紅樓夢》教學，是有一些關聯度的，而且很可以從您的教學經驗裏尋找到一些借鑒。

但是整本書閱讀又有一個比較特殊的背景，它不是面向高等學校的，是面向初高中這些未成年學生的。要讀像《紅樓夢》這樣的，像您說的具有複合性豐厚性的經典名著，其實在實施上是很有難度的。

劉：何止中學生，大學生也存在整體把握的難度。對那些看《紅樓夢》不細緻的學生，我告訴他們一個很笨的辦法。要是沒有精神頭從頭到尾細讀的話，可以從第六回開始讀，把前五回放到最後讀。不，是把第一、二、五這三回，放到最後讀。避免一上來就看得矇頭轉向的，不得要領。所以我的基礎課裏邊，專門有一章，如何閱讀前五回。前五回難度是非常大的，一般讀者可能直接就被它打敗，在前五回上被打敗，就沒有辦法興致盎然地向下進行了。如果可以的話，就是說讓他們先從比較明晰的故事層面而不是整體結構的層面

去閱讀，去進入，難度可能少一點。

胡：整本書閱讀的推進，現在也是有各種各樣的老師提出各種各樣的方案。比如紅學界的像詹丹老師、俞曉紅老師，他們會提出很多關於《紅樓夢》的比較正向的閱讀設想，一定要去瞭解《紅樓夢》一些背景的知識，或者說是基礎的東西。但是現在困難的地方是在於面向中學生的時候，教學的方案怎麼去設計。在實施這個角度上，因為您有更多的這種教學實踐的經驗，可能會有更多的辦法。

劉：讓學生能夠把握全書，我只有一個死心眼兒設計，就是專門用一章解讀前五回。就算是閱讀導論吧。研究生以上的課程教學裏，這些內容都沒有。本科基礎課教學中，用兩個小時，先把前五回理出個頭緒，這樣學生就知道自己閱讀現在走到什麼地方了，到了哪個階段，那個層次上了。

胡：您說要給學生一個導讀非常好，您的導讀，具體是怎麼給他們進行講解的？

劉：其實也是很有難度的一件事，因為實際上就是要把一部「永遠說不完的」大書簡單化。

我給本科生導讀，就是捋一捋。我沒找到我原來那個比較完善的稿子，但是我找到一個更簡單的提綱，也是屬於導讀性質的，也不知道是何年何月與哪個年級或哪些同學交流的。

內容一共六條。

第一條是說，你可以把前五回當做創作宗旨、創作宣言來讀。即不一定要把前五回當作小說讀。開始讀的時候可能提不起興致來，雲山霧罩，不得要領。接下來，試著對前五回做一個簡單的提示，關注每一回的亮點，關注它的主題歌，每一回都有一個亮點或者是主題歌。假如你還是茫無頭緒，也不要焦慮，等讀完全書以後，可以再回過頭來再去琢磨前五回，就可能腦洞大開了。這是我說的第一條。

第二條，你隨時隨地會碰到賈寶玉、林黛玉、薛寶釵三個少男少女的情感糾結。他們三個的故事僅僅是這部大書的一條主要線索，是全書的一條明線，但不是作家唯一的創作主旨，更不是《紅樓夢》這部大書的唯一主題。主題是開放的，恢宏厚重的，多元多義的，「寓雜多於整一」的。

第三條，請特別關注一系列的大關節性質的事件。我們的身體有許多關節，但是總有那麼幾個大關節，這部大書也有大關節。我隨便說幾個，我覺得

這幾個大關節容易記憶，他們幾乎是一對一對的。秦可卿之死，賈元春省親，賈寶玉挨打，金鴛鴦抗婚，探春理家，尤氏理喪，抄檢大觀園，查抄寧榮二府（這八個大關節裏邊，後四十回我只舉了一件大事，那就是查抄寧榮二府）。這一系列的大關節、大事件，構建了《紅樓夢》空前渾厚，空前博大，空前深邃的藝術脊樑。《紅樓夢》的脊樑不是二玉二寶的情感悲劇，而是由這一連串的大關節大事件構建起來的。

第四條，請耐心細讀那些瑣碎零落的日常生活場景。比如說有一串生日都很瑣碎凌亂，其中篇幅比較長的是薛寶釵、王熙鳳、賈寶玉、賈母他們的生日。這四個人物的生日設計又是迥然不同的，請你注意它們的個別性，請你注意它們是各有各自的特別衝突特殊意蘊的。再比如說寧榮二府對時令節日非常看重，但每一次節日的氛圍卻變化莫測。請關注一下烏進孝交租是發生在哪個節日活動中？引發你哪些聯想？林黛玉、史湘雲、妙玉他們的詩聯句是發生在哪個節日的哪種氛圍中？引發你哪些聯想？劉姥姥三進四進榮府，先後聽到了見到了經歷到了一連串的看似瑣碎但卻不可忽略的人和事，這些瑣瑣碎碎七零八落的人和事又引發了你哪些聯想？一句話，曹雪芹是在貌似瑣碎凌亂的生活場景之中把人性人生都給撕裂了，揉碎了，整合了，而這些都是《紅樓夢》之所以雄宏壯闊、美輪美奐的藝術元素。忽略了，太可惜了。

第五條，再呼應第一條。就是回過頭來，再來細讀前五回。為了細讀前五回，我做一個非常簡陋的提示：

第一回，是綱中之綱，它的主題歌既是第一回的主題歌，也是全書的第一組主題歌。即一僧一道的《好了歌》和甄士隱的《好了歌注》。背熟了最好。

第二回，是冷子興、賈雨村兩個人物帶來的全局性鳥瞰。冷子興演說寧榮二府，賈雨村哲理地解讀賈寶玉。要特別注意「正邪兩賦之人」「異樣孩子」等經典詞語的出現。

第三回就是賈寶玉、林黛玉正面登場了。木石前盟這一悲劇揭開了序幕，賈寶玉的性格史也揭開了序幕。第三回的主題歌是西江月兩首，第一首是賈寶玉的生存狀態，第二首是對賈寶玉的價值評估。這是全書的第二組主題歌。

第四回，主要是第二女主人公登場，另外，涉及到所謂「護官符」，抄錄了四大家族的諺語口碑。其實，曹雪芹主要展開了賈府一個家族，史家王家薛家的大門從來沒有打開過。薛家的故事也是在賈府裏展開的。「四大家族」的諺語，不過是一個虛寫的大背景罷了，並沒有在情節運動中鑿實的展現出來。

第五回，借助賈寶玉的一個夢境，對書中重要少年女子的性情命運作出預言。14 首判詞與 14 支曲子是第五回的主題歌，也是整部大書的第三組主題歌。

最後一條即第六條，作一粗略歸納：這部大書，以前五回為綱要，寶黛釵情感婚姻悲劇為明線，賈寶玉性格史或賈府衰微史為暗線，一系列大關節大事件作為脊樑，瑣碎零落千姿百態的日常生活為血肉，用立體的網狀的結構方式，講述和展現了博大精深的人生悲劇，社會悲劇。

以上，是導讀提要。無奈而淺陋的導讀。

胡：謝謝劉先生。關於教學就先聊到這兒，這部分內容已經很豐富。關於《紅樓夢》研究，包括您的研究方法和您的寫作手法，您可以從這些方面給我們多講一講。您大約是什麼時候開始對《紅樓夢》感興趣的？

劉：接觸《紅樓夢》比較早，但「感興趣」卻比較晚。小學三年級到初中一二年級，正是一個精力充沛雜學旁收的年紀。從《西遊記》開始，然後是《水滸》《三俠五義》《說岳全傳》《大紅袍》《東周列國志》《兒女英雄傳》《老殘遊記》……最後涉獵到《三國演義》和《紅樓夢》。粗讀《紅樓夢》的時候，前蘇聯小說和西方十八九世紀文學名著也蜂擁而來，擠佔了課外閱讀空間。回想當年，面對一大堆「故事書」，讀起來最不順暢的就是《紅樓夢》了，沒有一氣呵成不忍釋手的那種興奮。這可能就是看不懂吧？

真正喜歡上《紅樓夢》已經是大學一年級了。是上世紀五十年代那場批判俞平伯先生的運動激發出來的。那是 1954 年秋末冬初，考入北大中文系的第一個學期。每週三十四節課，各科助教老師又各自下達了嚴整有序的必讀書參考書目。新鮮卻緊張的學習秩序剛剛開始。就在這樣的氛圍中，楊晦先生（正在講授「文藝學引論」）要求我們旁聽對俞平伯先生的批判座談會議。作為一年級學生，又是求知欲和好奇心爆棚的年紀，自然很珍惜這個既開眼界又長知識的學習機會。對兩位「小人物」挑戰權威的勇氣及其探索精神，無疑是十分關注並感佩由衷的。俞平伯先生面對批判的誠懇謙和卻又務實求是的風範，也讓我震撼並敬重。

從那時起，我開始迷上了研討《紅樓夢》的著述。最早的最具啟蒙意義的，正是俞平伯先生的少作（也是新紅紅學奠基之作）《紅樓夢辨》，還有王昆先生的《紅樓夢人物論》。

引領我走近《紅樓夢》的恩師是吳組緗何其芳兩位先生。1956 年，北大

中文系講堂上綻放了瑜亮論爭「美美與共」的奇葩，那就是吳組緗何其芳兩位先生共同講授了一門課《紅樓夢》專題。這門課，正是以五四級本科生即我所在的那個年級作為計劃內教學對象的。

吳何二位先生是摯友。但在《紅樓夢》某些人物論題的解讀上，見解則顯豁不同。於是，課下課上便展現出朋友之間異彩紛呈、深層交流、高調互補的坦蕩通透的學術氛圍。即使在蔡元培校訓依舊繚繞耳畔的上世紀五十年代，這樣的課堂教學，也是空前的，唯一的，不可重複的大家學術風範。時至今日，在當年同窗之間，在不同年級校友之間，在後來的歷屆校友乃至校友的學生和學生之間，吳何二位先生論戰紅樓的澄澈人品學品，已成為經典故事，一代又一代盛傳著。

吳組緗先生對學生的教誨和影響是多渠道的。一是課堂講授，二是講座傳授，三是一對一面授。我至今珍存著吳組緗先生長達三萬字的《論賈寶玉典型形象》鋼板臘紙刻印稿。在傳授讀書治學方法時，先生始終活躍著兩個興奮點：一是必讀細讀精讀熟讀原著，一是必須廣泛涉獵文史叢書。我明白先生的苦心。1978 至 1979 年間，我有幸追隨先生讀書兩個學期。先生送我劉知幾《史通》，我依照先生的囑咐開列了近期必讀重讀的文史筆記書目。拙文《嘉靖本三國志演義的曹操性格》(《文學評論》，1980 年第 2 期)《三國志演義嘉靖本毛本校讀札記》(《求是學刊》，1981 年第一、二兩期)《關於三國志演義的研究方法》(《文學評論》，1984 年第 4 期) 以及《聊齋誌異》系列論文提綱，都是在吳組緗先生影響下構建和完成的。

吳先生的教誨影響了我一生。從文本追溯到文獻，從文獻又回歸到文本，從不奢談文化。力爭每一點結論都無一句無來歷。我至今堅持著的還原批評，正是吳先生種植在我思維慣性中的，他讓我有一種定力，去拒絕浮躁，拒絕泡沫，拒絕雲山霧罩和花拳繡腿。

在撰寫本科學年論文的後期，我有幸接受吳小如先生的耳提面命。小如先生是繼游國恩（先秦兩漢）林庚（隋唐五代）浦江清（宋元）三位名師之後，為我們年級講授明清文學史的。吳組緗先生是這樣介紹小如先生的：「他學識淵博。小學工夫和思辨能力兼優。」小如先生的課從學術內涵到表述風格都深受學生們喜愛。學年論文的選題是學生自己選定的，指導教師則由系裏指派。也就是說，從選題到提綱到初稿的過程中，學生可以自作主張，自然生長，七扭八歪，原始模樣。初稿完成上交「系辦」之後，才知道，我將在小如先生指

導下修改並定稿。我的選題是《說紅樓夢丫鬟世界》，一個很幼稚，大而無當的題目，內容的泛泛和淺浮可以想見，篇幅超常卻又不忍割捨。去聆聽教誨的那一剎那間，自信心降到了零，只好拽著張虹（班上第一才女，武漢大學出版社總編崗位上退休）陪綁。然一向思維銳敏言談犀利的小如先生並沒有一上來就從根子上開刀，而是繞開中心話題只談論文字表述，揚長避短地鼓勵我說：「文筆不錯，簡潔，通透，清新。都想當作家是不是？有文字基礎。」氣氛放鬆下來之後，才對題目與內容的諸多不妥一一作了指教。待到自己長大成人特別是人到中年，有條件大量閱讀小如先生在清華燕京北大讀書期間的「少作」之後，再回想當年那篇學年論文，愈加慚愧得無地自容。可以想像，當年應該還屬於中年才俊的小如先生，滿腹經綸，生機勃發，審閱我如此平庸浮泛的學年論文該是多麼鬱悶？

上世紀八十年代初的一個春天，牡丹盛開的季節，洛陽召開了全國《三國演義》研討會暨學會成立大會，會上，幸遇恩師吳小如。我帶去的文稿是《關於三國志演義的研究方法》，兩萬多字，一篇不指名道姓的答辯文字。晚飯時我送先生審閱，先生掂了掂（分量）說：「這麼長啊，我不看。」第二天早餐桌上，先生高興地說：「昨晚只想翻翻的，沒想到一氣看完了，輕鬆，不累人。」沒等我回過神來，又說：「你寫文章是不是有意學我？」然後，像學術警督似的，從分寸感、精確度到語意重複等弊端，細大不捐，一一濾過。我簡直振奮極了。

外子陶爾夫在世時，向小如先生請教較勤，先生也總是有信必覆，撥冗賜教。在 1985 年 11 月 6 日的信中，先生談及「新方法熱」，寫道：

> 真正有學問根柢的人，並不怕什麼新潮。王國維治史學與戲曲史的方法並不新（新的倒是他的紅樓夢和詩詞觀點），依然寫出權威之作。章炳麟實亦漢學家，至今其學仍在影響著當代學術。蓋章之弟子有周氏兄弟及黃侃、錢玄同等，周氏兄弟姑不論，黃侃弟子如程千帆、陸宗達，至今仍在講壇。他們的研究成果我相信是可以永遠有價值的。

> 一個人學問越大，功底越厚，修養越深，他創新的面貌才越加與眾不同。

> 我一生不信別的，只相信「多讀，熟讀，細讀」六字真言。

胡：明白了，劉先生，就是說您在北大讀本科的時候，在名師影響下，您

對《紅樓夢》有了一定的興趣，但是顯然好像離真正的研究還有距離。當然您肯定是文筆非常好，肯定是非常優秀的學生，我看那也是過了蠻長的一段時間之後，您才開始真正做學術研究和做《紅樓夢》研究的。

劉：是的。我真正進入研究狀態，已是中年以後的事了。所以，我一直仰視蔣和森，還有大師兄陳毓羆，劉世德先生。他們從二十歲出頭，就連綿不絕地發表論文了，而且寫得很漂亮。

胡：我看您的第一篇《紅樓夢》的文章，是在《紅樓夢學刊》發的，應該是 1986 年，不知道是不是準確。

劉：那是紅學刊發表的第二篇文章，也是最簡短的一篇，《紅樓夢主題多義性論綱》，約 12,000 字。第一篇文章是為南京一個會寫的，我拿到會議上的題目是《淡淡寫來及其他——〈紅樓夢〉描述大事件大波瀾的藝術經驗》。就是因為這個題目，一些與我同齡或比我年輕的與會代表，給我起了個臨時性綽號叫淡淡寫來。這篇文章大概是我認真思索《紅樓夢》的開始，很用心力。是用一個中年讀者的眼睛去觀察解讀《紅》藝術格調的。文字敘說也力求向「淡淡寫來」「淡淡帶出」靠攏。發在學刊 1984 年第二輯上。

我的研究起步真的相當晚，對《三國演義》《水滸傳》的琢磨略早一些，但發表論文也是 1980 年之後的事兒了。

胡：對，確實是這樣，感覺您的這麼多年的教學也是為您寫的這些文章打了一個非常好的基礎。所以後來您緊接著連續出的幾篇文章，包括但不限於《紅樓夢》的，實際上就是篇篇都是精品，我看都是發表在《文學遺產》《文學評論》這樣頂級的刊物上面了，應該是對您的成績的一個極大的肯定。

我看您文章的一個感覺，就是您非常尊重文本，而且敢於提出疑問，所以您的關於薛寶釵、賈寶玉和林黛玉的那三篇文章，都是和我們一直想像的或者是文學史教給我們的三個主要人物的定位有很大的不一樣，但是又非常合理的，是從文本中走出來的人物形象。

就像您說的，我覺得您一直通過文本去還原原著中真實的人物，而且從這個裏面我感覺您是有一定的方法去做研究的，您能不能給我們談一下？可以拿您覺得比較合適的一篇文章做例子給我們談一下，或者是您也可以籠統的跟我們談一下，您是怎樣進行這樣的一種獨特的研究，其中的這樣的一個來龍去脈和思路是怎麼樣的？

劉：你這麼說對我是一個鼓勵。關於方法，恰恰很難以回答，因為除了吳

組緗先生的兩個「必須」和吳小如先生的六字「真言」之外，我沒有癡迷於一定要執著地追求用一種什麼傳統的或現代方法來引導自己，沒有一個很明確的方法的概念。方法熱確實有過一段，我也沒有熱進去，總之我沒有癡迷於方法。現在，中青年老師給我歸納說我是還原批評，他們想把我一個選集叫做「明清小說的還原批評」。說老師的書，應該叫還原批評，因為您主要的興奮點都在還原上。我不太去摳這些字眼，雖然有時候我用還原這個詞兒，但是我用它我也不管它怎麼產生的，怎麼演繹的，人家這個理念的原本含義的是什麼，我都不去管它，我用「還原」作文章標題時，就是還原到文本去，還原到稀有但鑿實的史料中去。就這麼簡單。這種思維慣性，與吳組緗吳小如兩位先生的影響息息相關。

我有一個沒有任何理論色彩的小而笨的具體操作方法。

這個方法大家都在用，中小學生也用，只是我的用法更笨拙一些。這就是記卡片與梳理卡片的執著卻又放鬆的過程。當我為解決某個困惑而重讀精讀文本的時候，卡片用得超多。每張卡片都不是滿滿當當的，一個人物的一件事一句話一個動作一種評說都分別寫一張卡片。不是有思路，有見解，有傾向的卡片，它們只是沒有關連的磚頭瓦塊。梳理卡片的時候，它們就像零碎散亂的積木，相近的，相逆的，模糊的，一張張，一串串在桌上床上擺開。感覺不對了，不流暢了，換一種方式再擺。擺卡片的過程就是一個有所思有所發現的過程，一些小感覺小見解有可能被激發出來。有點學術個性的獨特結論，也往往在卡片與卡片的相互關連、補充、撞擊過程中自然而然流淌出來。

以賈寶玉為例吧。我那篇寫賈寶玉的文章初稿較長，大刀闊斧地刪削，還剩下19000字。卡片告訴我，紛紛揚揚一大堆不肖，一大堆叛逆，其實，他並沒有與主流文化鬧僵，也沒有走出紈絝子弟泥潭。

比如讀書。上世紀五十年代以來，讀者評家大都特別看重賈寶玉的雜學旁收，這無疑是有依據的。賈寶玉的確把通俗讀物視為「珍寶」（第二十三回），除了幾番揣摩《南華經》，與林黛玉共讀《西廂》，還多次翻閱《牡丹亭》，還把茗煙收羅的雖不入流但文理細密的傳奇腳本放在床頂，無人時自己密看，等等。雜學旁收，影響到他知識結構的相對合理和價值取向的絕對複雜，對此的確不可漫不經心。

有趣的是他與「四書」的關係。《紅樓夢》突顯了「四書」的絕對經典地位。讀講背誦「四書」，帶著來自家長來自學堂來自社會氛圍的毫無商量餘地

的強制性。奇怪的是，賈寶玉對它卻並不反感。他不僅把「四書」排除在口誅筆伐火焚銷毀的對象之外，還情有獨鍾，有我們看不見的幕後操作，有我們看得見的相當不錯的掌握。第七十三回為應對賈政的突襲檢查而夜戰備考時有一段反思：

> 肚子裏現可背誦的，不過只有「學」「庸」「二論」是帶注背得
> 出的。至上本《孟子》就有一半是夾生的，若憑空提一句，斷不能
> 接背的；至「下孟」就有一大半忘了。

可見，賈寶玉對「四書」的掌握程度相當可觀。《大學》《中庸》《論語》三種已滾瓜爛熟，帶注背得出，只有《孟子》的工夫沒有到家。瞭解賈寶玉的讀書狀況十分重要，兩種或兩種以上的書本知識書面文化都被他兼收並蓄了。倘要討論賈寶玉與主流文化的關係，接受或揚棄，承傳或超越，有必要從兼收並蓄現象開始。

再比如社交。在相當長的時段中，評家讀者同心同德讚美賈、秦、柳、蔣情誼，不怎麼關注賈寶玉社交活動中另外兩個耗時更多的層面及其情緒。他的社交活動大體層面有三。被動被逼的官場社交，同聲同氣的紈絝社交，自覺自主的平民賤民社交。

與梅翰林慶國公等的禮儀性過往屬於第一類，雖然其起因帶有強制性，但他並沒有格格不入形單影孤的苦悶，相反，還或濃或淡流淌出一種因備受寵愛而躊躇滿志的得意心態（第十四、十五、二十四、四十三、七十八回）。

與薛蟠馮紫英們渾渾噩噩的遊宴活動，屬於第二類。其內容純屬花天酒地聲色犬馬。對此，賈寶玉不僅隨和，也很投入，且善於周旋，也如魚得水，即使捲入平庸低俗污言穢語的嬉戲之中，也看不出不適不快的尷尬和如鯁在喉的不安（第二十六、二十八諸回）。

在第三類社交即與秦、柳、蔣的自主交往中透發的無視門第無視富貴無視功利的人性美人情美，已被讀者評家爛熟於心，但其中的「俊友」情結（「不因俊俏難為友，正為風流始讀書」，第七回回末詩）依然摻和了紈絝時尚風習。

在討論賈寶玉種種「不肖」和「過渡性元素」的時候，也有必要關注他社交活動中與一般貴族紈絝的同一性，即他並沒有擺脫貴族紈絝的通病。至於北靜玉與賈寶玉的相互欣賞，倒是俗中有雅，主旋律明淨清澈，不宜妄議。或許是曹雪芹對人際關係的一種特別體驗？

以上「讀書」「社交」兩例，正是以「笨方法」梳理出來的。但這還不是

賈寶玉「主打」生存狀態。

賈寶玉主要精力與時間都消耗在賈府內部特別是大觀園的日常生活中去了，這就是薛寶釵嘲諷調侃的「無事忙」與「富貴閒人」兩大常態。拙文《賈寶玉生存價值的還原批評》對這兩大常態的追味和解讀，也是以梳理相關卡片做基石的。不贅。

胡：您看書真的是非常細，文本細讀或者閱讀文本誰都能做到，但是做到在讀的過程中不斷的去追問，不斷的去圓滿，這還是需要很深的功底的。

雖然您之前說您沒有方法，實際上我覺得您這個方法是最根本的方法，就是不管是寫文章還是做學問，還是抓住了最原始的最根本的東西的一種方法，比起各種各樣的先在的理論方法來說，這實際上是貌似簡單，但最難也是最高級的一種方法。

胡：下面咱們聊聊您認識的紅學界的朋友好嗎？您雖然近期參加的紅學活動比較少，其實早期的時候您還是參與了不少重要活動的。您和不少先生那時候都還是中青年學者，你們的交流情況是什麼樣的呢？

劉：那個時候，八九十年代，學術氛圍好，老中青學者都緊張快樂的各忙各的，只有參加學術會議那幾天才能見個面。開會期間，主辦單位的朋友，名人代表們，也都繁忙得眼花繚亂，少有個別交流的機會。另，我這個人也從不善於主動向師友們請教，這是我一個性格弱點。對特別善於主動交往特別是頻繁向知名學者求教的中青年學者，我甚至不太習慣。有一位上海某校的年輕老師，活躍大方，會下幾乎從來不曾回房間小憩，她珍惜每一刻與學界名家交流的時機，每次回到房間總會帶回她的收穫，贈書或書法作品等。後來她在《紅樓夢》研究上確有大的長進，有幾篇文章頗受讚賞。

我喜歡馬瑞芳，她給我留下很深印象。她性情開朗，大事小情都很瀟脫。她的散文寫得很美。三部長篇小說也有較強的可讀性，尤其是第三部《感受四季》對高校的世俗化官場化商場化反映銳敏，有分量。近年來問世的《豆棚瓜架婆婆媽》是記實散文集，不遺餘力地謳歌她的婆婆，一位無私奉獻令人尊敬的老人，這也增重了我對作者馬瑞芳的喜愛。

北師大鄧魁英老師是與會學者中一位令人尊敬的長者。總有幾位弟子追隨左右。弟子們來自地北天南，師生情校友情和研治《紅樓夢》的熱情把她們凝聚在一起，肝膽相照，如影隨形，是學術會議中一道美麗景觀。鄧老師十分幽默，在大會發言中她不動聲色地講述了在京哈快車上與鄰座旅客的友好

對話。鄰座旅客問她，您去哈爾濱出公差？她說，去開會。又問，開什麼會？她說，《紅樓夢》研討會。鄰座們幾乎同時問道，為一本書，開一個會？她簡明回答了旅客們的困惑，旅客們卻更想不通了。怎麼一本書開一次會還不能了斷，還要成立學會，還得三年五載再開它一次會？鄧老師輕鬆愉快地訴說了她在火車上與旅客們對話之後，十分嚴肅地在會上說，我一直憋著，沒告訴他們，別小看了《紅樓夢》，很多人都要靠它吃飯，它是不少人的衣食父母哪！

我與莫逆之交呂啟祥的相識並默契，全然是八十年代《紅樓夢》研討會的神秘機緣。啟祥和我不是同鄉同門或同事，蹊蹺的是，出生年月，讀書地點，人生閱歷，價值取向，性情志趣等出奇的相同或相似。她在一篇格調極其活潑的文章中著力鼓勵我，說我是她在學界的第一朋友，我特別感動也由衷慚愧。其實，我與啟祥互為知音知己的源頭是從互為第一讀者開始的，可惜沒有深度交流密切合作的機會。在研討會議之外，我們只有一次相約旅遊，在旅途中分享晤面的欣喜。那已是「從心所欲不逾矩」的年齡，突發奇想，去北疆漠河看看極光。極光自然難以看到，卻看到了啟祥的先生，中外歷史名著《沉默的道釘》的作者，著名美國史專家黃安年教授。他作為護花使者，攜帶著輕便網絡設備，參與了漠河境內的考察。

胡：我插一句，就是一感想，覺得兩位先生的文章，雖然不是說一樣，但從文章中能夠看出，有某種精神氣質上相似的地方。就是感覺而已。

劉：對，啟祥更理性一些，理論修養理性精神更堅實，文章的引領性發現性甚多，哲理演繹色彩也更濃鬱。我比啟祥則多了一些婆婆媽媽。

胡：您是更細膩一些。

劉：劉上生教授新近完成了一篇十分客觀十分謹嚴的讀書心得《新時期〈紅樓夢〉文本闡釋的典範之作——重讀呂啟祥〈人生之謎與超驗之美〉》，他在文章提要中說：

> 呂啟祥在《人生之謎和超驗之美》率先提出一個引領性的新課
> 題，探索了一條創新性的新思路，是新時期文本闡釋的典範之作，
> 也是作者自我超越的標杆性著作。〔註1〕

還有必要讓當下與後世的《紅樓夢》愛好者知道，呂啟祥和紅研所的老一代學者，為紅學基礎工程的堅守、充實、更新與提高（以《紅樓夢》新校本第

〔註1〕《紅樓夢學刊》，2022年第5輯。

一版至第四版與《紅樓夢大辭典》的創制與修訂為代表），默默奉獻了整整四十七年。其間的殫精竭慮嘔心瀝血，是難以言表的。啟祥的親密學術夥伴大都成了古人，她也從清麗苗條的青年才俊變成了白髮蒼蒼瘦骨嶙峋的耄耋老人，可喜的是思維依然敏捷深邃。她是我至為感佩卻又至為心疼的人。

說說我的校友張錦池以及與他不離不棄的幾位師友吧。張錦池比我晚四年入學，晚五年畢業（他是五年制），畢業後也分配到黑龍江，在哈師大中文系任教。由於我癡長他一歲，又早畢業五年，就忝列大師姐了。上世紀七十年代後期，錦池被借調到北京，跟北京的朋友一道整理《紅樓夢》新校本。在這個過程中又認識了許多新的師友。用他的話說，有兩個影響力超大的學術團隊。一個是中國社科院文學所的師友們，當時與《紅樓夢》研究關係密切的是鄧紹基、陳毓羆和劉世德幾位年輕的資深專家，他們的文章都很堅實，很漂亮，從而很引人矚目。當時社科院還有一個《紅樓夢研究集刊》，由上海古籍出版社出版，是不定期的，學術質量高，口碑不脛而走。先後出版了 14 集。2010年改為《紅樓夢研究輯刊》，在上海創刊，立足上海，面向全國，由香港文匯出版社出版（出版了 12 輯之後，發布「停刊啟事」）。北京方面的第二個團隊就是參加新校本工作的朋友。大家是從地北天南彙集到一起的，以年輕專家為主，資深學者是馮其庸、李希凡兩位先生，他們是領軍人物。兩個團隊的師友對來自北疆的張錦池都很關照。

那個時段，我與其中的四位接觸稍多一點，社科院那邊的陳毓羆劉世德兩位學長和新校本這邊的胡文彬、張慶善老師。

與劉世德學長也是令人尊敬的師長有書信往來，這與《三國演義》有關。世德先生是「三國演義學會」的發起人，我參加了一些《三國演義》研討會。作為師長與會長，他對後學寬厚包容並多有鼓勵。後學也非常喜歡他的研究視角和氣度風采。我因多種緣由很少參加全國性研討會，記得在山西清許縣的一次研討會上，世德先生致辭中說到本次會議「三大特點」時，幽默地說，「第三個特點是劉敬圻教授出席了本次研討會。」讓我既慚愧而又有親切感。我對陳毓羆先生的深刻印象源於他對我的批評指正。記得是 1986 年的一次紅研會，我大會發言（其實是宣讀論文提要）下來之後，陳毓羆先生直言不諱地說，以後你再發言，不要像講課一樣侃侃而談，語氣要和緩輕柔一點兒，可能更吸引人，更有魅力。這件事讓我非常感動。他還讓我把文章投給《紅樓夢研究集刊》，我說學刊有一位編輯鄧慶佑先生，他把稿子拿去了。陳毓羆說那很

好，都是一樣的。陳毓罷學長學識淵博，性格內斂。讀他與世德學長聯合署名的與吳世昌前輩商榷的系列文章，心情特別愉快。可歎他作古太早了。

胡文彬老師給我的印象十分親切美好。他在一部部研紅著作之外，對紅學曹學的普及與傳播做出一系列看得見和看不見的具體堅實的貢獻。哈師大主辦的全國性的國際性的海峽兩岸的三次紅研會議，都得到社科院文學所和文化藝術研究院紅研所的鼎力相助，其間，胡文彬腦力體能的付出與消耗程度，絕不亞於當事人張錦池〔註2〕。他是一位肝膽相照，兩肋插刀的朋友。

87年《紅樓夢》電視劇被當下批評家推崇為經典了，但播出的當年（您年紀小還沒有親身經歷過），幾乎一片挑剔聲，左看右看都是毛病，從改編到演員。演員裏邊好像就是演王熙鳳的獲得了讚賞。現今把陳曉旭的林黛玉捧到九霄雲外去了，當年的輿論可是很刻薄的，從外型到氣質都認為沒有選對人。可能與期待過高有關？電視劇熱播不久，我收到一封在香山（西山？）召開電視劇研討會的通知，當然不止於研討，也安排了一些有意義的藝術演出和參觀活動什麼的。往返吃住經費全包。邀請信是文彬老師寄出的，我意外感動。結果是，我放棄了這次赴會學習的時機。一則時間上有些調撥不開，但更重要的是性格障礙。覺得自己的「存在」狀態與這個會議不搭。參加電視劇研討的肯定是一些感知新銳言行活躍的人吧，像我這麼純粹的書呆子，即使能長見識開闊視界，總還是太「隔」，太邊緣了。我不願意也不忍心給文彬老師添亂。

胡文彬還獨出心裁，籌辦了女紅學家紅學研討會，時間是在2002年中秋，地點北京。為這個會，他絞盡腦汁，準備了多年。籌劃資金，設計主會場，安排參觀考察路線等，一個小型，緊湊，內容豐盛，環環相扣，活潑靈動的會。您當時還是研究生吧？自然身兼兩職，既要提供論文，又要全過程參與組織接待等辛苦事兒，快樂的義工。那次溫馨別致的會也我也沒能全始全終，黑龍江那邊的博士論文答辯招呼我返程，我無緣領略會議中後期開放式考察座談的舒暢與教益，遺憾至今。

祝福胡文彬先生在清皎的天國裏，不再勞累，靜謐安好。很感恩有過胡文彬這樣透明坦蕩高義薄雲的朋友。

我與張慶善沒有個別性交往，但我喜歡他的性格。他有一種永遠的平和，恬靜，大氣，安詳，像是與生俱來的自然屬性，如同他聚餐桌上總要點一盤雞

〔註2〕附錄一：拙文《性情中人張錦池教授瑣憶》第4節。「三次『首屆』紅樓夢研討會」。古代小說網 2022-02-24 07：07。

蛋炒西紅柿那樣。

1996 年深秋的一天，我突然收到他一封情義兼備的手寫公函，並附上拙文《賈寶玉生存價值還原批評》大樣。我懵了。賈寶玉文稿沒有打印過，只有唯一的一份手抄稿，二十多天以前寄往《文學評論》編輯部了。《文學評論》原則上不發表《紅樓夢》文章，但副主編胡明在覆信中說，這篇文稿所涉及的諸多問題已超出一部名著、一個人物的範疇，有較寬闊的探討空間，他認為可以用於雙月刊。怎麼轉眼間唯一的手抄稿便「飛轉」到《紅樓夢學刊》並排出「大樣」了呢？從慶善的信中，我看出了一個乖張卻溫馨的故事。多年之後，這個故事已經被我寫入紀念《文學評論》創刊 60 年的約稿中〔註3〕。為了記下慶善的情義，摘錄如下：

> 1996 年秋，拙稿《賈寶玉生存價值的還原批評》修訂擱筆。文章較長，過程很苦，難免敝帚自珍，有點偏愛。半是清醒半是混沌狀態中寄給了胡明。胡明先生倒是覆函迅捷，沒在意沒責怪我思慮不周，只是說《文學評論》這些年來原則上不發表《紅樓夢》文章，有專刊嘛。不過，賈寶玉一文所涉諸多問題已超出一部名著、一個人物的範疇，有較寬闊的探討空間，他個人認為可以用於雙月刊。看來，讓胡明先生為難了，他力爭留用的誠懇之心讓我愧疚。

> 大約過了兩周吧，突然拜收《紅樓夢學刊》主編張慶善先生大函，內附賈寶玉一文的大樣。我瞠目結舌了。明明只有一份手抄稿，明明是寄往《文學評論》還收到胡明先生覆信的，怎麼轉眼間就變成了紅學刊大樣了？於是緊忙細讀慶善先生來函。函中說了四層意思。一，「大作我已安排發到學刊九七（1997 年）第一輯。」二，「我見到胡明了，問他發不發，不發我可發了。我讓他們 11 月 15 日以前給我個准信」。三，「《文學評論》發《紅樓夢》文章並不容易……學刊發了也很好。以後再給他們寫」。四，「感謝劉老師對學刊的關心和支持」。

> 慶善先生年輕睿智，仁厚坦誠，在紅學界頗有聲望，我也喜歡他這個人和他主持的刊物。在眼下這一陰差陽錯的小小波瀾中，他

〔註3〕附錄二：《〈文學評論〉六十年紀念文匯》，《為了永不忘卻的紀念——我與〈文學評論〉文字往還中的溫暖故事》，社會科學文獻出版社，2017 年 9 月，第 190 頁。

能迅雷不及掩耳之勢把拙文發排在來年第一輯而且是論文類第一篇，其愛心和力度也令人感佩。但手稿的憑空飛轉之謎總讓我如墜五里霧中，且不說還有一稿兩投之冤呢。

　　接下來，先後拜收胡明先生兩函。兩函均以急切心情說明賈寶玉一文的走失緣由，並催促我以最快速度寄上一篇補救性文章。胡明先生在說明賈寶玉一文走向時，以親近朋友的口吻直指張慶善，說，「賈寶玉，幾乎是張慶善纏磨扯奪去的」，「似乎非拿到手才肯罷休」，並「稱他們已打出大樣，已將大樣寄給您了」，「如此拖拉幾番，最後我只得讓步」。

張、胡二位都是寬厚謙和忍讓包容的君子。他倆圍繞賈寶玉一文的對話，滿溢著為學術而學術的赤子之心。然而兩位君子卻共同迴避了一個節點，即胡明案頭唯一的一份手抄文稿，是如何飛轉到紅學刊的？這中間，是不是有一個他們共同的熟人？一位恪守著《文學評論》不發表《紅樓夢》文章的原則，卻不忍心讓此文泥牛入海的朋友？

把問號化作句號吧。

「友直，友諒，友多聞。益矣。」

「門內有君子，門外君子至。」

「君子周而不比。」

我已懂得並銘記了張、胡二位氣度雍容的風采。他們讓《文學評論》，紅學刊，作者，以及飛轉手抄稿的那位朋友，都得到了尊嚴。

「君子交有義，不必常相從。」《紅樓夢學刊》一些識見淵博氣度雍容的資深編者，無論在職與否，永遠是作者眼中心中記憶中表裏澄澈仙風道骨的良師益友。

〔跋〕還原：批評方法與思維路徑
——劉敬圻《紅樓夢》及古代小說研究的學術特色

劉上生

　　如果我們承認，改革開放四十年學界最根本的變化，是實事求是學風的恢復發展，那麼，劉敬圻在《紅樓夢》及古代小說研究領域一以貫之地探索和實踐以「務實求是」為宗旨的還原批評，其意義就決不可低估。這是我讀完劉先生《困惑的明清小說》、《說詩說稗》（說稗篇）、《明清小說補論》及其增訂本、《紅樓夢補說》等大著〔註1〕後的強烈感受。

　　《補論》，《補說》，平淡得幾乎讓人一瞥而過的書名，卻彰顯著一位資深古典文學研究專家、國家級教學名師數十年著述的特殊風骨和治學態度。因為是女性學者，更讓人想起《紅樓夢》「淡極始知花更豔」的詩句。劉先生長期致力於古代小說研究，於《三國演義》《紅樓夢》用力尤勤，卓見睿識，享譽學界。但正如呂啟祥《代序：第一朋友》所說：「敬圻之為人為文最令我心儀和折服的一點是她的低調。這種低調並非故作謙虛，亦非缺少自信，而是一種清醒的睿智。」用劉敬圻自己的話說，她是「在不斷發展但又持續浮躁著的學術環境面前」，「只能做一個恪守謹嚴、力求清醒的學生」〔註2〕。正是在這種

〔註1〕劉敬圻《困惑的明清小說》，黑龍江人民社，1990 年；《說詩說稗》（與陶爾夫合著），黑龍江教育社，1997 年；《明清小說補論》，三聯書店，2004 年（北京）；《明清小說補論（增訂本）》，北方文藝社，2016 年。

〔註2〕張笑雷、王婷《願您走過半生，歸來仍是少年——專訪劉敬圻先生》，載《黑龍江大學報》，2017 年 12 月 15 日，第 687 期。

「恪守謹嚴、力求清醒」的自律性「低調」中，她尊師重道，潛心探索，終於找到了富有個性和創造性的古代小說批評方法和思維路徑。

一、探索求是之路

歷史的軌跡並不像回頭看時那麼清晰，身處其境的人們感受到的倒常常是迷茫和混亂，尤其是在轉折時期。劉敬圻1958年從北京大學中文系畢業後，同夫君陶爾夫一起，扎根北國邊陲，辛勤耕耘六十載。他們這輩學者，作為老一代文史專家（如劉敬圻師從的吳組緗、吳小如）的學術傳人和新一代後起之秀的學術導師，是特定歷史時期名副其實的學術中堅和橋樑，擔負著既要為歷史曲折造成的學術亂局和斷層「撥亂反正」清理建設，又要對新的學術方向和門徑有所引領的繁重任務。在古代小說研究領域，文獻考證有傳統的實證方法可以繼承，而文學批評卻需要改弦更張。過去慣用的批評理念因其狹隘僵化遭到質疑，各種西方批評理論蜂擁而至，開拓了人們的視野，卻又出現食洋不化、生搬硬套之弊，商品經濟浪潮也衝擊到了學術領域，急功近利的浮躁之風披靡而至。面對這種複雜情勢，應該如何為自己選擇並為年輕一代指引學術道路呢？

著者的探索之路，始於20世紀70年代末80年代初活躍的學術論爭。一代學人思想獲得解放，呼吸時代新風，長期被壓抑的思維潛能得到迸發，形成極大的創造能量。劉敬圻從扎實的版本研究入手〔註3〕進入文本批評。她所寫的《嘉靖本〈三國志通俗演義〉中的曹操性格》《關於〈三國志演義〉的研究方法》《〈紅樓夢〉主題多義性論綱》等論文〔註4〕，以其獨到、深刻的見解贏得廣泛讚譽，也奠定了其「務實求是」的學術旨向。此後，她集中精力研究小說人物，發表了《劉備性格的深隱特質》《宋江性格補論》《薛寶釵一面觀及五種困惑》《林黛玉永恆魅力再探討》《賈寶玉生存價值的還原批評》等論文〔註5〕，並於90年代明確提出「還原批評」這一概念。與此同時，她給

〔註3〕 參見劉敬圻《〈三國演義〉嘉靖本和毛本校讀札記》（載《求是學刊》，1981年第1～2期）。

〔註4〕 劉敬圻《嘉靖本〈三國志通俗演義〉中的曹操性格》（載《文學評論》，1980年第6期），《關於〈三國志演義〉的研究方法》（載《文學評論》，1984年第6期），《〈紅樓夢〉主題多義性論綱》（載《紅樓夢學刊》，1986年第4期）。

〔註5〕 劉敬圻《劉備性格的深隱特質》（載《文學遺產》，1989年第3期），《宋江性格補論》（載《求是學刊》，1985年第1期），《薛寶釵一面觀及五種困惑》（載《紅樓夢學刊》，1991年第1期），《林黛玉永恆魅力再探討》（載《求是學刊》，

博士生開設了《明清小說還原批評》等課程，在本科專業基礎課教學中創造了激活學生研究潛能的「劉敬圻教學法」〔註6〕，寫作了一系列以還原批評為題和以還原批評方法研究古代小說的學術論文，如《〈紅樓夢〉女性世界還原考察》〔註7〕《〈水滸傳〉寓意的還原考察》〔註8〕、《賈政與賈寶玉關係還原批評》〔註9〕、《〈紅樓夢〉少年女僕補說》〔註10〕、《〈聊齋誌異〉宗教現象解讀》〔註11〕等，形成了集教學、科研、著述於一體的理論和實踐體系。

在《明清小說補論》的《後記》中，著者特意提到她一位多年教學與研究合作夥伴關於書名的匡正意見：「書名應該凸顯『還原』二字，用《明清小說還原闡釋》最為妥當。……作者數十年的研究主要在還原批評上嘔心瀝血。還原，是論著的核心元素。還原，是書之魂。」的確，還原批評是著者在數十年教學和研究中運用，為學生和同仁公認的創造性治學方法。

《黑龍江大學報》記者對其學術方法如此綜述：「走近文學本身，走近作家作品與文學現象的原生態，努力摒棄先入為主，摒棄一廂情願或自我膨脹。」「『堅守務實求是』是還原批評的第一要素。」「要重視材料重視到『竭澤而漁』的程度，大魚、小魚甚至是小蝦、籽泥都不能放過」；「要對材料進行『縱剖』『橫剖』，尋找作者的個性、文本的獨特性以及作品的不可替代性，在同時代、同類型的相似作品中尋找不同，以挖掘其之所以流傳至今的不可替代性和歷史渾厚性；最後一步是『如實描寫』，將得出的結論還原到文本本身，由表及裏、由外向內地『描寫』。」〔註12〕

學科教改檔案記錄了劉敬圻提出的培養科研能力四種思維慣性。這四種思維慣性是「於不疑處有疑」；爬梳文本，「讓材料說話」；縱剖橫剖的比較；「由外向內」，層層剝開。在本科階段注重培養上述能力，是為了進入更高層次「還原批評」課程和研究打下思維基礎，其間一脈貫通。——力求導引學生

1996 年第 3 期），《賈寶玉生存價值的還原批評》（載《紅樓夢學刊》，1997 年第 1 期）。

〔註 6〕趙琳《劉敬圻教學法在本科課堂培養學生研究思維中的應用》，載《黑龍江教育》，2018 年第 12 期。

〔註 7〕劉敬圻《〈紅樓夢〉女性世界還原考察》，載《明清小說研究》，2003 年第 4 期。

〔註 8〕劉敬圻《〈水滸傳〉寓意的還原考察》，《明清小說補論》，第 319～331 頁。

〔註 9〕劉敬圻《賈政與賈寶玉關係還原批評》，載《學習與探索》，2005 年第 2 期。

〔註 10〕劉敬圻《〈紅樓夢〉少年女僕現象補說》，《明清小說補論》，第 431～451 頁。

〔註 11〕劉敬圻《〈聊齋誌異〉宗教現象解讀》，載《文學評論》，1997 年第 5 期。

〔註 12〕《願您走過半生，歸來仍是少年》，《黑龍江大學報》，2017 年 12 月 15 日，第 687 期。

養成爬梳文本、「讓材料說話」的習慣。希望他們遠離浮躁，遠離泡沫，遠離對文本對古人的誤讀。——希望借助以上思維慣性（的培養），擺脫長期以來（包括當下改頭換面，新瓶裝舊酒式的）單維批評模式，力求養成一種立體、多維、多層面的、如同 CT 如同核共振般的觀察和描述習慣。〔註 13〕

由此可見，劉敬圻的還原批評並非一種抽象的理論模式，而是有其現實針對性的學風創新。其基本方法和步驟是：（一）「從事實的全部總和，從事實的聯繫中去掌握事實」。「竭澤而漁」地搜集和提供文本的原生態材料，包括正面和反面、明白無誤或模稜兩可的材料。（二）對材料「橫剖」（共時性）、「縱剖」（歷時性），「由外向內」地研究，以揭示其獨特意義。（三）用描述性與本質性融合的語言「如實描寫」，將結論還原到文本自身。很明顯，這不僅是一種批評方法，也是一種思維路徑。

二、爬梳材料和「橫剖縱剖」

「還原批評」的要義是「務實求是」，就小說而言，就是對「一本怎樣的書」「一個怎樣的人」「一個怎樣的故事」「有怎樣的涵義」等基本問題作出符合文本實際的回答。因而這種還原，不是毫無意義的原生態回歸，而是研究者特定視角的原生態考察，通過「由表及裏，由外及內」「貫散成統」的梳理，得出符合形象和文本實際的結論。

「讓材料說話」是還原批評的起點。這種材料，應該是「原生態」的。正如《賈寶玉生存價值的還原批評》一文所說：「梳理文本中提供的那些明白無誤或模稜兩可的材料，即原生態，盡量箝束讀解過程中的提純情懷與再創造欲望——提供盡可能保持原汁原味的原材料。」

賈寶玉形象研究累百成千，在此以前主調是拔高上升。雖然已有張畢來《賈府書聲》《紅樓佛影》〔註 14〕等務實論著，但自覺地從批評方法上別開生面，劉敬圻有首創之功。文章開宗明義，把論述內容限定於賈寶玉作為「男人」的生存價值，這個視角頗為獨特。而後又分別進行「賈寶玉生存狀態的還原考察」和「賈寶玉文化歸屬的還原考察」。以生存狀態的還原考察為例，作者先拽出一個「原生態」的參照系，這就是那個時代占核心位置的儒家文化

〔註 13〕 《在專業基礎課教學中培養科研能力》，黑龍江大學中國古代文學學科教改檔案，未刊稿。

〔註 14〕 張畢來《紅樓佛影》，上海文藝社，1979 年；張畢來《賈府書聲》，上海文藝社，1985 年。

對男人的人生期待，包括人生目標、學養要求和實現途徑。而後，「將文本中已經提供的眩人眼目的現象梳理成三種相互依存的線或面，即：他拒絕什麼？他忙碌什麼？他嚮往什麼？……以求把一個還原到文本的賈寶玉奉獻給讀者，以期對某些浪漫結論做出補充」。於是，她梳理出賈寶玉「拒絕什麼」的「六不」；「忙碌什麼」的五條情節鏈；「嚮往什麼」的最佳生存方式和最佳死亡模式的浪漫設計的大量「原材料」。把人物放回到他所處的時代，從其對主流文化、家族期待等的所作所為及習慣性反應，看賈寶玉究竟是一個怎樣的「人」。

材料的「原生態」，是指不用自己語言「提純」而用「原汁原味」的文本「原材料」，是內在意義的「本質還原」。如第 73 回應付賈政時的寶玉自檢讀《四書》情況一段，一般人只看到賈寶玉平時「雜學旁搜」、忽略《四書》的臨場慌亂，作者卻依據「原材料」，細加分析指出：「賈寶玉對《四書》的熟知程度相當可觀，其中有三種已達到滾瓜爛熟的境地」，說明「兩種或兩種以上的書面文化分別以必修課與自選課的方式進入到賈寶玉的視野與生活當中。無論被動接受還是主動接受還是順乎自然的接受，最終，他還是兼收並蓄了它們」。又如，「無事忙」和「富貴閒人」的綽號，似乎是同一內涵，但作者卻通過「忙」與「閒」的具體事例，精闢地分析出其中包含著賈寶玉生存狀態的正價值與負價值的不同意蘊。最後，作者對賈寶玉的生存狀態做了概括：「如果一定要把這種難以一語論定的生存狀態加以道破的話，則可稱之為：一個對列祖列宗的價值期待既有背離又有認同，但背離大於認同，積極背離又略大於消極背離的良性不肖子弟。」在二十多年前，運用種種理論模式的標籤式研究還很盛行的時候，劉敬圻一無成見地通過文本原生態材料的梳理分析，用明確定性而又大體定量的語言描述了賈寶玉的真實生存狀態，印證和清晰解說了脂硯齋對賈寶玉「古今未有之一人」、「囫圇不解」之人的論斷〔註15〕，實現了古今「紅學」的對接。一個熟爛了的題目，被著者寫得充滿新鮮感。難怪此文一出，即引起已不刊登「紅學」文章的國內一流刊物的重視〔註16〕。

敬圻對原生態材料的追求鍥而不捨。她在寫作《〈聊齋誌異〉宗教現象解讀》時，試圖對書中的宗教現象進行量化分析，「試驗再三，沒有得出一套精

〔註15〕陳慶浩《新編石頭記脂硯齋評語輯校》，中國友誼公司，1987 年，第 349 頁。
〔註16〕劉敬圻《為了永不忘卻的紀念——我與〈文學評論〉文字往還中的溫暖故事》，中國社會科學院文學研究所編《文學評論六十年紀念文匯》，社會科學文獻社，2017 年。

確的數據,甚至沒有找出一種堪稱標準化的,足以涵蓋全書的統計分類方法。於是,依舊沿用模糊概念來表達閱讀中的數量感受」。結果是,把全書極其蕪雜的宗教現象概括為正宗的(或較正宗的)、混融的、原始的、困惑的四種類型,方覺順理成章。這也說明邏輯理性介入形象思維之艱難。現在隨著計算機技術的發展,量化研究正在進入人文科學領域(如陳大康、陳平原的文學史著以及尚有爭議的《紅樓夢》統計學研究等〔註17〕),但就最豐富多彩的審美直覺而言,大體覆蓋的分類描述目前是解決這一矛盾的唯一可行方法。

王蒙說:「《紅樓夢》有一種質的優越性,就是它特殊的原生性。」〔註18〕原生態材料如同生活本身一樣混融,「本質」並非「一言以蔽之」般簡單、明瞭。因而不僅需要「竭澤而漁」的工夫和不迴避任何矛盾的誠實態度,而且需要有善於從材料中發現問題的眼光和頭腦。在《〈紅樓夢〉少年女僕現象補說》中,作者一開始就表明「不再討論她們的不幸」,這對於已經習慣於階級對立、等級壓迫等思維定勢和熟悉賈府奴隸悲劇的人們,無異是一種提醒。因為「《紅樓夢》遠比一般經典故事還要經典得多。它擁有更豐厚更深厚更渾厚的歷史性的沉重內涵」。按照唯物辯證法,矛盾雙方既互相對立,又互相依存。對立的一面已經說得很多,依存的一面卻注意不夠。於是作者決定:「換個角度,補充梳理一下少年女僕另外一些生存現象,透過這些現象,繼續洞察東方貴族的虛榮、奢靡和歷史命運。」著者從梳理細節入手,如丫鬟的津貼和各房的配置、丫鬟服役的腦體之別、複雜與簡單之別、貼身與不貼身之別,甚至輔助性、點綴性、象徵性的存在等,別具隻眼地揭示出,少年女僕的使用價值,除了服侍主子,還有一種重要功能——陪襯主子,丫鬟的等級和數量是主子們貴族身份的象徵。接著,文章以衣食住行的大量原生態材料作為例證(如黛玉初進賈府,就感到外婆家「三等僕婦吃穿用度已是不凡」;襲人回家,王熙鳳為了「大家的體面」替她精心妝扮;晴雯死後,「衣履簪環」約三四百金之數等等),說明「衣飾的華美」「餐飲的豐足」等等,「雖不能消解少年女僕的孤苦憂戚,卻結結實實成為東方貴族之家崇尚身份、崇尚名分、崇尚虛榮的活潑

〔註17〕 參見陳大康《通俗小說的歷史軌跡》,湖南社,1993 年;陳大康《明代小說史》,上海文藝社,2000 年;陳平原《二十世紀中國小說史》第 1 卷,北京大學社,1997 年;陳大康《從數理語言學看後四十回的作者——與陳炳藻先生商榷》,載《紅樓夢學刊》,1987 年第 1 期;韋博成《紅樓夢前八十回與後四十回某些文風差異的統計分析》,載《應用概率統計》,2009 年第 4 期等。

〔註18〕 王蒙《王蒙活說紅樓夢》,作家社,2005 年,第 227~228 頁。

潑見證」。然而，「排場已立，收斂實難，從此勉強，致成蹇窘」。以至於家族日益衰敗之際，明知此虛華浮腫之弊，卻欲改而不能。〔註19〕由此可見，「少年女僕現象，從一個局部，一個小小分支，一個『子系統』，袒露了東方貴族之家的綜合症：那難以自我遏制的虛榮，那難以自我療救的奢靡，那難以自我逆轉的衰敗命運。」這正是人們很少注意和發現的曹雪芹描寫少年女僕現象的歷史渾厚性。

「還原批評」的縱剖橫剖，實際上是一種比較研究思維，「在比較中去捕捉研究對象的獨特與個別，去發現它不一樣的文化價值。這種發現，是必須在共時性與歷時性的比較中，才能完成的」〔註20〕。參照系的設置，實際上是確立共時性與歷時性研究的座標。每一篇還原之作，都設置或顯性或隱性的參照系，作為比較剖析的基礎。在其比較觀照之下，才能實現縱剖橫剖，結論也才能水到渠成。

《〈紅樓夢〉女性世界還原考察》是一篇宏觀與微觀相結合的「還原」之作。為了告別自 20 世紀 50 年代以來對《紅樓夢》女人現象的認識誤區和任意拔高或扭曲其真實面貌的偏頗，作者確立了兩個參照系：一是當時主流文化對女人的價值期待，一是《紅樓夢》以前的流行小說的女人觀。與前一個參照系比較，可以發現，《紅樓夢》中竟然沒有一個三從四德的女性楷模，只不過是些「小才微善」「或情或癡」的尋常可見的鮮活女人。與後一個包含四種類型女人觀的流行小說比較，可以看到，曹雪芹筆下的女人，從整體上講，不再是成功男人的工具，不再是倒楣男人的禍水，不再是變態男人的性夥伴，不再是落拓男人的夢幻。她們，是一個與男人相對應的甚至比男人世界還要精彩一點兒的性別群體，一個鮮活的「人」的世界。她們與以往女人的最大不同，是真實，是尋常，是本色。「紅樓女性世界是一個尋常而鮮活的女人世界，原汁原味的女人世界。」這表明，「《紅樓夢》觀察與表現女人的範疇有了大的拓展與突破」，「興奮點尤有大的變化與超越」，其「已遠遠超出女性問題圈」，無論是對傳統思想還是傳統寫法，都有所顛覆。這種通過還原批評所獲得的認識，就把《紅樓夢》的意義闡釋深化了一步。

〔註19〕中國藝術研究院紅樓夢研究所校注《紅樓夢》，人民文學社，1982 年，第 1025 頁。

〔註20〕《在專業基礎課教學中培養科研能力》，黑龍江大學中國古代文學學科教改檔案，未刊稿。

　　當然，這類宏觀論題的還原批評，窮盡所有材料是不可能的，例證式的原生態材料難免有缺陷。例如，《紅樓夢》中「女人」與「女兒」的概念是有很大區別的。文章中所舉的例子，幾乎都是「女兒」，而少有「沾了男人氣味」的「女人」。這些「女人」也是「原汁原味的女人世界」的一部分，但與「小才微善」「或情或癡」者不同，作者基本沒有涉及。即使就「女兒」而言，只限於大觀園內，而不及園外，例如脂本中作為「淫奔女」改過的尤氏姐妹，就沒有提及。論文既以「女性世界」為題，從例證典型性的角度看，似乎有點遺憾。而《〈水滸傳〉寓意的還原考察》《賈政與賈寶玉關係還原批評》等文及前引論題較小的文章，則無此憾，因為能窮盡有關材料，或雖不能窮盡，例證卻夠典型。這說明，要「竭澤而漁」地爬梳材料，殊非易事；例證式列舉如何才能盡可能地符合科學歸納的要求，是「還原批評」中值得進一步探討的問題。

三、由外向內的穿透

　　翻開《明清小說補論》目錄，讀者會很快被標題顯示的思辨睿智所吸引。如《劉備性格的深隱特質》的小標題依次是：「所有性格學的研究都是由外向內的」，「惟智者能以小事大」，「夫子溫良恭儉讓以得之」，「仲尼不為已甚者，過猶不及」，「見微以知萌，見端以知末」，均取自正文每節開頭第一句引文，最具特色。三個小標題引文分別來自儒家經典〔註21〕，不但切合論題，也在更深層次上揭示了儒學作為倫理哲學和政治哲學的特徵，而這正是文章所論劉備隱形性格的思想本源。《〈紅樓夢〉主題多義性論綱》的小標題：「文貴豐贍，何必稱善於一口乎」，「苦悶的多重性與『書之本旨』的多義性」，「『寓雜多於整一』的合力」，則或明引或暗引古今中外經典〔註22〕，構成對所論「主題多義性」的哲理支撐。《林黛玉永恆魅力再探討》的小標題：「反思：叛逆說的依據及困惑」，「補說之一：永恆的悲劇美的集大成者」，「補說之二：永恆的任情美及其啟示」，則以精美短語提綱挈領。總之，小標題都是著者反覆斟酌的錘鍊

〔註21〕它們依次引自《孟子‧梁惠王章句下》《論語‧學而》《孟子‧離婁下》《論語‧先進》（朱熹：《四書集注》，嶽麓書社，1985年，第261、74、364、156頁）。

〔註22〕它們依次引自葛洪《抱朴子外篇‧辭義》（上海古籍社，1990年，第299頁）、廚川白村《苦悶的象徵》（魯迅譯，人民文學社，1988年，第21～30頁）、朱光潛《西方美學史》第一章「希臘文化概況和美學思想的萌芽」（人民文學社，1979年，第32頁）。

的結晶，博贍深邃、優雅雋永，這也是《補論》《補說》的底色。

　　作為自選集的《補論》，並未依慣例按寫作、發表的時序編排，而是上編為人物論，下編收入其他專題論文。著者對小說審美尤其重視和用力，性格論是其「還原」的重點，成就也最引人注目。「所有性格學的研究，一直都是由外向內的。」〔註23〕榮格的這句名言，被著者作為《補論》第一篇文章《劉備性格的深隱特質》的開頭，實際上也是全書的第一句話，足見其在著者心中的地位。20世紀80年代，榮格的現代心理學剛進入國門未久，就被對外來信息高度敏感的著者吸收，後來又成為她指導學生培養其科研能力時常引的經典名言。她認為：「不僅是性格學研究，任何文學現象的研究，都是由外向內的，都是一個由表及裏、由顯性到隱性、由現象到本質的穿透過程。」〔註24〕「還原批評」的人物性格研究，正是按照這一思路進行的，它使被簡單化、模式化演繹的複雜形象得以「還原」其多層面立體性有深度的真實面貌。

　　以劉備性格研究為例，著者進行了兩種穿透：「穿透其作為理想人物的道德光圈，再穿透其作為政治裏手的人格面具」，進而透視其隱形性格，認為以三種性格元素（也就是三種行為慣性）作支撐點：善於「屈身守分」，「以小事大」，伺機進取；善於使用人格面具，「溫良恭儉讓以得之」；善於使用攻心戰術，進行感情投資。這些，就是劉備頑強堅忍、弘毅進取的內質所派生的「夾著尾巴進取」的政治智慧與行為方式，「信奉道德與利用道德高層次地水乳交融，難解難分」。這是羅貫中對劉備性格的獨特審視與表現，也是傳統道德掩映下的歷史尺度與道德尺度的深層次融合。著者的這一分析，不但對當年魯迅「欲顯劉備之長厚而似偽」〔註25〕的審美感受作了完滿回答，而且具有某種普遍性的人性認識意義。

　　在更深層次上相似的複雜性格人物，還有《水滸傳》中的宋江和《紅樓夢》中的薛寶釵，但著者的論述方法和角度又各不相同。在《宋江性格補論》中，她從「忠與功利的相互撞擊、相互滲透」和「義與功利的相互依存、相互消損」兩個方面，論述了宋江這個不同於以往任何「忠義之烈」的藝術形象，

〔註23〕C.G.榮格《探索心靈奧秘的現代人》，黃奇銘譯，社會科學文獻社，1987年，
　　　　第71頁。
〔註24〕《在專業基礎課教學中培養科研能力》，黑龍江大學中國古代文學學科教改檔
　　　　案，未刊稿。
〔註25〕魯迅《中國小說史略》第14篇「元明傳來之講史」，《魯迅全集》第9卷，人
　　　　民文學社，1981年，第129頁。

指出其既真誠地信奉忠義又執著地崇尚功利的複合趨向。這在古典小說藝術史上，具有從類型化典型向個性化典型過渡的深刻意義。著者指出：「研究這樣的性格，有必要運用『運動鏡頭』，從各種距離（全景、中景、近景、特寫等），各種角度（俯視、仰視、正面、側面、背面等），對其進行連續性、綜合性的觀察，才有可能得出比較全面、比較準確的結論。而這種『結論』的表述方法，也應該具有新的特徵，而不能採用『一言以蔽之』的老套。」可以說，這就是「還原批評」的人物性格分析法。

《薛寶釵一面觀及五種困惑》卻是另一種寫法。著者聲明：「一面觀，即非方方面面，非立體，非多維，非多層次，非圓的」，不作「歷史的文化的審美的整體的穿透性的評估」，而「只涉及豐富複雜的薛寶釵性格的部分內容，即部分人際關係準則，即人際關係中寬厚豁達、從容大雅的那個側面」。但即使是這一個側面，她也不談「薛寶釵性格史上獨立人格逐漸弱化、壓抑人格逐漸形成」的這一點，而是闡述另一側重點：獨立人格的不完善，並不等於人格魅力的喪失。著者指出：「只要平心靜氣，摒棄偏見，借運動鏡頭，從多種距離，對這小小女孩的人際關係全貌作追蹤躡跡式的觀照，那就不難發現，無論從社會學、倫理學、心理學或美學角度衡估，她都有某種值得讀者評家擊節讚賞的優長——即寬厚豁達、從容大雅的魅力。」

即使是一個性格側面的一個側重點，也要「借運動鏡頭」，「從多種距離」「作追蹤躡跡式」的全貌觀照，這就是敬圻「還原批評」的「務實求是」。通過展示分析薛寶釵與長輩相處、與「對手」相處、與「小人」相處、與「刁徒」相處以及與心猿意馬的配偶相處表現出來的「安詳」的胸襟氣度，著者指出：「安詳，不是獨立人格與淳美個性的迷失，恰恰相反，他只是捨棄了驕恣放縱，卻找回一個自尊自重自信自覺的自我。薛寶釵性格中就包含著這種安詳的美。這種美與中國文化人欣賞的另一種美即狂狷任性的美，構成了以反襯為表象的正襯與互補。」其結論是：「薛寶釵的美，從另一個側面展示了智力結構、意志結構、審美結構相對健全的人比平庸脆弱、紊亂無奈、妒嫉專橫之輩的卓異卓絕之處。與林黛玉一樣，她也是曹雪芹對美好人性的精微感悟和理想設計的載體。」這種具有「深刻的片面」思辨特色〔註26〕的「一面觀」，顯然包含著著者對人生和人性的獨特感悟。

著者對薛寶釵形象的探究興趣和才能在《「停機德」女性模式的發軔與流

〔註26〕參見黃子平《深刻的片面》，載《讀書》，1985年第8期。

變》〔註27〕中得到繼續發揮。薛寶釵被看作主流文化女性期待觀念在通俗文學中登場、延伸、變異、式微歷史軌跡的一個最後例證。著者全面梳理一百二十回小說，發現涉及薛寶釵男人觀的共有 25 個地方，她從四個角度切入分析，論述了薛寶釵「停機德理念的承傳和裂變」。薛寶釵男人觀的「裂變」也即多元化，尤其反映了時代變遷和主體意識的動盪。這樣，著者不但對寶釵判詞「可歎停機德」的意蘊作了深度發掘，也使這位被長期誤讀的《紅樓夢》乃至古代小說史上最為豐富複雜、最難以褒貶定評的藝術形象得到進一步的「還原」。

呂啟祥在《代序：第一朋友》評述劉敬圻好用「補說」「一面觀」等低調詞語時，異常精闢地指出，她「總是尊重並略過學界已有的定評，絕不重彈讀者爛熟的時調，面對一個個『既膩人又誘人』的題目進行別開生面又鞭辟入裡的『補說』。這種『補說』，其實是一種換了角度的『新說』，是更進一步的『深說』，是說人之未說，因此給人以清新脫俗之感。」誠哉斯言！

四、意義及其限止

「還原」一詞，雖出現在明代以後，但「原」作為事物「本原」之義，則古已有之。《西遊記》中有「還原返本」一詞：第 55 回「毒蠍枉修人道行，還原返本現真形。」又作「返本還原」。第 11 回：「連服一二次，方才返本還原，知得人事。」〔註28〕追溯其源，「還元返本」一詞，最早見於北宋張君房所編道教經典《雲笈七籤》卷五六：「土能藏金木水火，而土亦自歸於土。故墓亦在辰土，是謂還元返本，歸根覆命之道。」〔註29〕在道教觀念裏，「元」有「起始，本原」之義。可見，在漢語語源裏，「還原」不僅是回復事物的本來狀態，更有回復本原、本質之義。顯然，這一意義與 20 世紀西方流行的現象學的「本質還原」理論有相通之處。鄧曉芒解釋說，「現象學還原」，或者說「回到事情本身」，通俗地說，就是回到「那種科學原理建立於其上的最直接的體驗或直觀，看看它們在未受實證科學規範之前本身具有什麼樣的本質結構。這種本質結構是通過一種『本質還原』的方式獲得的」〔註30〕。

〔註27〕劉敬圻《「停機德」女性模式的發軔與流變》，載《哈爾濱工業大學學報》，2013年第 6 期。
〔註28〕吳承恩《西遊記》，嶽麓書社，1987 年，第 597、109 頁。
〔註29〕張君房《雲笈七籤》卷五六，文淵閣《四庫全書》本。
〔註30〕鄧曉芒《論中國傳統文化的現象學還原》，載《哲學研究》，2016 年第 9 期。

　　無須對「還原批評」進行過多的理論探源。很清楚，在 20 世紀八九十年代改革開放的大背景下，劉敬圻把漢語言文字的本源意義與現代西方理論的合理內核融合對接，但它又不是舶來品。現象學還原的文學批評主張返回文本，排除社會歷史背景和作者創造等因素，強調以讀者為中心的再創造〔註31〕，而劉敬圻的「還原批評」卻重在反對主觀任意性對作品客觀實際的誤讀和曲解，它更接近漢語本義。毋寧說，她是借用了「還原」一詞作為「務實求是」的思維方式和批評方法的標識，因而具有鮮明的獨創性和可操作性：作為一名教師，以此培養學生的思維慣性和科研能力；作為一名研究者，以此深入闡釋文本，教學相長，教研相長。比起純粹的書齋研著，這是劉敬圻的特色，也是她的優勢。因為她可以使自己的理論探索有更強的實踐性，並用實踐經驗和研究成果去豐富與修正研究理念，從而使「還原批評」具有研究方法和思維路徑的雙重意義。

　　為觀點尋找材料和從材料獲得觀點，在邏輯方法上分屬演繹與歸納，本無優劣之分。演繹可以高屋建瓴，深入事物本質，但理論的「先入為主」、思維的「一廂情願」往往導致主觀「自我膨脹」，造成對事物本來面目的誤解或曲解。某種意義上說，演繹在大一統的中國具有悠久而強勁的傳統。從古代演繹聖賢經典、聖主旨意到近現代演繹各種理論，積習甚深。在人文社科領域，從事實出發的科學歸納式微，加上學者心態的持續浮躁，嚴重阻礙了實事求是學風的恢復和創造精神的發揮。還原批評主要運用歸納論證，強調通過分析原生態材料得出盡可能符合事物原貌的客觀結論，因而可以克服單純從某種理論模式出發的演繹論證之主觀偏狹。特別在商品經濟浪潮衝擊學術界、急功近利之風盛行的形勢下，探索以「務實求是」為宗旨的還原批評，踐行「恪守謹嚴，力求清醒」的治學態度，就像一股掃塵的清風、一劑治「熱毒」的「冷香丸」，自有醒世之功。

　　「還原」的前提是「誤讀」的存在，無「誤讀」則無所謂「還原」。「還原」並非無所不在、無所不能。《明清小說補論》論劉備、曹操而不論諸葛亮，論寶、黛、釵而不論及王熙鳳，「還原」《水滸傳》寓意和《紅樓夢》主題多義性……這都包含著著者的內在選擇。當然，「還原」不能覆蓋劉敬圻的全部理論創造。呂啟祥稱道的著者「淡淡寫來」的《〈紅樓夢〉描寫大事件大波瀾的

〔註31〕參見陳本益《現象學還原方法與文學批評》，載《湖南大學學報》，2001 年第
　　　　4 期。

藝術經驗》〔註32〕，其對諸多短篇的傑出分析（《小人物摭談》〔註33〕《「三言」「二拍」與市民情緒》〔註34〕）、對師長「少作」的精彩評述（《吳小如先生「少作」的批評境界》〔註35〕）……以及充滿真情摯愛的隨筆式《後記》，都各有其溫度與亮度。至於著者文字中所顯示的女性獨有的靈秀之氣，直覺感悟同思辨理性的自然融合，於平淡中見深厚的功力，更是令人讚歎不已。

　　劉敬圻把「還原批評」作為告別誤讀的批評方法和思維路徑，所以更注重其實踐性和可操作性；繁重的教學任務和家務占取了她大量的時間，使她難以致力於更高層次的理論建構。她曾自嘲地說，《明清小說補論》「像一道冷盤，或曰從舊衣店裏走出來的模特兒」，實際上也包含著一種遺憾和無奈。薪有盡而火不絕，學術的傳承，不僅是人脈和事業的接續，更是精神和方法的傳承。也許這才是「學術」二字的應有之義。老一輩的學術著作是他們留給後代的珍貴財富，得魚知漁，收穫無窮，買櫝還珠，識者所憾。以這種認識和態度讀其論著，必定受益更多。

2023 年春　深圳

〔註32〕劉敬圻《〈紅樓夢〉描寫大事件大波瀾的藝術經驗》，載《紅樓夢學刊》，1984年第 4 輯。

〔註33〕劉敬圻《小人物摭談（五則）》，《明清小說補論》，第 174～191 頁。

〔註34〕劉敬圻《「三言」「二拍」與市民情緒》，原載《古代小說十二講》，中州古籍社，1994 年。

〔註35〕劉敬圻《吳小如先生「少作」的批評境界》，載《文學評論》，2012 年第 1 期。

參考文獻

1. 《漢書》。

2. 《後漢書》。

3. 《史記》。

4. 《三國志》。

5. 《資治通鑒》。

6. 《四書集注》。

7. 藍鼎元，《女學》。

8. 一粟，《紅樓夢書錄》。

9. 宋廣波編注，《胡適紅學研究資料全編》。

10. 馮其庸主編，《脂硯齋重評石頭記彙校》。

11. 俞平伯，《脂硯齋紅樓夢輯評》。

12. 朱一玄，《紅樓夢脂評校錄》。

13. 陳慶浩，《新編石頭記脂硯齋評語輯校‧增訂本》。

14. 鄭慶山，《紅樓夢的版本及其校勘》。

15. 呂啟祥、林東海，《紅樓夢研究稀見資料彙編》。

16. 劉世德，《紅樓夢版本探微》。

17. 魯迅，《中國小說史略》。

18. 劉上生，《中國古代小說藝術史》。

19. 俞平伯，《紅樓夢辨》。

20. 吳組緗，《說稗集》。

21. 何其芳，《論紅樓夢》。

22. 舒蕪，《說夢錄》。

23. 余英時，《紅樓夢的兩個世界》。

24. 宋淇，《紅樓夢識要——宋淇紅學論集》。

25. 王蒙，《紅樓夢啟示錄》。

26. 蔣和森，《紅樓夢論稿》。

27. 陳毓羆、劉世德、鄧紹基，《紅樓夢論叢》。

28. 呂啟祥，《紅樓夢開卷錄》。

29. 呂啟祥，《紅樓夢尋——呂啟祥論紅樓夢》。

30. 張錦池，《紅樓夢考論》。

31. 馬瑞芳，《從聊齋到紅樓》。

32. 梅新林，《紅樓夢的哲學精神》。

33. 李希凡，《沉沙集——李希凡論紅樓夢》。

34. 胡文彬、周雷編，《海外紅學論集》。